Der Schrei
des Raben

Christopher Ross

Der Schrei des Raben

Weltbild

Mehr über Christopher Ross und seine Bücher
auf seiner Homepage: www.christopherross.de

Weltbild Buchverlag –Originalausgaben–

Steinerne Furt 67, 86167 Augsburg

Projektleitung: Dr. Ulrike Strerath-Bolz
Redaktion: Ingola Lammers
Umschlaggestaltung: Quasimodo Grafik Design, Postmünster
Layout und Satz: AVAK Publikationsdesign, München
Druck und Bindung: GGP Media GmbH,
Karl-Marx-Str. 24, 07381 Pößneck

Gedruckt auf chlorfrei gebleichtem Papier

Printed in Germany

ISBN 3-89897-070-1

1

Alice Sheldon verließ den Operationssaal und lehnte sich erschöpft gegen den Türrahmen. Sie fühlte sich ausgebrannt und leer. Obwohl es sich um einen einfachen Eingriff gehandelt hatte, schien ihr Körper von bleierner Müdigkeit gelähmt zu sein. Sie ging zum Waschbecken und wusch sich die Hände. Aus dem Spiegel blickte ihr ein blasses Gesicht entgegen. Sie sah älter aus als vierundzwanzig, und aus ihren braunen Augen war das übermütige Funkeln verschwunden, das die jungen Assistenzärzte im ersten Stock so bewunderten. Ihre Lippen wirkten schmal und streng.

»Müde?«, fragte Dr. Emory Jackson, einer der erfahrensten Ärzte des Providence Hospitals und wegen seiner väterlichen Art und der sanften Stimme auch bei den meisten jüngeren Schwestern beliebt. »Das war doch nur Routine. Sie hätten gestern hier sein sollen, da hatte ich einen Jungen mit einer Schussverletzung unter dem Messer. Einer von diesen Russen, die das Lagerhaus im Hafen überfallen haben. Es grenzt an ein Wunder, dass wir den noch hinbekommen haben.«

Er blickte sie im Spiegel an.

»Mit Ihnen ist doch alles in Ordnung, Schwester? Sie sehen ziemlich blass aus!«

»Ich bin okay, Dr. Jackson. Nur ein bisschen müde.« Sie versuchte ein Lächeln und zog ihre Schwesternuniform zurecht, als ließe sich dadurch die Mattigkeit vertreiben. Verlegen schob sie eine lose Strähne ihrer hochgesteckten braunen Haare hinters Ohr. »Die Woche war anstrengend, und dann dieses Wetter …«

Der Chirurg ließ seine Hände abtropfen und nickte verständnisvoll. »Ja, ziemlich ungewöhnlich für diese Gegend, was? Zwei Wochen ohne Regen, das hab' ich zum letzten Mal als kleiner Junge erlebt.« Er trocknete sich die Hände ab und blickte Alice mitfühlend an. »Ruhen Sie sich ein wenig aus, Schwester! Gehen Sie was essen, oder trinken Sie einen starken Kaffee, das hilft. Ich wette, Sie haben heute Nacht noch keine Pause gemacht.«

»Stimmt«, räumte sie ein. »Vielen Dank, Doktor.« Sie stieg ins Parterre hinab und ging in die Kantine, einen nüchternen Raum, der sie an die Aula ihrer High School erinnerte. Die Tische zierten verstaubte Strohblumen.

Sie bestellte einen heißen Kaffee und einen Doughnut und zog sich damit an einen der hinteren Tische zurück. Vom Nebentisch holte sie sich die tagesfrische Ausgabe des *Post-Intelligencer* vom Vortag. Lustlos biss sie in ihren Doughnut, trank etwas Kaffee und überflog einen Artikel über den Besitzer eines Automobils, der in seinem neuen Oldsmobile nur eine knappe Woche von Seattle nach San Francisco gebraucht hatte.

»Was ist denn mit dir los?«, fragte ihre Freundin, die unbemerkt an ihren Tisch gekommen war. Nelly Dexter, etwas zu mollig für die auf Taille geschnittene Schwesternuniform und etwas zu stark gepudert für ihren Dienst auf der Entbindungsstation, setzte sich mit einem Becher Kaffee zu ihr und zündete sich eine Zigarette an. »Habt ihr einen Patienten verloren? Oder … lass mich raten: Frank Campbell hat dich überredet, mit ihm auszugehen, und wollte dich küssen! Du hast doch nichts mit ihm angefangen?«

Alice verzog das Gesicht. »Frank Campbell? Den würde ich nicht mal mit der Beißzange anfassen! Und wenn seine Eltern drei Kaufhäuser besäßen, mit dem würde ich nicht mal für eine Million ausgehen! Da kann sich mein Vater auf den Kopf stellen!«

»Und was war letzten September? Wenn ich mich richtig erinnere, warst du mit ihm zusammen, als dieser Lindbergh in Seattle war! Dein Vater meinte, dass ihr euch bald verloben würdet …«

»Das hätte er wohl gern«, schimpfte Alice. Ihre Traurigkeit war verflogen, und sie war jetzt bloß noch wütend. »Ich kann Frank Campbell nicht ausstehen! Er ist ein Angeber und ein Schleimer, und ich bleibe lieber mein ganzes Leben allein, als noch einmal mit ihm auszugehen! Ich frage mich heute noch, warum ich damals so dumm war und auf meinen Vater gehört habe.« Sie biss in ihren Doughnut und kaute energisch. »Vater wollte unbedingt, dass ich mit

Frank zum Flughafen fahre. Er hat ein Automobil. Und seitdem geht mein Vater mir damit auf die Nerven, dass es doch an der Zeit für mich wäre, mir einen Mann zu suchen, und dass es sicher keine bessere Partie als diesen aufgeblasenen Angeber gäbe!«

»Dann habt ihr euch gestritten, dein Vater und du?« Nelly drückte ihre Zigarette aus und vertrieb den Rauch mit einer Hand. »Bist du deshalb so niedergeschlagen? Gab's einen Familienkrach?«

»So ungefähr«, räumte Alice ein, »wir streiten uns alle paar Tage. Und dann noch die viele Arbeit, die Patientin auf Zimmer sieben, die mich die ganze Nacht mit ihren Blähungen nervt … na, du weißt ja, wie das ist. Am liebsten würde ich alles stehen und liegen lassen und irgendwo untertauchen!« Sie nippte an ihrem Kaffee und wischte sich die Tränen aus den Augen. »Und wie geht's dir so?«, fragte sie. »Hattest du nicht was mit dem Neuen in der Notaufnahme? Der sah ziemlich gut aus!«

Nelly winkte ab. »Du meinst Dr. George W. Harrigan aus Los Angeles, California?« Sie dehnte die Worte, als wären sie ein Makel auf der Weste ihres ehemaligen Freundes. »Der arrogante Schnösel ist längst Geschichte. Nee, ich bin allein. Manchmal hab' ich das Gefühl, es gibt in diesem verdammten Staat keinen einzigen Mann, der zu mir passt. Schon gar keinen Arzt! Vielleicht sollte ich mir einen Polizisten oder einen Feuerwehrmann suchen, die machen auch was her.« Sie blickte auf die Uhr und stand lächelnd auf. »So, jetzt muss ich aber weiter. Wie ich die ungeduldige Lady auf Zimmer 3 kenne, kriegt die heute noch ihr Baby.« Sie räumte ihren Becher auf. »Morgen um dieselbe Zeit?«

»Wenn kein Blinddarm dazwischenkommt«, erwiderte Alice. Sie verabschiedete sich von ihrer Freundin und blätterte noch ein wenig in der Zeitung, bevor sie auf die Station zurückkehrte. Auf der vorletzten Seite stand eine Anzeige des Civil Service, in der junge Krankenschwestern für den Dienst »auf Inseln und in Territorien der USA« gesucht wurden. Im Puget Sound gab es jede Menge Inseln mit winzig kleinen Krankenhäusern, einige sogar mit Wohnheimen, und sie überlegte, wie angenehm es doch wäre, endlich von zu Hause auszuziehen und dem ganzen Krach und Ärger mit ihrem Vater nicht mehr ausgesetzt zu sein. Sie riss die Anzeige kurz entschlossen aus der Zeitung und steckte sie einstweilen in ihre Uniformtasche.

Gestärkt kehrte sie auf die Station zurück. »Schwester Alice!«, hörte sie eine Kollegin schon von weitem rufen. »Beeilen Sie sich! Wir haben einen Notfall! Ein Mann, der in seinem Automobil gegen eine Mauer fuhr! Ich glaube, er war betrunken! Sieht wie ein schwieriger Bruch aus! Sie sollen sofort in den OP kommen!«

Alice verlor keine Zeit und rannte zum Operationssaal. Dr. Jackson wusch sich schon die Hände. »Schwester Alice!«, rief er erleichtert. »Ich dachte schon, ich müsste auf Sie verzichten. Beeilen Sie sich, der Patient ist bereits unterwegs!«

Die Operation des komplizierten Bruchs dauerte über zwei Stunden, und Alice war so beschäftigt, dass sie gar keine Zeit hatte, über ihre Probleme nachzudenken. Sie war eine viel zu erfahrene Krankenschwester, um sich von privaten Sorgen ablenken zu lassen. Sie hatte ihre Ausbildung an der renommierten St. Peters School of Nursing in Olympia, Washington, gemacht und arbeitete seit einem Jahr im Providence Hospital in Everett. Die meisten Chirurgen fragten nach ihr, wenn sie eine zuverlässige Schwester im Operationssaal brauchten. Alice mochte ihre Arbeit, war auch mit dem Krankenhaus zufrieden, aber der Drang, ihren streitsüchtigen Vater zu verlassen, war während der letzten Wochen immer stärker geworden. Solange sie in Everett arbeitete, nur ein paar Meilen von ihrer Farm bei Snohomish entfernt, würde er niemals dulden, dass sie in ein Schwesternheim zog. Aber auf einer der Inseln im Puget Sound?

Sie arbeitete bis in den frühen Morgen und verließ das Providence Hospital gegen sieben Uhr. Mit dem *Electric Interurban*, der elektrischen Straßenbahn, die kurz nach der Jahrhundertwende erbaut worden war, fuhr sie nach Snohomish zurück. Dort nahm sie den Bus nach Monroe und überredete den Fahrer, sie an der Abzweigung zu ihrer Farm aussteigen zu lassen. Sie lief die paar hundert Meter zum Haus und genoss den frischen Duft der Felder im hellen Licht der Morgensonne. Nach einer Nachtschicht und der anstrengenden Arbeit im künstlichen Licht des Operationssaals empfand sie das Tageslicht immer wie ein kostbares Geschenk. Tief atmete sie die frische Luft ein und vergaß sogar die Müdigkeit, die sie in der Straßenbahn gespürt hatte.

Ihre Eltern standen vor der roten Scheune, als sie das Farmhaus erreichte. Mary-Ann Sheldon war eine rechtschaffene Frau, der man die harte Arbeit auf den Feldern und an der frischen Luft ansah. Mit ihrer Kittelschürze und dem Kopftuch sah sie so unvorteilhaft aus, dass man sie zehn Jahre älter schätzte. Nur ein gelegentliches Funkeln in ihren dunklen Augen erinnerte an das lebhafte Mädchen von früher. Sie kam aus dem Hühnerstall und hielt eine Schüssel mit frischen Eiern unter dem Arm. Walter Sheldon, ein ständig unzufriedener Mann mit grauen Augen und schmalem Mund, trug einen Overall und eine Schirmmütze und reparierte einen gebrochenen Pflug.

»Ich mach' dir gleich was zu essen«, begrüßte ihre Mutter sie erfreut. »Du hast sicher großen Hunger. Hattest du viel zu tun?«

Sie nahm ihrer Mutter die Eier ab. »Eine schwere Operation. Ein Mann, der sich beide Beine gebrochen hatte. Wir waren zwei Stunden im OP! Der Mann hatte zu viel Alkohol getrunken und war mit seinem Automobil verunglückt.« Sie blickte ihren Vater an und bemühte sich um einen freundlichen Tonfall. »Hallo, Vater!«

»Morgen«, erwiderte er mürrisch. Er musterte ihr knöchellanges Kleid und den modischen Hut und schüttelte den Kopf. »Warum musstest du auch Krankenschwester werden? Diese Schichtarbeit ist nichts für eine junge Frau. Warum bleibst du nicht zu Hause wie die anderen Frauen? Hier auf der Farm gibt es genug zu tun. Wir kommen kaum nach mit der Arbeit. Das Unkraut muss gejätet werden, und es wird höchste Zeit, den Mais zu stecken. Sollen wir das vielleicht allein machen? Wir haben kein Geld, um einen Mann zu bezahlen. Warum hilfst du uns nicht?«

Der vorwurfsvolle Ton reizte Alice. »Ich helfe euch, so oft ich kann. Sogar meine freien Tage opfere ich für die Farm. Aber ich bin nicht Krankenschwester geworden, um auf einer Farm zu versauern! Damit lässt sich doch kaum noch was verdienen!«

»Bisher hat es immer gereicht«, brauste ihr Vater auf. »Und wenn du nicht so dickköpfig wärst, würde es auch in Zukunft reichen! Warum heiratest du den jungen Campbell nicht? Seine Eltern haben großen Einfluss bei der Bank und würden sicher ein Wort für uns einlegen. Dann würden wir einen neuen Kredit bekommen, und alles wäre gut. So schlecht wie letztes Jahr fällt die nächste Ernte bestimmt nicht aus! Triff dich wenigstens mal mit ihm! Im Lichtspieltheater in Seattle zeigen sie einen neuen Film, da wird gesprochen und gesungen, vielleicht führt er dich hin!«

»Ich soll mich diesem Angeber an den Hals werfen und in einem dunklen Lichtspielhaus von ihm berühren lassen, nur damit du einen neuen Kredit bekommst?« Alice war das Blut ins Gesicht gestiegen. »Ich denke ja nicht daran! Die Farm ist sowieso nicht mehr zu retten! Warum verkaufst du nicht und gehst nach Everett oder Seattle? In der Fabrik verdienst du dreimal so viel!«

»Dies ist meine Heimat!«, antwortete ihr Vater. »Hier bin ich aufgewachsen! Und ich werde den Teufel tun und in irgendeiner Fabrik für andere Leute arbeiten! Früher sind die Kinder zu Hause geblieben, auf der elterlichen Farm, und nur der Vater bestimmte, wen die Tochter heiraten durfte! Ich hätte dir niemals erlauben dürfen, auf die Schwesternschule zu gehen! Hätte ich damals schon gewusst, was ich mir damit einhandele, hätte ich es niemals erlaubt! Du wärst zu Hause geblieben und hättest geheiratet, und alles wäre seinen geordneten Weg gegangen. Woher sollte ich denn wissen, dass du kaum nach Hause kommst?«

»Die Zeiten ändern sich«, erwiderte Alice. »Niemand stört sich daran, wenn junge Frauen in der Stadt arbeiten und auf eigenen Beinen stehen. Was kann ich dafür, wenn ihr keinen Sohn bekommt, der die verdammte Farm übernehmen will? Ich hab' nicht vor, mein ganzes Leben nach deiner Pfeife zu tanzen! Ich geb' euch fast meinen ganzen Lohn ab. Reicht das vielleicht nicht?«

Alice stapfte wütend davon und brachte die Eier ins Haus. Sie wusste, dass sie etwas zu weit gegangen war, und ärgerte sich, auf die Vorwürfe ihres Vaters eingegangen zu sein. Auch dieses Mal wäre es klüger gewesen, der Auseinandersetzung aus dem Weg zu gehen. Die Streitereien mit ihrem Vater führten zu nichts, dazu waren sie beide zu verschieden. Sie würden niemals gleicher Meinung sein. Er war ein Farmer alter Prägung und mit seinen Ansichten im letzten Jahrhundert verwurzelt. Sie war eine selbstbewusste junge Frau, modern, aufgeschlossen und von der Aufbruchsstimmung der zwanziger Jahre beseelt.

Sie stellte die Schüssel mit den Eiern auf dem Küchentisch ab und wartete auf ihre Mutter. »Hör mir zu, Alice«, erklang Mary-Ann Sheldons heisere Stimme. »Es mag vieles falsch sein, was dein Vater sagt, und auch ich stimme nicht mit allem überein. Aber in so einem Ton spricht man nicht mit seinen Eltern, ist das klar?«

Alice seufzte verlegen. »Ich weiß, Mom, und es tut mir Leid. Ich nehme mir jedes Mal vor, mit Vater nicht zu streiten, und immer wieder lasse ich mich darauf ein. Ich entschuldige mich, okay?«

»Dein Vater meint es doch nur gut«, sagte ihre Mutter. »Er liebt dich, das kannst du mir glauben. Er kann es nur nicht so zeigen.«

Alice brühte Kaffee auf und setzte sich an den Tisch. Während ihre Mutter zwei Eier in die Pfanne schlug, starrte sie aus dem Fenster. Die Sonne stand über dem Highway und brachte die Telegrafendrähte zum Flimmern. Ein Automobil brummte nach Westen. Über den Bergen hingen einige Wolken. Der Regen würde noch einige Tage auf sich warten lassen, so hatte es auch im *Post-Intelligencer* gestanden.

Ihre Mutter brachte die Eier und setzte sich zu ihr. Sie blieb eine Weile schweigend sitzen, dann sagte sie: »Du willst uns verlassen, nicht wahr? Du willst deinem Vater aus dem Weg gehen?«

Alice stocherte im Rührei herum und wusste nicht, was sie antworten sollte. »Ich hab' darüber nachgedacht, Mom. Vater ist ein rechtschaffener Mann und will sicher nur das Beste für uns. Aber ich glaube, es ist besser, wenn ich ins Schwesternheim ziehe und nur noch an meinen freien Tagen nach Hause komme. Nach dem Dienst bin ich gereizt, und Vater ist wütend auf mich, weil ich die meiste Zeit schlafe ...«

»Ich weiß«, meinte Mary-Ann Sheldon traurig. »Es ist nicht schön für eine Mutter, so etwas von ihrer Tochter zu hören, das kannst du dir sicher denken. Irgendwann wirst du das selber feststellen müssen. Aber ich verstehe dich. So wie jetzt kann es jedenfalls nicht weitergehen. Dein Vater wird immer nervöser. Die Sache mit Frank Campbell wird langsam zur fixen Idee von ihm, obwohl es auch mir gefallen würde, wenn du dich etwas mehr für den jungen Mann erwärmen könntest. Er ist sehr nett. Stell dir vor, bei seinem letzten Besuch hat er mir sogar eine Rose mitgebracht!«

»Aber ich liebe ihn nicht, Mom, und ich werde niemals einen Mann heiraten, für den ich nichts empfinde! Niemals!« Sie trank von ihrem Kaffee und blickte ihre Mutter bittend an. »Warum verkauft ihr die Farm nicht und zieht in die Stadt? Ich weiß, ihr seid hier aufgewachsen, aber die wirtschaftliche Lage wird immer schlechter, das hört man alle paar Tage im Radio. Wenn ihr nicht aufpasst, versteigern sie das Land, und ihr bekommt gar nichts mehr! Zieht nach Everett oder Seattle, da geht es euch besser!«

Die Gestalt ihrer Mutter straffte sich. »Du weißt, wie Vater darüber denkt«, sagte sie streng. Sie stand auf und räumte das schmutzige Geschirr in den Spülstein. Das Gesicht zur Wand gedreht, damit Alice ihre Tränen nicht sah, machte sie sich an die Arbeit. »Geh jetzt schlafen, Alice«, forderte sie ihre Tochter auf.

Aber Alice schlief kaum an diesem Tag. Sie verbrachte fast den ganzen Morgen in einem Dämmerzustand. Der Gedanke, ihre Eltern zu verlassen und sich um eine Stellung auf einer Insel zu bewerben, quälte sie. Sie versuchte sich damit zu beruhigen, dass alle Söhne und Töchter einmal das Haus ihrer Eltern verließen und dass nichts Besonderes daran war, und doch fühlte sie sich schuldig. Sie hatte das Gefühl, sie schamlos im Stich zu lassen. Erst am frühen Nachmittag schlief sie ein. Als der Wecker sie um halb sechs weckte, fühlte sie sich ausgelaugter als nach einem anstrengenden Tag im Krankenhaus.

Sie zog sich an, schminkte sich etwas stärker als sonst und trank einen Becher Kaffee. Ihre Eltern waren noch auf dem Acker, und sie legte einen Zettel mit einer knappen Entschuldigung auf den Küchentisch. Ohne sich umzusehen, ging sie zum Highway. Während sie auf den Bus wartete, hatte sie das Gefühl, für immer Abschied von ihren Eltern zu nehmen, als hätte sie ihren Koffer dabei, um an Bord eines Schiffes in ein weit entferntes Land zu reisen. Der Bus hielt, und sie stieg ein. »Guten Abend, Alice«, begrüßte der Busfahrer sie fröhlich. Er kannte Alice schon seit ihrer Kindheit. »Wieder mal Nachtschicht?« So begrüßte er sie jeden Abend. Auch sein Lachen war immer dasselbe.

»Guten Abend, Mr. Ellroy«, erwiderte Alice. Sie verzichtete auf eine flapsige Antwort und setzte sich auf eine Bank im rückwärtigen Teil des Busses. Der Busfahrer blickte ihr neugierig nach.

2

Pünktlich um Mitternacht tauchte Alice in der Kantine auf. Außer der hartnäckigen Patientin auf Zimmer 7, die jede Stunde mindestens einmal über ihre Blähungen geklagt und nach neuen Medikamenten verlangt hatte, war es ein ruhiger Abend gewesen. Der Stationsarzt hatte sich ins Schwesternzimmer verirrt und von seinem neuen Automobil geschwärmt, und der hysterische Anruf einer älteren Dame, die über Herzprobleme klagte, hatte sich als blinder Alarm erwiesen. Die Sanitäter, die wenige Minuten später bei ihr aufgetaucht waren, hatten sie mit einer leichten Alkoholfahne im Bett gefunden. »Möchte wissen, wie sie an den Whiskey kommt«, meinte ein Pfleger verwundert. Seit 1916 herrschte ein strenges Alkoholverbot in den Vereinigten Staaten.

Wahrscheinlich aus derselben Quelle, die viele anderen Bewohner im King County anzapften, dachte Alice. In den Bergen gab es zahlreiche illegale Brennereien, die einige Lokale und Läden mit Alkohol versorgten. Nur zwei Straßen weiter war ein angesehener Club, in dem der Whiskey in Kaffeetassen serviert wurde, und Gerüchte wollten wissen, dass sogar der Polizeipräsident dort Stammkunde war. Alice machte sich nichts aus Alkohol, nicht mal aus Zigaretten, und auch ihre Eltern hatten nie danach verlangt. »Eine Coca-Cola«, verlangte Alice in der Kantine, denn Kaffee hatte sie im Schwesternzimmer genug getrunken, und die braune Limonade gehörte zu ihren Lieblingsgetränken.

Die »Fette Lady«, wie sie die Pächterin der Kantine wegen ihrer Leibesfülle nannten, reichte ihr eine Flasche und kassierte fünf Cent.

»Ihre Freundin wartet draußen, soll ich Ihnen sagen«, meinte sie, nachdem sie das Wechselgeld herausgegeben hatte.

Alice bedankte sich und ging vor die Tür. Es war angenehm warm, und über der Stadt wölbte sich ein klarer und endloser Sternenhimmel. Nelly stand auf dem schmalen Pfad, der zur Bucht hinabführte, und blickte auf das Wasser hinaus. In der Ferne waren die Lampen einiger Fischerboote zu erkennen. Noch weiter draußen zogen sich die Lichter einer Insel durch die Dunkelheit. Der halbe Mond spiegelte sich im ruhigen Wasser.

»Hi«, grüßte Alice und legte ihrer Freundin eine Hand auf die Schulter. »Sag bloß, du hast schon wieder Liebeskummer?«

»Hi«, erwiderte Nelly mit einem gequälten Lächeln. »Ich bin selber schuld. Ich hätte nicht mit diesem blöden Kerl ausgehen dürfen!« Sie zog nervös an ihrer Zigarette. »Als ob ich's darauf angelegt hätte, mir eine Enttäuschung einzufangen! Ich wusste doch, was er für ein Angeber ist! Aber nein, ich muss auf seine dummen Lügen hereinfallen und in seinen neuen Wagen steigen!«

»Doch nicht etwa ...«

»George W. Harrigan aus Los Angeles, California«, bestätigte Nelly. Sie blies wütend den Rauch in die Luft. »Er hat mich an der Haltestelle abgepasst. Hielt mit seinem neuen Oldsmobile neben mir wie Douglas Fairbanks und sagte: ›Es tut mir Leid, was zwischen uns gewesen ist, Nelly! Ich möchte es gern wieder gutmachen. Darf ich Sie zu einem Glas Champagner einladen?‹ Na, und ich Esel falle auf ihn rein und setze mich in den verdammten Wagen! Bevor ich's mir versah, waren wir in seiner Wohnung, nun ja, und heute Mittag sagte er plötzlich, tut mir Leid, mein Schatz, ich hab' noch eine wichtige Verabredung, und du musst jetzt leider gehen. Ich zieh' mich an und gehe, und kaum bin ich aus dem Haus, sehe ich Linda Miller von der Notaufnahme in seinem Haus verschwinden, diese aufgetakelte Ziege!«

Alice konnte sich ein Grinsen nicht verkneifen. »Selber schuld, wenn du dich mit so einem Schwerenöter einlässt! Gestern hast du noch gesagt, dass du mit dem Angeber nichts mehr zu tun ...«

»Ich weiß selbst, was ich gesagt habe!«, unterbrach Nelly sie wütend.

Sie warf ihre Zigarette über das Geländer und schmollte einen Augenblick. Dann lächelte sie. »Schwamm drüber! So was wird mir jedenfalls nicht mehr passieren!« Sie griff nach ihren Zigaretten, ihre Hände zitterten leicht, als sie sich Feuer gab. »Und bei dir? Alles okay? Du siehst auch nicht gerade glücklich aus.«

»Die alte Leier«, meinte Alice und berichtete von dem Streit mit ihrem Vater. »So geht es nicht mehr weiter!« Sie blickte eine Weile auf die Bucht hinaus und sah den flackernden Lichtern zu. »Ich hab' meiner Mutter gesagt, dass ich ausziehe, Nelly. Nun ja, nicht direkt, aber sie hat gemerkt, dass ich ernsthaft darüber nachdenke. Sie glaubt, dass ich ins Schwesternheim umziehe.«

»Aber die Zimmer sind alle belegt«, meinte Nelly überrascht, »das weißt du doch! Da wird frühestens nächstes Jahr was frei.«

Alice kramte den Zeitungsausschnitt aus der Tasche und zeigte ihn der Freundin. »Das stand gestern im *Post-Intelligencer.*«

Nelly las die Anzeige und schüttelte ungläubig den Kopf. »Du willst auf eine der Inseln gehen? Aber da gibt es nur Indianer und Fischer! Da bist du den ganzen Tag unterwegs und erzählst den lieben Kleinen, dass sie kein schmutziges Wasser trinken dürfen! Und wenn du Pech hast, musst du verfaulte Zähne ziehen!« Sie las die Anzeige noch einmal und blickte sie verwundert an. »Wie kommst du denn auf die Idee? Weißt du, wie einsam es auf einer solchen Insel werden kann? Oder willst du die ganze Nacht unter einem Leuchtturm sitzen und die Sterne zählen?«

»Immer noch besser, als dauernd mit meinem Vater zu streiten! Frank Campbell lässt mir doch keine Ruhe, solange er ihm erzählt, dass ich interessiert wäre! Neulich hat Campbell meiner Mutter eine Rose mitgebracht, stell dir vor! Wollte sich wohl einschmeicheln! Aber ich such' mir meine Männer schon selber aus!«

»Mit Männern haben wir wohl beide kein Glück«, seufzte Nelly. Sie ging ein paar Schritte und blieb an der Böschung stehen. »Aber auf einer dieser Inseln finden wir erst recht keinen. Eher bleib' ich allein, als einen dieser knorrigen Fischer zu heiraten!«

»Unsinn!«, widersprach Alice. »Ich hatte mal einen Patienten, der wohnte auf Camano Island. Klar gibt es da Indianer und alte Fischer, aber er hat auch von einem Jachthafen erzählt, und dass im Sommer reiche Leute kommen, um dort ihre Ferien zu verbringen. Douglas Fairbanks soll auch mal da gewesen sein.«

»Douglas Fairbanks? Ehrlich?«

»Hat er gesagt. Da ist bestimmt einer dabei.«

Ihre Augen begannen zu strahlen. »Du meinst, so ein braun gebrannter Typ in weißen Marinehosen und blauer Jacke? So ein reicher Typ, der mich mit auf seine Jacht nimmt und nach San Diego in eine mondäne Villa entführt?« Einen Augenblick gab sie sich dem Traum eines Lebens im Luxus hin und seufzte hoffnungsvoll. »Das wäre zu schön, um wahr zu sein!« Sie warf ihre Zigarette weg und blickte noch einmal auf die Zeitungsanzeige. »Was meinst du? Sollen wir uns einfach mal bewerben?«

»Versuchen können wir es ja«, meinte Alice. »Einen besseren Lohn gäbe es da sicher auch! Zwei, drei Jahre, bis wir es zu etwas gebracht haben, und dann kehren wir nach Everett zurück.«

»Ins Providence? Ohne mich! Aber du kannst mich gerne besuchen, wenn du mal nach San Diego kommst!« Nelly hatte ihren Kummer vergessen und war Feuer und Flamme. »Komm, wir setzen gleich einen Brief auf! Morgen geben wir ihn zur Post, dann müsste die Antwort in zwei oder drei Wochen kommen!«

»Und wenn sie uns nicht nehmen?«, überlegte Alice. »Wenn wir zu wenig Erfahrung haben? Die erkundigen sich bestimmt in unserer Schwesternschule. Der Civil Service ist keine Heilsarmee!«

»Wir lassen es darauf ankommen«, meinte Nelly begeistert. »Wenn wir durchfallen, machen wir eben im Providence weiter.«

»Mein Vater bringt mich um!«

»Das tut er sowieso!«, lachte Nelly. »Hast du einen Bleistift einstecken? Wenn wir uns beeilen, kriegen wir den Brief noch in der Pause fertig. Wir halten die Sache geheim, okay? Kein Wort, nicht mal zu deinen Eltern! Wenn die was rauskriegen, gibt's nur unnötigen Ärger. Die erfahren früh genug, was wir vorhaben …«

Schon am nächsten Morgen gaben sie dem Briefträger ihre Briefe mit und waren während der nächsten Tage so aufgeregt, dass sie über nichts anderes redeten. In ihrer Fantasie wurde jede kleine Insel im Puget Sound zu einem Paradies mit modernen Bungalows, Swimmingpools und Tennisplätzen, und

Nelly träumte bereits davon, auf der Jacht eines reichen Unternehmers durch die Bucht zu schippern. Alice hatte weniger romantische Vorstellungen, sie wäre schon mit einer verantwortungsvolleren Aufgabe zufrieden, und glücklich, wenn sich das Verhältnis zu ihrem Vater normalisieren würde. Er würde furchtbar toben, wenn er von ihrer Entscheidung erfuhr, und auch für ihre Mutter würde es nicht leicht sein, während der nächsten Wochen mit ihm auszukommen, doch irgendwann würde er sich beruhigen und sich über ihre Besuche auf der Farm freuen. Manchmal verstanden sich die Menschen nur, wenn Berge und Flüsse oder eine Meeresbucht zwischen ihnen lagen.

Die nächsten beiden Wochen vergingen, ohne dass eine Antwort kam, und als ein Monat vorüber war, gaben sie die Hoffnung ganz auf. »Sie lassen uns nicht zur Prüfung zu«, seufzte Nelly niedergeschlagen. Alice suchte bereits nach anderen Stellenanzeigen. Ihr Entschluss, die elterliche Farm zu verlassen, stand jetzt fest. Endgültig bestätigt fühlte sie sich dann, als Frank Campbell an ihrem freien Tag mit einem Blumenstrauß vor ihrem Haus aufgetaucht war und sie zu einem Spaziergang über die Felder eingeladen hatte. Aus Mitleid hatte sie zugesagt, doch als er sie schon nach wenigen Metern küssen wollte, gab sie ihm eine schallende Ohrfeige und sagte: »So nicht, Frank Campbell! Ich dachte, du wärst ein Gentleman, aber ich habe mich anscheinend getäuscht. Ich liebe dich nicht! Und wenn du mir jeden Tag rote Rosen bringst … ich werde dich niemals lieben! Ich kann nicht!«

»Aber dein Vater hat gesagt …«, meinte er verlegen, »er hat gesagt, dass du was für mich übrig hast. Ich dachte, wir beide könnten vielleicht, na ja, wir könnten zusammen auf den Ball …«

»Ich kann nicht«, wiederholte Alice entschlossen. »Und wenn mein Vater dreimal sagt, dass ich was für dich empfinde … ich liebe dich nicht, kapiert? Und jetzt lass mich bitte allein!« Sie ließ ihn wie einen dummen Jungen stehen und stapfte ins Haus zurück. Durch das Küchenfenster beobachtete sie, wie er betreten in sein Automobil stieg und eine Staubwolke hinter sich ließ. Sie flüchtete in ihr Zimmer und schlug wütend die Tür hinter sich zu.

Einer Auseinandersetzung mit ihrem Vater entging sie dadurch nicht. Er schrie und tobte wie nie zuvor und war nahe daran, ihr eine Ohrfeige zu verpassen. »Glaub ja nicht, dass ich dir das durchgehen lasse«, schimpfte er. »Du hast unseren Namen ruiniert! Du hast uns vor der ganzen Stadt unmöglich gemacht! Weißt du, was für einen Einfluss die Campbells haben? Sie besitzen das größte Kaufhaus der Stadt. Was meinst du, was Frank zu Hause erzählt? Wir werden nie wieder einen Kredit bekommen! Wir können von Glück sagen, wenn wir noch bedient werden! Warum tust du das, Alice? Warum ruinierst du mich?«

Natürlich übertrieb er maßlos, und wie sich später herausstellte, hatte die Geschichte gar keinen Einfluss auf die Bank. Frank Campbell erzählte gar nichts von seinem verpatzten Rendezvous mit Alice und tröstete sich bald darauf mit der jungen Tochter eines Geschäftsmannes, der einen Eisenwarenladen in Snohomish eröffnet hatte. Ein Jahr später schenkte sie ihm gesunde Zwillinge.

»Ich liebe ihn nicht«, sagte Alice zu ihrem Vater, »deshalb habe ich ihm einen Korb gegeben. Wenn du ehrlich bist, geht es dir doch nur darum, deinen Kopf durchzusetzen!« Nach diesen Worten war sie davongelaufen und erst am Abend wieder zurückgekehrt.

Einige Tage später kam die Antwort aus Seattle. Ihre Mutter fing den Brief ab und gab ihn Alice, als sie allein in der Küche waren. »Vom Civil Service in Seattle«, sagte sie. »Was die wohl wollen?«

Mary-Ann Sheldon wusste es ganz genau, drängte aber nicht weiter, als Alice mit dem Brief in ihrem Zimmer verschwand und einen unterdrückten Freudenschrei hören ließ. Sie sollte sich am Montag nächster Woche beim »Director of Insular Affairs« im L. S. Smith Building in Seattle melden. Genauso wie Nelly Dexter, die schon wenige Minuten nach Dienstbeginn auf der Chirurgischen Station auftauchte und Alice freudig umarmte. »Wir haben es geschafft!«, sagte sie. »Jetzt kann nichts mehr passieren!«

Am Montag regnete es in Strömen. Sie trugen ihre dunklen Regenmäntel über ihren schönsten Kleidern und teilten sich einen Regenschirm, als sie die Elektrische verließen und zum L. S. Smith Building liefen. Der Smith Tower, wie das Gebäude bei den Einheimischen hieß, ragte mit den obersten seiner zweiundvierzig Stockwerke in den regnerischen Dunst hinein und machte auf Alice und Nelly einen bedrohlichen Eindruck. Doch in der Eingangshalle, die mit kostbarem Marmor getäfelt war, hatten sie eher das Gefühl, ein Hotel in Beverly Hills betreten zu haben. Ehrfürchtig blieben sie stehen. Sie kamen selten nach Seattle und waren noch nie im Smith Tower gewesen. »Mein Gott, wir müssen furchtbar aussehen«, stöhnte Alice. Der Regen tropfte von ihren dunklen Mänteln und bildete Lachen auf dem Boden.

Sie verschwanden in der Damentoilette und machten sich einigermaßen landfein. Im böigen Wind war der Schirm ständig nach hinten geklappt, und der Regen hatte ihre Frisuren ruiniert. »Den Schönheitspreis gewinnen wir bestimmt nicht«, meinte Alice lachend und wischte sich den Regen aus den Augen. Nelly rubbelte sich das Gesicht trocken und frischte ihr Makeup auf.

Die Empfangsdame blickte sie mit einem mühsam unterdrückten Schmunzeln an und verriet ihnen, dass David Hopson, der Director of Insular Affairs, sein Büro im dritten Stock hatte. »Mr. Hopson erwartet Sie«, sagte sie, nachdem sie der Vorzimmerdame ihre Namen gemeldet hatte. »Dritter Stock, erste Tür links.«

Aufgeregt fuhren sie mit dem Aufzug nach oben. Die Bürotür stand offen, und Alice klopfte zögernd an den Türrahmen. »Nelly Dexter und Alice Sheldon«, sagte sie zu der Vorzimmerdame.

Die Sekretärin, eine schlanke Dame in einem dunklen Kostüm, begrüßte sie freundlich und nahm ihnen den Schirm und die nassen Mäntel ab. Sie öffnete die Verbindungstür, sagte etwas, was sie nicht verstanden, und meinte: »Mr. Hopson erwartet Sie!«

David Hopson war der typische Bürovorsteher. Ein älterer Mann mit einem hageren Gesicht, stechenden Augen und einem buschigen Schnurrbart über den faltigen Lippen. Er schien seit vielen Monaten nicht mehr an der frischen Luft gewesen zu sein, so fahl und ausgebleicht war seine Haut. Um seinen ausgezehrten Körper schlotterte ein abgetragener Anzug. Doch seine Stimme klang sanft und freundlich: »Miss Sheldon, Miss Dexter, ich freue mich, dass Sie gekommen sind!« Er schob ihnen zwei Stühle hin und zog sich hinter seinen Schreibtisch zurück. »Sie hatten sich um eine Stelle beworben, nicht wahr?«

»Das stimmt«, antwortete Alice für sie beide.

»Nun, dann wollen wir mal sehen!« Er kramte einen Ordner hervor und suchte ihre Bewerbungen heraus. Nachdem er die wichtigsten Abschnitte noch einmal überflogen hatte, sagte er: »Ich erinnere mich, ja, das klingt sehr überzeugend. Sie bringen alle Voraussetzungen für eine Stellung als Krankenschwester mit.«

»Das freut mich«, sagte Alice. Sie konnte es kaum erwarten, ihren Einsatzort zu erfahren, und wartete ungeduldig darauf, dass Mr. Hopson zur Sache kam. Die San Juan Islands an der kanadischen Grenze wären ihr am liebsten gewesen, da gab es noch ungestüme Natur und echte Abenteuer. Nelly träumte wohl eher von den großen Inseln im Puget Sound und den Millionärssöhnen, die dort mit ihren Jachten anlegten. Sie blickte verstohlen auf ihre Freundin. Nelly rutschte unruhig auf ihrem Stuhl hin und her und hätte sich wohl am liebsten eine Zigarette angezündet.

David Hopson suchte verzweifelt in seinen Akten und kramte zwei Formulare hervor. »Ah, da haben wir es ja. Miss Alice Sheldon und Miss Nelly Dexter, nicht wahr?« Als die Freundinnen nickten, putzte er sich umständlich die Nase und fuhr fort: »Entschuldigung, meine Damen!« Er hüstelte verlegen. »Ich kann Ihnen die freudige Mitteilung machen, dass wir sehr beeindruckt von Ihren Bewerbungen waren. Sie sind uns beide sehr willkommen!«

Er machte wieder eine Pause und schien zu überlegen, wie er fortfahren sollte.

»Nun ja, meine Damen, es fällt mir schwer, das zu sagen, aber es ist uns leider unmöglich, Sie beide auf dieselbe Insel zu schicken. Ist das ein Problem für Sie?«

»Nein, ich glaube eigentlich nicht«, antwortete Alice. Zwischen den San Juans und den Inseln im Puget Sound verkehrten zahlreiche Fähren, und sie konnten sich an ihren freien Tagen oder während der Ferien besuchen. Sie hatten ohnehin nicht erwartet, in dasselbe Krankenhaus oder Einsatzgebiet beordert zu werden.

»Wie heißen die Inseln?«, fragte Nelly ungeduldig.

David Hopson hüstelte erneut und zwirbelte seinen dichten Schnurrbart, bevor er zögernd antwortete: »Alaska und Hawaii.«

»Alaska?«, erschrak Alice.

»Hawaii?«, rief Nelly.

»Hawaii ist eine Insel, und Alaska ist ein Territorium der USA«, erklärte der Director of Insular Affairs. »Was haben Sie denn erwartet? Wir überlassen Ihnen, wer nach Alaska und wer nach Hawaii geht. Beide Stellen sind sehr attraktiv, und die Bezahlung ist in jedem Fall wesentlich besser als in Ihrer jetzigen Stellung. Lassen Sie mich hinzufügen, dass Hawaii wahrlich nicht das sorgenfreie Paradies ist, das Sie von Postkarten kennen, und Alaska nicht die eisige Hölle, wie man sie aus den Geschichten von Jack London kennt.«

Alice und Nelly wechselten einen vielsagenden Blick. »Alaska!«, sagte Alice noch einmal. »Hawaii!«, wiederholte Nelly. Dann lachten beide, und Nelly fügte hinzu: »Am besten losen wir.« Sie wandte sich an David Hopson. »Haben Sie zwei Streichhölzer?«

»Ja, natürlich«, antwortete der Bürovorsteher, der sichtlich Gefallen an der Reaktion der jungen Damen fand, zwei Streichhölzer aus einer Schachtel nahm und von einem den Kopf abbrach. Er nahm sie verdeckt in eine Hand, so dass sie nicht erkennen konnten, welches das längere oder kürzere war, und sagte: »Wer das längere Streichholz zieht, fährt nach Alaska. Einverstanden?«

»Einverstanden«, stimmten die Freundinnen zu.

Nelly zog zuerst und erwischte das kürzere Streichholz. »Hawaii«, sagte sie leise. »Alaska«, flüsterte Alice benommen. Dann unterschrieben beide und verließen nachdenklich das Büro. Sie sagten kein Wort, bis sie den Smith Tower verlassen hatten.

»Hawaii ist eine Insel«, wiederholte Nelly.

»Und ich dachte immer, Alaska wäre ein ganzer Erdteil«, stöhnte Alice. Sie blickte ihre Freundin an und musste plötzlich lachen. »Du schreibst mir doch, wenn du angekommen bist?«

»Ich schick' dir eine Heiratsanzeige«, versprach Nelly fröhlich.

3

Der Brief mit dem Ticket kam zwei Wochen später. Am 9. Juli 1929 sollte die *Victoria* in See stechen, so blieben ihr nur noch ein paar Tage für die Vorbereitungen der langen Reise. Gekündigt hatte sie bereits. Dr. Jackson war nicht gerade begeistert gewesen, hatte aber ihren Mut bewundert, ins ferne Alaska zu gehen, und ihr viel Glück gewünscht. Beneidet wurde nur Nelly Dexter. Die Aussicht, auf den tropischen Inseln zu arbeiten, trieb prächtige Blüten, und selbst Nelly sah sich bereits unter Palmen liegen und mit wohlhabenden Gentlemen über die Insel fahren. Auf Hawaii würde sie feststellen, dass man auch in einem Krankenhaus im Paradies hart arbeiten musste.

Alice wartete, bis sie mit ihrer Mutter allein war, bevor sie ihr das Ticket zeigte. »Ich dachte, sie schicken mich auf eine der Inseln im Puget Sound oder auf die San Juans«, sagte sie, als sie den entgeisterten Blick ihrer Mutter sah. Mary-Ann Sheldon konnte es nicht fassen, starrte immer wieder auf das Ticket und murmelte: »Alaska! Das darf doch nicht wahr sein! Wie kannst du uns so etwas antun?« Sie sank benommen auf einen Stuhl und begann zu weinen. »Wir werden dich nie mehr wiedersehen!«

Alice nahm sie in den Arm und trocknete ihre Tränen. »Ich bleibe doch nicht für immer, Mom! Und an Thanksgiving komme ich bestimmt nach Hause! In Alaska verdiene ich viel mehr! Ich schicke euch Geld, vielleicht kommt ihr dann ohne einen Kredit über die Runden! Versteh mich doch, Mom! Mit Vater und mir würde es sowieso nicht mehr lange gut gehen! Irgendwann rutscht ihm die Hand aus, und dann gibt es einen großen Krach, und wir können uns nicht mehr in die Augen sehen … glaube mir, es ist besser so.« Das Schluchzen ließ nach. »Beruhige dich, Mom!«

Ihre Mutter unterdrückte die Tränen und brachte am nächsten Morgen sogar Verständnis für ihre Tochter auf. »Vielleicht hast du Recht, vielleicht ist es wirklich besser so! Auch ich halte es kaum noch aus, wenn ihr euch dauernd streitet.« Sie blieb am Fenster stehen und blickte auf den Acker hinaus, wo ihr Mann das Maisfeldpflügte. »Es ist vielleicht besser, wenn ich Vater erst Bescheid sage, wenn du weg bist. Schreib ihm einen Brief! Er ist zur Zeit sehr nervös, und ich habe Angst, dass er sich zu sehr aufregt, wenn du ihm das Ticket zeigst!« Sie hielt den Blick auf ihren Mann gerichtet und seufzte leise. »Ich rede mit ihm, sobald du gegangen bist. Ich krieg' das hin, das verspreche ich dir! Und wenn du uns an Thanksgiving besuchen kommst, sind wir ein Herz und Seele! Du kommst doch an Thanksgiving?«

»Ich versuche es, Mom. Ich versuche es.«

Und so verließ Alice Sheldon ihr Elternhaus, ohne mit ihrem Vater über ihre neue Stellung gesprochen zu haben. Sie stahl sich heimlich aus dem Haus, als ihr Vater auf dem Acker war, rannte noch einmal zurück, um ihre weinende Mutter zu umarmen, und trug ihren schweren Koffer zur Haltestelle. Diesmal nahm sie den Bus nach Snohomish, und der Fahrer und die Passagiere sahen sie neugierig an, als sie den Koffer auf das Trittbrett wuchtete. »Wollen Sie verreisen, Alice?«

»Nur ein paar Sachen für meine Tante in Seattle«, schwindelte sie widerwillig. Sie wich dem ungläubigen Blick des Busfahrers aus und verzog sich auf die hinterste Bank. In Snohomish murmelte sie ein freundliches »Bis bald, Mr. Ellroy« und ließ sich von einem Gepäckträger helfen, den Koffer an Bord eines Zuges der Great Northern zu schaffen. Mit gemischten Gefühlen saß sie am Fenster, als der Vorortzug langsam aus dem Bahnhof rollte. Ihr Blick fiel auf einige Passanten auf der Hauptstraße, die sie vom Sehen kannte, und schweifte über die Felder außerhalb der Stadt. Erst jetzt wurde ihr richtig bewusst, dass sie ihre Heimat zumindest für lange Zeit verließ. Sie tauschte ihre vertraute Umgebung gegen die unbekannte Wildnis im Hohen Norden ein.

Viel wusste sie nicht über Alaska. Vor ein paar Monaten hatte sie einen Bericht über den großen Goldrausch von Nome im *Post-Intelligencer* gelesen, als viele tausend Menschen mit Dampfschiffen von Seattle nach Alaska gefahren waren und die Erde umgegraben hatten. Die Fotografien hatten sie an Bilder aus dem Wilden Westen erinnert, an die Bretterbuden und Zelte in Goldgräberstädten wie Virginia City. Und natürlich hatte sie zwei oder drei Romane von Jack London gelesen, über einen Wolf, der einsam durch die endlosen Wälder streifte, und über zwei Abenteurer, die in der verschneiten Wildnis beinahe erfroren wären. Die Bücher standen in der Krankenhaus-Bibliothek.

»Ich weiß nichts über Hawaii«, hatte der Zeitungsverkäufer neben dem Krankenhaus gesagt, als Alice und Nelly aus Seattle zurückgekehrt waren, »aber nach Alaska würden mich keine zehn Pferde bringen! Dazu gehört viel Mut!« Die Kolleginnen hatten ähnlich reagiert. »Alaska? Liegt das nicht am Nordpol?«, fragte die schöne Linda von der Intensivstation. Und eine Schwester von der Chirurgischen verzog das Gesicht und meinte: »Gibt's da oben nicht Wölfe und Bären?« Der Stationsarzt lachte nur und sagte: »Also, ich bleib' lieber hinter meinem warmen Ofen sitzen!«

Es war ein Wagnis, nach Alaska zu gehen, darüber war sich auch Alice im Klaren. Alaska war ein Territorium der USA, aber wie für die meisten Amerikaner war auch für sie dieses Land fast ein anderer Erdteil. So exotisch wie Sibirien oder Grönland. Nur während der großen Goldfunde um die Jahrhundertwende hatten die Menschen alles stehen und liegen gelassen und waren in den Hohen Norden gefahren, doch jetzt wagte sich kaum noch einer in das unbekannte Land. Alaska war der neue »Wilde Westen«, ein scheinbar gesetzloses Land, in dem Indianer und Eskimos lebten. Alice erinnerte sich an Fotografien, die einsame

Menschen auf dem zugefrorenen Meer und beim Walfang zeigten.

Dennoch war sie guten Mutes. Sie haderte nicht damit, das lange Streichholz gezogen zu haben, und war von einer seltsamen Aufbruchsstimmung beseelt, die ungeahnte Kraft und Zuversicht in ihr weckte. Sie war bereit für den Hohen Norden. Sie war neugierig darauf, ihre Grenzen zu erfahren, und fragte sich, ob sie es schaffte, ohne ihre Eltern und die vertraute Umgebung ihrer Heimat ein Auskommen zu finden. Ihr bevorstehendes Abenteuer erfüllte sie mit Aufregung, und ungeduldig stieg sie am Bahnhof aus, wo sie von Nelly abgeholt wurde. Ihre Freundin, die zwei Tage später in See stechen würde, hatte versprochen, sie zum Hafen zu begleiten. »Wir tun es«, sagte sie, »wir tun es wirklich!«

Sie trug ihr graues Jersey-Kostüm und ihren besten Hut, und hatte ihre wollenen Strümpfe angezogen, weil sie ahnte, wie kühl und windig es an Bord eines Schiffes werden konnte. Den Regenmantel trug sie über dem Arm. Im Koffer war ihre gesamte Habe, die Unterwäsche, eine warme Strickjacke, ein Pullover, ihr Waschzeug und eine Kosmetiktasche, die einarmige Puppe mit den großen Augen, eine Erinnerung an ihren achten Geburtstag, eine Fotografie ihrer Eltern, die sie in einer Schachtel auf dem Speicher gefunden hatte, und ihre Schwesternuniform. Von der kleinen Dose mit Keksen, die ihre Mutter in den Koffer gepackt hatte, wusste sie nichts. Sie nahmen ein Taxi zum Pier 54 und blickten staunend auf die *Victoria*, einen hundert Meter langen Dampfer mit einem sehr dunklen Schornstein, der majestätisch wie ein Oceanliner im Hafen lag. Tatsächlich war das schnittige Schiff über den Atlantik und den Pazifik gesegelt, bevor es zum Dampfschiff umgebaut und von einer Reederei in Seattle gekauft worden war. Seitdem pendelte es zwischen Seattle und Kotzebue.

Die Freundinnen umarmten sich ein letztes Mal und schworen einander unter Tränen, die andere nicht zu vergessen und regelmäßig zu schreiben. »Sag mir Bescheid, wenn du deinen Prinzen gefunden hast«, sagte Alice. Und Nelly erwiderte: »Und du versprich mir, dich nicht von einem Bären oder Wolf fressen zu lassen!« Bis die *Victoria* aus dem Hafen fuhr, lehnte Alice an der Reling auf dem Oberdeck und winkte verlegen nach unten, und als das Schiff ein lang gezogenes Tuten ertönen ließ, begann sie zu winken und nahm erst die Hand herunter, als sie die offene Bucht erreicht hatten. Das herzliche »Mach's gut, Alice! Ich drück' dir die Daumen!«, verfolgte sie bis aufs Meer hinaus.

Alice blieb lange an der Reling stehen und atmete die würzige Seeluft. Die Sonne stand wie eine weiße Scheibe hinter den dünnen Wolken. Zwischen den Inseln im Puget Sound war der Wind nicht so stark, und auf dem Wasser waren nur wenige Schaumkronen zu sehen. Die *Victoria* fuhr mit halber Kraft, vertrieb zahlreiche Fischerboote und Fähren von ihrem Kurs und ließ nicht erkennen, dass sie schon seit mehr als vierzig Jahren über das Meer fuhr. Es waren nur wenige Passagiere an Bord, und die meisten fuhren lediglich bis Petersburg im ehemaligen Russisch-Alaska, um weiter nach Juneau oder Sitka zu reisen. Eine junge Lehrerin, die sich wohl für etwas Besseres hielt und sich nicht einmal beim Abendessen zu den anderen Passagieren gesellte. Eine Familie mit zwei Kindern, die zu Verwandten nach Juneau reiste. Ein alter Mann, der unter Magenkrebs litt und in seiner alten Heimat sterben wollte – so erzählte ein geschwätziger Steward. Zwei Jäger aus Ohio, die einen Grizzly erlegen wollten und dafür ein halbes Vermögen ausgaben. Ein Mr. Reiley, der einen Fährbetrieb in Hoonah unterhielt und angetrunken an Bord gekommen und in seiner Kabine verschwunden war.

Nachdem sie die Olympic Peninsula hinter sich gelassen hatten und an der Westküste von Vancouver Island entlangfuhren, frischte der Wind auf, und das Meer wurde rauer. Die *Victoria* stampfte mit dampfenden Kesseln nach Norden und zerschnitt das unruhige Wasser mit ihrem scharfen Bug. Alice machten die unruhigen Bewegungen des Schiffes wenig aus. Sie schien gegen Seekrankheit immun zu sein und fand es sogar angenehm, von der *Victoria* in den Schlaf geschaukelt zu werden. Ganz im Gegensatz zu der arroganten Lehrerin, die zwei Tage nicht aus ihrer Kabine kam und kein Abendessen bei sich behalten konnte. Ähnlich erging es der Familie mit den beiden Kindern. Als der angetrunkene Mr. Reiley das dritte Abendessen verschlief und auch auf mehrmaliges

Klopfen nicht öffnete, schloss der Erste Offizier die Tür auf und fand den Mann mit hohem Fieber in seiner Koje liegen. Er rief einen Arzt, und ein gewisser Dr. Michael White nahm sich des Patienten an. Alice bot ihre Hilfe an und wurde in die Kabine des Patienten geführt.

»Miss Sheldon ist Krankenschwester«, stellte der Erste Offizier sie vor, »sie möchte Ihnen gerne helfen.« Alice schüttelte die Hand des jungen Arztes und blickte verwirrt in seine Augen. Sie waren von einem so tiefen Blau, wie sie es noch nie bei einem Menschen gesehen hatte. Er war ein ansehnlicher Mann mit erstaunlich weichen Gesichtszügen und einer Ausstrahlung, die Alice sofort in ihren Bann zog. Die meisten Ärzte im Providence Hospital waren arrogante oder zynische Burschen gewesen, so kam es ihr jedenfalls rückblickend vor. Dr. White erinnerte sie eher an ihren Hausarzt, nur dass er wesentlich jünger war.

»Hallo, Schwester! Das ist nett!«, meinte er erfreut. »Waschen Sie dem Kranken bitte das Gesicht! Wenn mich nicht alles täuscht, hat er eine schwere Lungenentzündung!« Sein Verdacht bestätigte sich, und weil das Fieber des Kranken bereits im kritischen Bereich lag, erklärte Alice sich bereit zu bleiben, bis sie den nächsten Hafen anliefen und Mr. Reiley von Bord gebracht werden konnte. Einige Tage später empfing die *Victoria* einen Funkspruch, in dem mitgeteilt wurde, dass Mr. Reiley außer Lebensgefahr war und sich auf dem Weg der Besserung befand. Er bedankte sich ausdrücklich bei Dr. White und seiner fleißigen Assistentin.

»Sie sind eine gute Krankenschwester«, lobte Dr. White, als sie sich am nächsten Tag an Deck begegneten. Alice wusste inzwischen, dass er verheiratet war und mit seiner Frau nach Petersburg fuhr. »Darf ich fragen, was Sie an Bord der *Victoria* bringt?«

Alice war etwas verlegen, weil sie allein mit einem verheirateten Mann sprach, ließ sich aber nichts anmerken. »Ich habe mich beim Civil Service beworben«, antwortete sie. »Ich fahre nach Kotzebue. Ich arbeite dort als Field Nurse.« So wurden die Krankenschwestern genannt, die von einem Dorf zum anderen zogen und dort die Kranken behandelten.

»Ich habe davon gehört«, erwiderte der Arzt. Seine Augen wirkten weniger blau als in der Kabine des Kranken, aber das konnte auch an dem trüben Wetter liegen. »Eine Eskimo-Siedlung, nicht wahr? Agnes und ich gehen nach Petersburg und einen Monat später nach Bethel. Ich werde eine verantwortliche Stelle im General Hospital übernehmen.«

»Das ist sicher ein interessanter Posten«, erwiderte Alice eine Spur zu förmlich. Die blauen Augen des Arztes machten sie nervös und weckten Gefühle, die sich bei einem verheirateten Mann nicht schickten. Alice war bei weitem nicht so draufgängerisch wie Nelly Dexter, die auch mit verheirateten Männern ausgegangen war, »weil die meisten Frauen selber schuld waren, wenn ihr Mann fremdging.« Alice war konservativer und schüchterner in dieser Beziehung.

»Ich wünsche Ihnen viel Glück, Dr. White. Ihnen und Ihrer Gattin.«

Doch während des Abendessens ertappte Alice sich dabei, wie sie zum Tisch des Ehepaares hinüberschielte und die Frau des Doktors neugierig musterte. Agnes White war eine gut aussehende Frau, schön und elegant, und erinnerte sie an die vornehmen Damen, die sie während des Wohltätigkeitsballes an Ostern im Olympia Hotel gesehen hatte. Sie trug ihr kostbares Abendkleid und den wertvollen Schmuck wie eine First Lady und war sich der bewundernden Blicke der anderen Passagiere sehr wohl bewusst. Ihr Mann war einfacher gekleidet, er machte sogar den Eindruck, als hielte er den Auftritt seiner Frau für übertrieben.

»Du hast Recht, Nelly«, flüsterte Alice, als sie nach dem Abendessen allein über das Deck spazierte, »mit Männern haben wir wenig Glück. Selbst du wärst gegen diese aufgetakelte Lady nicht angekommen!« Sie blieb seufzend an der Reling stehen und musste schmunzeln, als sie sich die vornehme Frau des Doktors in der Wildnis vorstellte. Würde sie es schaffen, ohne vornehme Empfänge und Bälle auszukommen?

Alice hielt ihr Gesicht in den frischen Wind und ließ ihre Gedanken schweifen. Das Stampfen der Maschinen und das Rauschen des Meeres tönte dumpf zu ihr herauf. Über dem Schiff wölbte sich ein endloser Himmel, und obwohl wegen der zahlreichen Wolken kaum Sterne zu sehen waren, empfand sie bei ihrem Anblick ein beinahe ehrfürchtiges und erhebendes Gefühl. Ihre Spiegelbilder ertranken in dem unruhigen Wasser. In der Ferne blinkten die Lichter des kanadischen Festlandes .

Außer ihr schien kein anderer Passagier an Deck zu sein, und sie genoss das Alleinsein und die Stille. Nur wenige Meter von ihr entfernt setzte sich ein Rabe auf die Reling. Ein pechschwarzer Vogel mit einem ausgeprägten Schnabel, der sich durch die schlingernden Bewegungen des Schiffes nicht aus der Ruhe bringen ließ und sie unverwandt anstarrte. »Ich hab' leider nichts zu fressen bei mir«, deutete Alice den Blick des Raben falsch.

Der Vogel blieb sitzen und krächzte heiser. Sein Schrei schien in der einsamen Nacht lauter als sonst zu ertönen, und sein Echo hallte mehrfach von den Aufbauten des Schiffes wider. Er balancierte auf der Reling entlang und blieb dicht vor Alice sitzen. Der Blick aus seinen dunklen Augen zog sie in seinen Bann, denn sie machte keinen Versuch, ihn zu vertreiben, und lauschte seinen heiseren Schreien, als hätten sie eine besondere Bedeutung. »Was willst du mir sagen?«, fragte sie.

Doch kaum hatte sie die Worte ausgesprochen, flog der Rabe davon, und nur das Echo seines Schreis blieb zurück. »Ein seltsamer Vogel, nicht wahr?«, erklang die Stimme von Dr. Michael White. Der Arzt war unbemerkt hinter sie getreten und hob entschuldigend beide Hände, als sie sich erschrocken umdrehte.

»Dr. White! Sie haben mich erschreckt!«

»Tut mir Leid«, erwiderte der junge Arzt. Er hatte sein Dinnerjackett mit einer einfachen Strickjacke vertauscht und hielt eine Pfeife in der linken Hand. »Der Rauch stört Sie doch nicht, oder?«

Alice erlag seinem natürlichen Charme und lächelte schüchtern. »Nein ... nein ... es ist nur wegen des Raben ... er saß plötzlich auf der Reling. Sein Krächzen klang so ... so unheimlich ...«

Dr. White zog an seiner Pfeife und blies den Rauch in den Wind. »Das war Tulugaq«, meinte er geheimnisvoll, »so nennen die Eskimos den Raben. Bei ihnen ist er ein heiliges Tier, haben Sie das gewusst? Nach ihrem Glauben hat er die Erde erschaffen, und als er sah, dass die Menschen im ständiger Dunkelheit lebten, bekam er Mitleid mit ihnen und brachte Licht. Er stahl ein Kästchen mit dem kostbaren Licht vom Schöpfer aller Dinge und trug es zu einigen Fischern auf der Erde. Weil er sehr hungrig war, sagte er zu ihnen: ›Gebt mir die Hälfte von eurem Fang, und ich schenke euch das Licht!‹ Aber die Fischer waren geizig und wollten ihm nichts abgeben. Da schleuderte er das Kästchen wütend zu Boden, und ein Schwall von Licht ergoss sich über die Erde. Weil es gleich wieder erlosch, ist es im Hohen Norden nur sehr spärlich vorhanden. Im Winter ist es nur ein paar Stunden hell, und die Eskimos sind fest davon überzeugt, dass Tulugaq daran schuld ist. Er ist ein gerissener Bursche, wissen Sie, und weil ihm die Menschen so übel mitgespielt haben, treibt er seine Scherze mit ihnen.«

Alice blickte den Doktor erstaunt an und musste lächeln. »Woher wissen Sie das? Haben Sie mal bei den Eskimos gelebt?«

Dr. White klopfte seine Pfeife an der Reling aus und zuckte mit den Schultern. »Nein, das liegt noch vor mir. Aber ich habe viel über sie gelesen, und manchmal habe ich von ihnen geträumt.«

»Ich weiß gar nichts von Indianern und Eskimos«, erwiderte Alice schuldbewusst, »aber ich freue mich darauf, ihre Geschichten zu hören.« Sie hörte eine Tür klappen und sah Agnes White an Deck kommen. Sie trug einen bodenlangen Mantel. »Kommst du, Michael?«, rief sie ungeduldig. »Der Captain will uns sprechen ...«

»Ich komme«, antwortete er, ohne sich umzudrehen. Er deutete eine Verbeugung an. »Es war mir ein Vergnügen, mit Ihnen zu sprechen, Miss Sheldon«, sagte er freundlich. »Schlafen Sie gut!«

»Gute Nacht, Dr. White«, erwiderte Alice heiser.

4

Alice kehrte nachdenklich in ihre Kabine zurück. Die blauen Augen, vor allem aber die sanfte Stimme des Arztes hatten eine nachhaltige Wirkung hinterlassen, und es fiel ihr schwer, die Gedanken an ihn zu verdrängen. Sie verschloss die Tür und setzte sich auf den Kojenrand, stützte den Kopf in beide Hände und starrte in die Dunkelheit. »Sei keine Närrin«, schalt sie sich flüsternd, »der Mann ist verheiratet, und es wäre töricht, sich Hoffnungen zu machen. Selbst wenn er nicht gebunden wäre, hättest du keine Chance! Er geht in Petersburg von Bord, und du siehst ihn nie wieder! Schlag dir die Flausen aus dem Kopf!«

Sie zog sich aus und schlüpfte in ihr warmes Nachthemd. Während sie ihre dunklen Haare öffnete und zu einem Pferdeschwanz band, blickte sie durch das kleine Bullauge aufs Meer hinaus.

Um diese Jahreszeit wurde es früh dunkel, und das Wasser war nur an dem zarten, leichten Schimmer zu erkennen, den der volle Mond auf die Wellen zauberte. Einige Sterne funkelten am klaren Himmel. Nur das leichte Schaukeln des Schiffes und das Stampfen der Maschine erinnerten daran, dass sie sich auf hoher See befanden.

Sie beugte sich weit nach vorn, um besser sehen zu können, und stützte sich mit den Händen an der Wand ab. Ihr Blick wanderte über die schwarzen Wellen und verlor sich in der Dunkelheit. Sie besaß keine große Erfahrung mit Männern. Einen richtigen Freund, den man seinen Eltern vorstellte, hatte sie niemals gehabt. Der Junge, der sie in der High School umworben und zum Abschlussball eingeladen hatte, zählte nicht. Sie genierte sich vor ihrem eigenen Spiegelbild im dunklen Glas des Bullauges, als sie sich erinnerte, wie er sie beim Tanzen bedrängt und sie geküsst hatte. Ihre Unschuld hatte sie auf dem College verloren, an einen jungen Angeber, der sie auf sein Zimmer gelockt und mit billigem Wein abgefüllt hatte. Sie war heute noch dankbar dafür, nicht schwanger geworden zu sein. Ihr Vater hätte sie aus dem Haus gejagt!

Natürlich hatte sie sich verabredet. Während ihrer Ausbildung an der Schwesternschule in Olympia war sie mit einigen jungen Männern ausgegangen, und von einem hatte sie sich sogar küssen lassen, aber zu mehr als zwei oder drei Treffen war es nie gekommen. Sie hatte kein Glück bei Männern, das war ihr längst klar. Die Begegnung mit diesem Dr. Michael White war doch der beste Beweis dafür! Kaum traf sie mal einen Mann, den sie sympathisch fand, war er verheiratet! Sie musste lachen, als sie an Nelly dachte.

»Pack den Stier bei den Hörnern«, hätte ihre Freundin gesagt, und sie hätte laut dazu gelacht. »Mit der eingebildeten Ziege wird er doch sowieso nie glücklich! Fang wenigstens eine ordentliche Affäre mit dem Kerl an!«

Sie wandte sich vom Bullauge ab und kletterte in ihre Koje. Das Bettzeug war steif vom Waschen und knisterte leise, als sie unter die Decke schlüpfte. Sie schloss die Augen und versuchte, an nichts zu denken.

Es gelang ihr nicht. Kaum hatte sie die Augen geschlossen, stürzte eine Flut von Bildern auf sie ein. Ihr Vater, wie er übel gelaunt neben ihrer Mutter lag und sagte: »Du hättest sie nicht gehen lassen sollen, Mary-Ann! Es wäre besser gewesen, sie wäre zu Hause geblieben und hätte Frank Campbell geheiratet!« Ihre Freundin, die sich irgendwo auf dem Pazifik zwischen Seattle und Hawaii befand und in diesem Augenblick vielleicht auch zu schlafen versuchte. Dr. Michael White, der zärtlich seine Frau umarmte und sie mit seinen Lippen liebkoste.

Sie öffnete die Augen und setzte sich auf. Seufzend knipste sie das Licht an. Ein Blick auf die Taschenuhr, die sie von ihrem Großvater geerbt hatte, sagte ihr, dass es wenige Minuten vor Mitternacht war. Sie trank aus der Wasserflasche neben ihrem Bett und griff nach dem Buch, mit dessen Lektüre sie auf der Bahnfahrt begonnen hatte. Ein Südstaatenroman von Edna Ferber. Sie mochte historische Romane und las gern über die Frauen aus dem Süden, die wie Königinnen auf ihren Plantagen gelebt hatten. Doch es fiel ihr schwer, sich zu konzentrieren. Ihre Gedanken waren woanders. Manche Absätze musste sie sogar zwei Mal lesen, weil sie beim ersten Mal nicht aufgepasst hatte.

Nach einer Weile gab sie auf. Sie legte das Buch zur Seite und stieg aus dem Bett. Vielleicht half ein kleiner Spaziergang. Die frische Seeluft würde ihre Gedanken in eine andere Richtung lenken, so hoffte sie, und ihr die nötige Bettschwere geben. Sie zog nur das Nötigste an und hüllte sich in ihren Wintermantel. Auf ihre Schuhe verzichtete sie, für die paar Minuten würden die Hausschuhe genügen. Um diese Zeit war bestimmt niemand unterwegs. Nachdem sie ihre Haare unter einer Wollmütze versteckt hatte, verließ sie die Kabine und kletterte zum Deck hinauf.

Frischer Wind blies ihr ins Gesicht. Sie kniff die Augen zusammen und blieb unter dem überdachten Gang stehen, der sich an den Aufbauten entlangzog. Mit beiden Händen in den Manteltaschen atmete sie die salzhaltige Luft. Sie mochte das Meer, hatte ihr ganzes Leben in seiner Nähe verbracht und war meist zur Küste gelaufen, wenn sie Probleme oder Sorgen hatte. Die Weite des Wassers beruhigte sie, und die frische Luft war Balsam für ihre Seele. Vielleicht war Alaska gar keine schlechte Wahl. Auch Hawaii war sicher nicht das Paradies, für das jeder die Inseln hielt. Sie war gespannt auf den ersten Brief, den sie von ihrer Freundin bekommen würde.

Sie ging ein paar Schritte und hielt sich mit beiden Händen an der Reling fest. Das Meer war unruhiger geworden, und im Mondlicht leuchteten weiße Schaumkronen. Anscheinend hatten sie sich von der

Küste entfernt, und die *Victoria* pflügte durch die Wellen der offenen See. Sie spürte die Bewegungen des Schiffes, das leise Kribbeln im Magen, wenn es in ein Wellental sank und von der nächsten Welle nach vorn getragen wurde. Das Stampfen der Maschinen kämpfte gegen das Rauschen des Wassers an, und aus dem Schlot stiegen dunkle Rauchfahnen.

Was würde sie in Alaska erwarten? Ihre erste Stellung würde sie in Kotzebue antreten, einer größeren Eskimosiedlung an der Küste, in der man gerade dabei war, ein Krankenhaus zu bauen. Das hatte ihr Dr. C. E. Smith geschrieben, der Medical Director des Bezirks. Er freue sich auf eine »so erfahrene und kompetente Krankenschwester« und bewundere ihren Mut, »fernab der Zivilisation ihren Dienst zu verrichten.« Kein besonders ermutigendes Schreiben, wenn man zwischen den Zeilen lesen konnte. Wenn man gerade dabei war, ein Krankenhaus zu bauen, bedeutete das wohl, dass sie in einer Baracke arbeiten musste, und »fernab der Zivilisation« hieß sicher »irgendwo im Busch.« So nannten sie die Wildnis in Alaska, hatte der Captain berichtet.

Alice spürte, wie der kalte Wind unter ihren Mantel kroch, und sie beschloss, in ihre Kabine zurückzugehen. Sie kehrte unter die Überdachung zurück und wollte gerade in den Niedergang steigen, als sie ein scharrendes Geräusch hörte. Ein Matrose, der seine Wache antrat, beruhigte sie sich, oder der Captain auf seinem Rundgang. Aber dann sah sie, wie sich eines der Rettungsboote in seiner Verankerung bewegte und eine Hand die Abdeckplane zurückschob. Verstört trat sie in den Schatten zurück. Sie versteckte sich hinter einem der stählernen Stützpfeiler und beobachtete, wie eine Gestalt aus dem Rettungsboot kletterte, für den Bruchteil einer Sekunde im Mondlicht stehen blieb und sofort in der Dunkelheit verschwand. Doch dieser Augenblick genügte, um ihr das hagere Gesicht eines Mannes zu zeigen, der eine Decke über den Schultern trug und das linke Bein nachzog.

Sie blieb in ihrem Versteck, froh, dass der Mann in die andere Richtung gelaufen war. Ein blinder Passagier, dachte sie, oder schlimmer noch, ein Verbrecher auf der Flucht. Ich muss den Captain benachrichtigen. Sie wollte schon zur Brücke laufen und Meldung machen, besann sich aber anders. Wer eine Decke über den Schultern trug und einen so armseligen Eindruck machte, war sicher nur ein armer Teufel, der zu seinen Verwandten wollte und kein Geld für die Passage hatte. Warum sollte sie ihn anschwärzen? Was brachte es, wenn sie wegen eines Landstreichers den Captain alarmierte?

Dennoch blieb sie hinter dem Stützpfeiler und wartete geduldig, bis der blinde Passagier zurückkam. Er fühlte sich unbeobachtet, und Alice blieb diesmal mehr Zeit, ihn eingehend zu mustern. Er war jünger, als sie angenommen hatte. Anfang Zwanzig, vielleicht ein paar Jahre älter. Zumindest im schwachen Mondlicht wirkte sein Gesicht knochig und eingefallen. Sein nervöser Blick verriet Panik. Er hielt eine zweite

Decke in den Händen, anscheinend hatte er sie aus einem Staufach genommen.

Als er merkte, dass der Mond genau auf sein Rettungsboot schien, kletterte er rasch hinein und zurrte die Plane fest. Er bewegte sich so schnell und geschickt, dass Alice kaum seinen Bewegungen folgen konnte. Das Boot schaukelte ein paarmal in seiner Verankerung, dann hing es still, und nichts deutete mehr auf die Anwesenheit eines Menschen hin. Wie ein Gespenst, dachte Alice, oder hab' ich mir das alles nur eingebildet? Sie schüttelte den Kopf und kehrte zur Kabine zurück.

Unterwegs begegnete sie dem Captain, einem bärtigen Mann mit verwittertem Gesicht.

»Miss Sheldon!«, rief er überrascht. Seine Augen schienen das künstliche Licht vor den Kabinen nicht gewohnt zu sein. Seine Lider flackerten nervös. »Kann ich Ihnen irgendwie behilflich sein?«

Alice erschrak und schüttelte den Kopf. »Nein, es ist alles in Ordnung, Captain. Ich wollte nur etwas frische Luft schnappen.«

»Bleiben Sie lieber in Ihrer Kabine, Miss Sheldon. Heute Nacht soll ziemlich starker Wind aufkommen, und ich möchte nicht, dass Ihnen etwas passiert.« Er lächelte verständnisvoll. »Wenn es Ihnen nicht gutgeht, lasse ich Ihnen gern einen Tee bringen!«

Jetzt lächelte auch Alice. »Ich bin Krankenschwester, Captain, schon vergessen? Ich hab' so ziemlich alle Tabletten in meinem Koffer, die man für eine Seereise braucht. Ich bin am Meer aufgewachsen und war etliche Male mit Fährschiffen unterwegs. Und einer meiner vielen Onkel war Lachsfischer und hat mich öfter mal mitgenommen. So schnell werde ich nicht seekrank!«

»Das hab' ich auch nicht angenommen, Miss Sheldon. Ich treffe hunderte von Menschen auf diesem Dampfer, da lernt man die Menschen kennen. Sie sind eine tapfere und selbstbewusste Frau, das habe ich gleich erkannt. Sonst würden Sie nicht nach Alaska gehen und bei den Eskimos leben.« Er schien Lust auf ein Schwätzchen zu haben und machte keine Anstalten zu gehen. »Was hat Sie dazu bewogen, ausgerechnet nach Alaska zu gehen? Meine beiden Töchter träumen von Hollywood und New York, die wollen berühmte Schauspielerinnen werden. Sie waren einmal auf dieser Reise dabei. Nie wieder, haben sie gesagt!«

»Wenn ich ehrlich bin, hatte ich auch nicht vor, nach Alaska zu reisen«, erwiderte Alice amüsiert. »Es ist einfach so passiert.« Sie berichtete, wie ihre Freundin und sie zwischen Hawaii und Alaska gelost hatten, und zuckte die Achseln. »Ich mag den Norden.«

Der Captain nickte erfreut. »Wissen Sie was?«, sagte er. »Ich mag den Norden auch, und mich würden kein zehn Pferde nach Hawaii bringen! Viel zu heiß und zu schwül, und giftige Schlangen soll es da auch geben! Mir sind die Grizzly-Bären lieber!«

Sein Blick fiel auf ihre Hausschuhe. »Aber ich halte Sie schon viel zu lange auf, Miss Sheldon. Sie sind sicher müde. Und wie gesagt … Bleiben Sie heute

Nacht lieber im Bett! Unser Kurs geht von der Küste weg, und es könnte etwas unruhig werden!« Er legte grüßend eine Hand an seine Uniformmütze. »Gute Nacht!«

»Gute Nacht, Captain.« Alice ging in ihre Kabine und schloss die Tür. Erleichtert legte sie sich ins Bett. Sie wurde von einem schlechten Gewissen geplagt, weil sie den blinden Passagier nicht gemeldet hatte. Während ihrer Unterhaltung mit dem Captain war sie ständig versucht gewesen, ihn zu verraten, hatte es aber nicht übers Herz gebracht. Der Mann hatte so krank und enttäuscht ausgesehen. Bestimmt ein Landstreicher oder ein Wanderarbeiter, der in diesem Sommer keine Arbeit bekommen hatte. Den meisten Farmern ging es sehr schlecht, und selbst in Kalifornien wurden inzwischen weniger Feldarbeiter eingestellt. In New York redeten manche schon von einer Wirtschaftskrise.

Alice schloss die Augen und schlief ein. Lediglich im Unterbewusstsein nahm sie wahr, wie das Schiff in unruhige See geriet und stärker zu schaukeln begann. Kein richtiger Sturm, aber stark genug, um manche Passagiere, die sich zum ersten Mal auf einer Seereise befanden, in Unruhe zu versetzen. Die Cabin Boys hatten alle Hände voll zu tun, die seekranken Passagiere mit Kamillentee und Tabletten zu versorgen. »Reine Routine«, wie der Captain am nächsten Morgen gegenüber Dr. Michael White versicherte, und kein Grund, einen Arzt oder eine Krankenschwester zu wecken. »Das passiert auf beinahe jeder Fahrt.«

Ohne es wirklich zu bemerken, verwendete Alice an diesem Morgen besondere Sorgfalt auf ihr Aussehen. Sie wählte das dunkelgrüne Reisekostüm, das sie eigentlich erst in Kotzebue anziehen wollte, wenn sie von Bord ging und sich dem Medical Director vorstellte, und legte die muschelförmige Brosche an, die sie von ihrer Mutter zu Weihnachten bekommen hatte. Ihre Haare bürstete sie so lange, bis sie seidig glänzten, und steckte sie zu einem kunstvollen Knoten hoch. Sie benutzte Schminke und Rouge und war erst zufrieden, nachdem sie eine Viertelstunde vor dem Spiegel gesessen hatte. Sie strahlte ihr Spiegelbild an und errötete, als ihr einfiel, warum sie das alles tat.

Im Speisesaal blieb sie einen Augenblick stehen. Die beiden Jäger aus Ohio, die in Alaska einen Bären erlegen wollten, unterhielten sich lautstark über ihre Jagderlebnisse. Die arrogante Lehrerin, die zum ersten Mal zum Frühstück erschienen war, saß am Fenster und blickte missmutig in den nebligen Dunst hinaus. Sie schien dem Hohen Norden überhaupt nichts abgewinnen zu können und war wohl wütend darüber, dass man sie nach Alaska versetzt hatte. Sie ging bestimmt nicht freiwillig in den Norden und ließ ihren Frust an dem Steward aus, indem sie sich über die trockenen Rühreier und den viel zu harten Toast beschwerte.

»Guten Morgen, Miss Sheldon«, erklang eine vertraute Stimme hinter ihr. Sie drehte sich um und sah sich Dr. Michael White gegenüber. Er stand auf und verbeugte sich leicht. »Ich hoffe, Sie hatten eine angenehme Nacht! Wie Sie sehen, sitze ich heute allein am Tisch. Meiner Frau geht es nicht besonders gut, wissen Sie. Ich hab ihr einen Kamillentee gebracht und eine Tablette gegeben und sie gebeten, sich etwas auszuruhen.« Er deutete lächelnd auf einen freien Stuhl. »Möchten Sie mir nicht Gesellschaft leisten? Sie trinken heiße Schokolade, nicht wahr?«

»Woher wissen Sie das?«, fragte sie errötend. Sie nahm zögernd Platz und nickte dankbar, als er ihr dabei half. Sie hatte das Gefühl, etwas Verbotenes zu tun, als sie sich an den Tisch eines verheirateten Mannes setzte, doch keiner der anderen Passagiere schien sich daran zu stören. Ich tue ja auch nichts Unrechtes, redete sie sich ein, es ist doch nichts dabei, wenn ich ihm Gesellschaft leiste. »Ich liebe heiße Schokolade, Doktor!«

»Mike«, verbesserte er sie, »nennen Sie mich Mike!«

»Alice«, erwiderte sie verlegen.

»Ich habe gehört, wie Sie gestern zum Frühstück heiße Schokolade bestellt haben. Sie hätten Ihre Augen sehen sollen, als Sie die Sahnehaube auf der Schokolade sahen!«

Der Steward kam, nickte Alice freundlich zu, und nahm die Bestellung auf. Sie bildete sich ein, den Anflug eines spöttischen Lächelns in seinen Augen zu sehen.

»Sie sehen heute Morgen ganz bezaubernd aus«, sagte Mike.

Alice wurde noch verlegener und spürte, wie ihr das Blut ins Gesicht schoss. Sie bemühte sich, nicht in seine blauen Augen zu blicken. »Vielen Dank, Doktor … Mike … mir macht die unruhige See nichts aus … ich bin am Meer aufgewachsen, an der Küste.«

»Ich komme aus San Francisco«, erwiderte er. »Aber mit der Stadt konnte ich nie viel anfangen. Alle Leute schwärmen von ihr. Auf dem College war ein Mädchen aus Eureka, das hätte ihren linken Arm dafür gegeben, in San Francisco zu wohnen. Ich wollte schon als kleiner Junge weg. Zu viele Menschen und viel zu laut, wenn man mitten in der Stadt wohnt so wie wir damals. Über Alaska hab ich zum ersten Mal von meinem Großvater gehört. Er war beim großen Goldrausch dabei, oben am Klondike, und ich erinnere mich noch, was er über die Natur sagte: In Alaska bist du der Schöpfung ganz nahe. Seine blauen Augen glänzten, als er sich daran erinnerte, und er fügte schnell hinzu: »Aber ich rede ständig von mir und meinem Großvater. Was treibt Sie in den Hohen Norden, Alice? Wissen Sie schon, was Sie in Alaska erwartet?«

Sie war froh, dass er ein neutrales Thema anschnitt, und wiederholte die Worte, die sie dem Captain gesagt hatte. »Ich weiß nicht«, meinte sie dann. »Ich hab' viel über Alaska gehört. Wie unendlich groß das Land ist und wie kalt es dort werden kann. Wenn ich ehrlich bin, hab' ich ein bisschen Angst davor. Ich habe noch nie einen Eskimo gesehen und weiß nicht, wie man sich ihnen gegenüber verhält. In der Broschüre, die ich vom Civil Service bekommen habe, steht kaum etwas über dieses Volk.«

»Es müssen sehr fröhliche Menschen sein«, vermutete Mike. »Ich hab' ihre Geschichten gelesen, und da geht es oft um böse Streiche, die sie ihren Verwandten spielen. Wissen Sie, woher das Nordlicht kommt? Das leuchtet, wenn tote Eskimos im Himmel mit einem Walross-Schädel Fußball spielen.« In seine Augen trat ein Funkeln. »Ich bin sehr gespannt auf das Nordlicht! Es soll wunderschön sein und die Menschen verzaubern können …«

Die Tür ging auf, und Agnes White kam in den Speisesaal. Sie war ungeschminkt, hatte ihre Haare nur notdürftig hochgesteckt und wirkte sehr blass. Als sie Alice am Tisch ihres Mannes sitzen sah, stutzte sie einen Augenblick. »Ich hoffe, du amüsierst dich gut«, bemerkte sie spöttisch zu ihrem Mann. »Wenn dir wieder einfallen sollte, dass du verheiratet bist, wäre ich dir sehr verbunden, wenn du in die Kabine kommen und dich um deine kranke Frau kümmern würdest! Wenn du natürlich etwas Besseres vorhast …« Sie bedachte Alice mit einem verächtlichen Blick.

»Sei nicht albern«, erwiderte Mike, ohne verlegen zu sein. »Ich habe mich nur ein wenig mit Alice … Miss Sheldon unterhalten.«

»Alice!«, meinte Agnes White abfällig. »Das ging ja schnell!« Sie drehte sich um und verließ den Speisesaal. Die beiden Jäger, die ihre Unterhaltung unterbrochen und das Gespräch mit angehört hatten, grinsten schadenfroh. Die arrogante Lehrerin schüttelte peinlich berührt den Kopf. »Entschuldigen Sie mich bitte«, wandt Mike sich an Alice und folgte seiner Frau.

5

Das schlechte Wetter passte zu ihrer Gemütslage. Den ganzen Morgen verbrachte Alice in ihrer Kabine, starrte in den Regen hinaus, der das Meer mit einem dunklen Schleier überzog, und las in ihrem Buch, ohne ein Wort zu verstehen. Als der Steward klopfte und fragte, ob er ihr einen heißen Tee bringen könne, schickte sie ihn mit einem barschen »Lassen Sie mich in Ruhe!« fort. Sie schlug das Buch zu, legte sich in ihre Koje und verschränkte die Hände unter dem Hinterkopf. Sie starrte zur Decke empor und beobachtete eine Spinne, die über die Balken kroch.

Warum nahm sie der Auftritt der wütenden Ehefrau so mit? Hatte sie sich etwa in den Arzt verliebt? Sie wehrte sich gegen so ein Gefühl, redete sich ein, dass sie Mike lediglich sympathisch fand und sich gern mit ihm unterhielt. Was war schon dabei, wenn sie sich an seinen Tisch setzte? Sie hatten keine zärtlichen Blicke ausgetauscht und einander nicht berührt. Doch wie hätte sie reagiert, wenn sie ihren Ehemann bei einer fröhlichen Unterhaltung mit einer anderen Frau erwischt hätte, nur wenige Minuten, nachdem er ihr einen Krankenbesuch abgestattet hatte? Agnes White hatte wohl gespürt, dass ihr Mann die junge Krankenschwester sympathisch fand, und war deshalb auch aufgestanden und in den Speisesaal gekommen. Wer weiß, vielleicht passierte so etwas nicht zum ersten Mal und Mike war ein unverbesserlicher Schwerenöter, der fast jedem Rock hinterherlief?

Alice stand auf und zog das einfache Kleid an, das sie am Vortag getragen hatte. Sie hatte es nicht nötig, einem verheirateten Mann schöne Augen zu machen! Dr. White würde das Schiff in Petersburg verlassen und später nach Bethel gehen, und es war es ziemlich unwahrscheinlich, dass sie einander noch einmal begegneten. Es wäre besser, sie konzentrierte sich auf ihre Arbeit und bereitete sich geistig auf die große Aufgabe vor, die in Alaska auf sie wartete. Sie hatte ihre Heimat und ihre Eltern verlassen und würde ihre ganze Kraft brauchen, um in der Fremde nicht zu versagen. Erst in diesem Augenblick wurde ihr klar, welch bedeutende Entscheidung sie getroffen hatte. Sie hatte einen Schnitt gemacht. In Alaska begann ein neues Leben.

Sie zog ihren Mantel an und verließ die Kabine. Bis zum Mittagessen war noch Zeit, und sie brauchte frische Luft, um auf andere Gedanken zu kommen. An Deck blieb sie stehen. Der Regen war in ein leichtes Nieseln übergegangen, das wie feuchter Nebel über dem Schiff hing. Schon der Bug der *Victoria* verlor sich in dem trüben Dunst, der sie von allen Seiten umgab und die Wellen des Meeres nur erahnen ließ. Sie knöpfte ihren Mantelkragen zu und lief ein paar

Schritte, hielt sich mit einer Hand an dem Mast auf dem Vorderdeck fest und atmete die frische Luft.

»Wenn Sie keine Lady wären«, hörte sie den Captain sagen, »würde ich behaupten, Sie sind ein erfahrener Seebär, der ohne Wind und Wetter nicht leben kann!« Er blieb vor ihr stehen und legte eine Hand an die Mütze. »Guten Morgen, Miss Sheldon.«

»Guten Morgen, Captain«, erwiderte sie lächelnd. »Da, wo ich herkomme, kennt man die Sonne nur von Bildern.« Sie nahm die Hand vom Mast und rieb sie an ihrem Mantel trocken. »Waren Sie schon oft in Alaska, Captain? Ist das Land wirklich so weit und wild, wie immer behauptet wird? Es soll größer als Texas sein!«

»Alaska ist größer als die meisten Länder, die ich in meinem langen Seefahrer-Leben gesehen habe! Wenn sie da oben kein Gold gefunden hätten, gäb's da nur ein paar Eskimo-Dörfer! Alaska ist ein eigener Kontinent, sage ich immer, und wenn Sie das Land gesehen haben, werden Sie mir zustimmen. Da gibt's kaum Städte, und was die Leute für Straßen halten, sind bessere Feldwege. Ich glaube nicht, dass sie das Land jemals in den Griff bekommen werden. Viel zu ungestüm und viel zu wild!«

»Und dennoch lieben Sie es.«

Der Captain nickte begeistert. »Und ob! Ich könnte mir sogar vorstellen, dort zu leben! In Alaska können Sie noch richtig durchatmen, und wenn Sie erst mal das Nordlicht gesehen haben, wollen Sie nicht mehr weg! Deshalb hab' ich mich für den Job auf der

Victoria beworben. Na, in ein paar Tagen werden Sie das Land kennen lernen. Ich bin sicher, dass Sie sich dort wohl fühlen werden. Sie setzen sich durch, da bin ich ganz sicher!«

»Und die Eskimos und die Indianer? Wie sind die so? Kann man mit ihnen gut zurechtkommen oder muss ich mit Schwierigkeiten rechnen?«

»Die sind in Ordnung, Miss. Wenn man den Alkohol von ihnen fern hält, kommt man gut mit ihnen aus. Die meisten haben ihren Geistern abgeschworen und sind zum christlichen Glauben übergetreten. Die Schwarzkittel ... die Missionare sind seit der Jahrhundertwende in Alaska, die haben ganze Arbeit geleistet.«

»Auch in Kotzebue?«

»Da ganz besonders«, erklärte er, »da sind die Quäker schon seit dreißig Jahren aktiv. Ich mag die Quäker. Sind gegen den Krieg und halten nichts von dem ganzen Zauber, den die meisten anderen Kirchen veranstalten. Ich hoffe, ich habe Sie nicht beleidigt, Miss? Pastor Walsh ist ein angenehmer Mann. Und seine Frau bäckt jedes Mal einen Kuchen, wenn ich komme.«

Das Gespräch mit dem Captain versetzte sie in einer bessere Laune, und beim Mittagessen fühlte sie sich bereits stark genug, am Tisch der Whites vorbeizugehen und ihnen freundlich zuzunicken. Agnes White würdigte sie keines Blickes, aber die Art, wie sie ihr Wasserglas umfasste, sprach Bände, und Mike erwiderte ihren Gruß mit einem freundlichen, aber sehr reservierten Nicken. Anscheinend hatte ihm seine Frau ordentlich zugesetzt.

Während des Essens vermied Alice es, zu den Whites hinüberzublicken. In den blauen Augen des Doktors lag ein Zauber, dem sie nicht widerstehen konnte. Und seine Frau würde es bestimmt nicht hinnehmen, wenn er ihr zulächelte oder sie unter seinem Blick errötete. Der streitbaren Ehefrau traute sie zu, ihr eine Szene im Speisesaal zu machen. Noch eine Nacht, dachte sie. Am nächsten Morgen würden sie in Petersburg anlegen, und Dr. Michael White und seine Frau würden von Bord gehen.

Beim Nachtisch, einem leuchtend grünen Wackelpudding, den sie zur Hälfte stehen ließ, bekam Alice einige Worte der Unterhaltung mit, die Dr. White mit seiner Frau führte. »Du hättest den Posten niemals annehmen sollen«, sagte Agnes White energisch, während sie etwas Sahne in ihren Kaffee rührte. »Warum sind wir nicht in Seattle geblieben? Du hättest eine Praxis aufmachen und viel Geld verdienen können! Und wir hätten endlich die gesellschaftliche Stellung gehabt, die uns zusteht! Ich hatte sogar schon ein Haus für uns ausgesucht, direkt an der Bucht!« Sie legte wütend den Löffel auf den Tisch. »Was meinst du, was unsere Bekannten zu deiner Entscheidung gesagt haben? Die halten uns für verrückt! Frank hätte dich am liebsten auf die Nervenstation mitgenommen und dich untersucht! Was willst du in Alaska? Da hätten wir doch gleich nach Afrika gehen können!«

»Das haben wir doch alles schon hundertmal durchgesprochen, Agnes«, erwiderte er. »Alaska bedeutet eine Herausforderung für mich! Da kann ich mich noch hautnah um die Patienten kümmern! Ich will das Gefühl haben, den Menschen wirklich helfen zu können. In Alaska brauchen sie Ärzte wie mich, Agnes! Die Eskimos und Indianer sind auf unsere Hilfe angewiesen.«

»Eingeborene«, meinte sie abfällig. »Wilde! Die glauben doch noch an Spuk und böse Geister, und wenn sie krank sind, rufen sie den Medizinmann. Willst du um ein Feuer tanzen und die Geister anrufen? Ich verstehe dich nicht, Mike! Als wir uns kennen lernten, warst du doch vernünftig, da wolltest du unbedingt Chef der Notaufnahme werden, und das hast du ja auch geschafft! Und jetzt wirfst du den schönen Job einfach über Bord!«

»Es ist doch nicht für immer, Agnes!«, lenkte Mike ein. »Ein Jahr, höchstens zwei, dann gehen wir wieder nach Hause. Und dann kann ich immer noch eine Praxis aufmachen.« Er blickte sie versöhnlich an, hatte wohl gemerkt, dass die Aufmerksamkeit des halben Speisesaals auf sie gerichtet war. »Du wirst sehen, diese Eskimos und Indianer sind freundliche Menschen. Die sind noch richtig dankbar, wenn man ihnen hilft. Vielleicht kannst du mir ja im Krankenhaus helfen? Da gibt es sicher eine Menge zu tun ...«

»Das fehlte noch«, erwiderte sie uneinsichtig. »Ich zieh mir einen Kittel an und nehm den Schwestern die Arbeit ab! Nein, da bleib' ich lieber in meinem

Blockhaus und stricke! Und im Winter baue ich einen Iglu, damit es die Eskimos schön warm haben.«

»In Bethel bauen sie keine Iglus.«

»Wie bitte?«

»In Bethel gibt es keine Iglus. In ganz Alaska wohnen die Eskimos in Holzhäusern oder Wellblechhütten. Und früher haben sie in Hütten aus Treibholz gelebt. Iglus bauen sie nur in Kanada und Grönland. Das steht in dem Buch, das ich dir gezeigt habe.«

»Klugscheißer«, zischte sie leise.

Alice stand auf und verließ den Speisesaal. Sie war froh, als sie aus dem Blickfeld des Ehepaars war und atmete erst einmal tief durch. Diese Agnes White war schon eine seltsame Frau. Sorgte sich um ihre gesellschaftliche Stellung und träumte von einem herrschaftlichen Haus an der Bucht. Ob ihr Mann mit seiner Arbeit glücklich war, interessierte sie nicht. Ihr schien nur daran gelegen zu sein, ein prunkvolles Leben zu führen. Reichtum und die Anerkennung ihrer Freunde und Bekannten, mehr wollte sie nicht. Wie konnte man nur so selbstsüchtig sein! Eine Frau, die ihren Mann wirklich liebte, wollte doch, dass er mit seiner Arbeit zufrieden war. Die interessierte sich für das, was er täglich erlebte, und setzte sich für ihn ein. Ein wirklicher Arzt wollte zu allererst helfen, erst in zweiter Linie ging es ihm um Geld. Natürlich hatte es Ärzte am Providence Hospital gegeben, die mit ihrem Reichtum geprotzt und ein teures Automobil gefahren hatten. Und sie war auch einigen Ehefrauen begegnet, die sich darin gefielen, ihre teuren Modellkleider zu zeigen. Aber selbst einem selbstgefälligen Mann wie Dr. Emory Jackson war es immer um die Patienten gegangen. »Beruf kommt von Berufung«, hatte er ihr gesagt, »das gilt auch für Sie, Schwester Alice!«

Auch Alice hatte den Beruf nicht wegen des Geldes gewählt. Sie musste lachen. Als Krankenschwester verdiente sie weniger als eine Verkäuferin oder eine Sekretärin. Sie hatte sich immer bemüßigt gefühlt, den Menschen zu helfen, und es gefiel ihr, kranken Menschen neuen Mut zu geben. Solange das Geld ausreichte, um ihren Lebensunterhalt zu sichern, war sie zufrieden. Als Tochter eines Farmers war sie nie verwöhnt gewesen, und Modellkleider und kostbarer Schmuck waren ihr ziemlich egal.

Sie verbrachte den Nachmittag in ihrer Kabine und las in ihrem Buch, lächelte spöttisch, als sie Agnes White in der Ehefrau eines Plantagenbesitzers wiedererkannte. Sie las gern über den feudalen Lebensstil des Alten Südens, wie in einem Märchen aus »Tausendundeiner Nacht«, aber sie hätte niemals mit diesen verwöhnten Frauen tauschen wollen. Sie brauchte eine Aufgabe, die ihrem Leben einen Sinn gab. Den ganzen Tag mit Einkaufen, Schminken und der Vorbereitung von Bällen und Gesellschaften zu verbringen, hätte sie niemals zufrieden gestellt.

An diesem Nachmittag begegnete ihr Agnes White noch zweimal. Einmal auf dem Achterdeck, als sie zum Luftschnappen nach oben stieg und die Ehefrau des Arztes mit stolz erhobenem Kopf und hochnäsigem Gesichtsausdruck an ihr vorbeiging, und das andere Mal beim Abendessen, als Agnes White neben ihrem Mann saß und gar nicht daran zu denken schien, eine Auseinandersetzung mit ihm zu beginnen. Sie sagte kaum etwas, lächelte aber ständig und wollte anscheinend jedem beweisen, wie sehr sie ihren Mann liebte. Sie legte großen Wert auf Äußerlichkeiten, und Alice musste einräumen, dass sie mit ihrem dunkelroten Abendkleid, den kunstvoll hoch gesteckten Haaren und dem geschminkten Gesicht wie eine Königin aussah.

Am nächsten Morgen erreichten sie Petersburg. Die Maschinen der *Victoria* gingen auf halbe Kraft zurück, und das Schiff fuhr zur Anlegestelle. Der Nebel hatte sich gelichtet, und schon von weitem konnte sie die bunten Holzhäuser auf den Hügeln erkennen. Die Stadt war von skandinavischen Siedlern gegründet worden, die eine Konservenfabrik und ein Kühlhaus in der Stadt betrieben. Es roch nach Seetang, Teer und Fischabfällen. Auf der anderen Seite des Hafens dümpelten mehrere Fischerboote im Wasser, am Ufer saßen einige Fischer, flickten Netze, rauchten und unterhielten sich. Für die *Victoria* hatten sie nur einen flüchtigen Blick übrig. Sie mochten keine großen Schiffe.

Mit einigen anderen Passagieren beobachtete Alice, wie einige Männer an Land sprangen und das Schiff fest vertäuten. Sie zogen die Gangway heraus und gaben das Zeichen, die Passagiere von Bord zu lassen. Alice gestand sich widerstrebend ein, nur gekommen zu sein, um Mike ein letztes Mal zu sehen. Dr. Michael White und seine Frau gingen als Erste von Bord. Auf der Gangway blieb er einen Augenblick stehen und blickte zu ihr hinauf, lächelte sie aus seinen blauen Augen an und bewegte die Lippen zu einem Satz, den sie nicht verstand. Noch bevor sie den Arm heben und ihm zuwinken konnte, hatte seine Frau ihn am Arm gepackt und gezwungen, nach vorn zu blicken. Ohne sich noch einmal umzudrehen, verschwand Mike zwischen den vielen Menschen, die im Hafen auf die *Victoria* gewartet hatten.

»Leb wohl, Mike«, flüsterte Alice mit feuchten Augen. Der Abschied von dem Mann, mit dem sie nur ein paar Worte gewechselt hatte, schmerzte sie mehr, als sie befürchtet hatte. Gab es doch diese »Liebe auf den ersten Blick« von der Nelly manchmal gesprochen hatte? Ihre Freundin hatte sich oft Hals über Kopf in einen Mann verliebt, und es hatte nicht mal einer Verabredung oder eines heißen Kusses bedurft, um sie in helle Begeisterung zu versetzen. Wie es ihr wohl auf ihrer Reise nach Hawaii erging? Hatte sie sich schon einen Millionär geangelt? Alice war wahnsinnig gespannt auf den ersten Brief ihrer Freundin. Sie hatten ihre neuen Adressen ausgetauscht und einander versprochen, gleich nach der Ankunft in der Fremde zu schreiben.

Ihr Blick schweifte über die Menschen am Ufer und blieb an einem hageren Mann in einem langen Regenmantel hängen. Er schlich wie ein Dieb über den freien Platz und verschwand zwischen den Häusern. Der Bruchteil einer Sekunde, in dem er sein Gesicht zeigte, reichte Alice, um ihn zu erkennen. Der blinde Passagier. Er hatte einen Mantel gestohlen und sich mit den anderen Passagieren an Land gestohlen. Wie er es geschafft hatte, an den Crew-Mitgliedern, die jeden Passagier verabschiedet hatten, vorbeizukommen, war ihr ein Rätsel. Ein gerissener Bursche, dachte sie, aber wie kommt er von Petersburg weg? Oder war der Fischerort das Ziel des blinden Passagiers gewesen?

Alice blieb an der Reling stehen, bis die *Victoria* wieder ablegte und mit stampfenden Maschinen in See stach. An der zerklüfteten Küste von Baranof Island entlang ging es nach Norden. Bis Kotzebue würden sie noch fast eine Woche unterwegs sein. Das Wetter wurde wieder schlechter, und besonders vor den Aleuten, der Inselkette im Südwesten von Alaska, stürmte es so stark, dass sie die meiste Zeit in ihrer Kabine blieb und ein Frühstück und ein Mittagessen ausfallen ließ. Die *Victoria* kämpfte sich durch meterhohe Wellen, die über ihrem Bug zusammenschlugen und von böigen Regenschauern begleitet wurden. Alle Bullaugen waren geschlossen, und in den Kabinen stand die Luft. Der Sturm vertrieb die Gedanken an den blinden Passagier, über den Alice lange nachgedacht hatte, und er linderte den Schmerz, den der Abschied des jungen Arztes verursacht hatte.

Weiter westlich wurde das Wetter besser, lediglich der Regen blieb, bis sie in Akutan an der Pier festmachten. Da sie über vier Stunden Aufenthalt in dem

Fischernest hatten, ging Alice an Land und gönnte sich eine heiße Schokolade in Chuck's Cafe. Das Lokal war in einer schäbigen Baracke untergebracht. Chuck war ein fettleibiger Aleute, der selber gern Schokolade trank, dazu die besten Kekse seiner Frau servierte und sie mit einer Geschichte überraschte, die man sich überall auf den Aleuten erzählte: »An der Küste, nur ein paar Meilen von hier, wurde ein Tintenfisch an Land geschwemmt. Er landete im Ufersand und blieb erschöpft liegen. Macht nichts, dachte er, bald wird die Flut kommen und mich wieder ins Meer tragen. Solange kann ich hier draußen überleben. Da erschien ein Rabe mit pechschwarzem Gefieder. Er ließ sich in der Nähe des hässlichen Tintenfisches nieder und verhöhnte den Meeresbewohner: ›Mein lieber Tintenfisch! Du bist so wunderschön! Ich liebe dich! Ich möchte immer bei dir sein!‹ Der Tintenfisch hörte bereits, wie die Flut das Meer zurückbrachte, und umschlang den Raben mit seinen Fangarmen. ›Diesen Wunsch will ich dir gerne erfüllen‹, erwiderte er. ›Ich nehme dich mit ins Meer, dann können wir immer zusammenbleiben!‹ Der Rabe wehrte sich: ›Nein! Lass mich los!‹ Aber der Tintenfisch ließ nicht locker: ›Ich will dir deinen Wunsch erfüllen, Geliebter!‹ Und so kam es, dass der Rabe mit dem Tintenfisch ins Meer zurückgespült wurde und auf jämmerliche Weise ertrank.«

In der folgenden Nacht, der letzten, bevor sie Nome und Kotzebue anliefen, träumte Alice von dem Raben. Sie sah ihn auf einem Pfeiler sitzen und hörte ihn sagen: »Ich bin nicht ertrunken, Schwester! Ich habe nur Spaß gemacht! Oder hast du vergessen, dass ich alles Leben erschaffen habe? Ich habe dem Tintenfisch befohlen, an Land zu schwimmen und mich freizugeben!« Er krächzte heiser und schlug ein paarmal mit den Flügeln. »Der Norden ist ein gefährliches Land, Schwester! Hab ich dir das schon erzählt? Nur starke Menschen überleben hier oben! Bist du stark genug, Schwester? Bist du wirklich stark genug? Oder weinst du diesem jungen Doktor hinterher und vergisst, dich auf die Gefahren des Hohen Nordens zu konzentrieren? Sieh dir die Kreuze auf dem Friedhof von Kotzebue an! Suche nach den Knochen in den Bergen! Dort liegen die Menschen, die zu schwach waren, in diesem Land zu überleben!«

»Ich bin stark genug, Tulugaq«, antwortete Alice fest.

»Das musst du mir erst beweisen!«, rief der Rabe und flog krächzend davon. Alice wachte auf und blickte zweifelnd in das trübe Halbdunkel, das durch die Bullaugen in ihre Kabine drang.

6

Am Nachmittag des nächsten Tages erreichten sie Kotzebue. Die Siedlung lag am nordwestllichen Ende der Baldwin Peninsula, einer flachen Halbinsel, die wie ein Vorposten der Wildnis in die Beringsee ragte. Im trüben Licht des arktischen Nachmittags erkannte Alice eine lange Reihe von Holzhäusern und Wellblechhütten, die sich wie Perlen an einer Schnur an der Küste entlangreihten. Wegen des starken Wellenganges ankerte die *Victoria* weit vor der Küste. Ein Kutter löste sich von der Anlegestelle und tuckerte mit einem stabilen Floß im Schlepptau zu ihnen heraus. Der Mann am Ruder, ein stämmiger Eskimo, brauchte einige Minuten, bis er seinen Kutter so nahe an das große Schiff gesteuert hatte, dass er die Taue werfen konnte.

Der Captain stand auf der Brücke, als Alice zum unteren Deck hinabstieg.

»Viel Glück!«, wünschte er. »Und lassen Sie sich von den Eskimos nicht ins Bockshorn jagen! Die haben manchmal einen seltsamen Humor!«

Er legte die rechte Hand an seine Uniformmütze und verabschiedete dann auch seine anderen Passagiere.

Alice grüßte zurück und stieg auf das schaukelnde Floß. Die Reling aus Brettern und Seilen bot notdürftigen Halt. Außer ihr gingen nur noch zwei andere Passagiere von Bord, darunter zwei Eskimos, ein Mann und eine Frau, die in Nome auf die *Victoria* zugestiegen waren, um Vorräte nach Kotzebue zu bringen. Einige Matrosen luden das Gepäck auf das Floß, das aus etlichen Koffern, Kisten und Säcken bestand. »Halten Sie sich gut fest!«, ermahnte sie einer der mitfahrenden Matrosen, als der Kutter ablegte.

In einer Mischung aus Erleichterung und Wehmut blickte Alice zur *Victoria* zurück. Der Abschied von dem Dampfschiff bedeutete einen Abschied von ihrem bisherigen Leben, den Beginn einer neuen Zeit, die vollkommen ungewiss war. Obwohl sie die Broschüre des Civil Service gründlich studiert hatte und ungefähr wusste, welche Aufgaben sie in Alaska erwarteten, ahnte sie, dass ihr neues Leben auch etliche Überraschungen für sie bereithielt. Alaska war ein fremdes Land, ein anderer Kontinent, wie manche behaupteten, und sie hätte genausogut in Afrika oder Südamerika an Land gehen können, so fremd war ihr die Kultur.

Die Fahrt zur Küste schaukelte sie ordentlich durch, und sie war froh, als sie endlich anlegten und an Land gehen konnten. Sie nahm ihren Koffer in Empfang und blieb auf dem breiten Kiesstreifen stehen, der die verwitterten Holzhäuser vom Meer trennte. Böiger Wind wehte über die Shore Avenue, wie die Bewohner von Kotzebue ihre einzige Straße nannten, und es roch nach Meer – nach Fisch, Teer und gekochtem Tran. Nicht weit von der Anlegestelle lag ein Belugawal mit aufgeschnittenem Leib auf dem Kies. Eine Frau schnitt kleine Stücke aus der Haut und der Fettschicht und verteilte sie an einige Kindern, die sie begierig kauten.

Alice blickte sich suchend um. Im Brief des Civil Service hatte gestanden, dass man sie abholen würde, und sie erwartete, von C. E. Smith, dem Medical Director ihres Bezirks, oder irgendeinen anderen Arzt begrüßt zu werden. Stattdessen sprach sie ein Weißer in einem Anorak aus Rentierfell an. Er war groß und schlank und begrüßte sie mit einem freundlichen Lächeln, das ihr sofort sympathisch war. »Sie müssen Schwester Alice sein«, sagte er, »ich bin Pastor Walsh von der Kirche der Freunde.«

Sie blickte ihn fragend an und erhielt eine Erklärung, bevor sie eine Frage stellen konnte. »Dr. Smith bat mich, Sie abzuholen. Er hatte leider einen dringenden Termin in Nome und lässt sich entschuldigen. Sie werden bei uns wohnen, Schwester Alice. Das Krankenhaus befindet sich noch im Bau, und so lange haben wir einen Operationsraum und einige Krankenzimmer im Gemeindehaus eingerichtet. Nichts Besonderes und alles sehr einfach, aber anders geht es zur Zeit nicht. Sie bekommen eines der Gästezimmer. Meine Frau freut sich schon, Sie kennen zu lernen.«

Er nahm ihren Koffer und führte sie an den Holzhäusern vorbei zum Ende der Straße. Vor einigen

Hütten, die abseits des breiten Küstenstreifens standen, hingen ausgenommene Lachse an Holzgestellen, ein Bild, das Alice von den Indianern auf der heimatlichen Olympic Peninsula kannte. Der Fisch wurde getrocknet und geräuchert und ein Teil davon in Konservenfabriken verarbeitet. An den Wäscheleinen, die zwischen den Hütten gespannt waren, hingen Anoraks und Hosen zum Trocknen. Zwei Männer saßen auf einem Walknochen, der ihnen als Bank diente, und rauchten Pfeife. Einige Huskys stritten sich lautstark um eine Lachshaut, die eine Frau ihnen zugeworfen hatte. Überall war Hundegebell zu hören. Die Schlittenhunde sehnten sich nach dem Winter und den Jagdausflügen über das eisige Land.

Pastor Walsh blieb bei der Frau und den Kindern bei dem toten Wal stehen. »Hallo, Marie«, begrüßte er sie und strich einem der Kinder über die dichten schwarzen Haare. »Das ist Schwester Alice, unsere neue Krankenschwester.« Alice nickte der Frau, die jünger war, als es aus der Ferne den Anschein gehabt hatte, freundlich zu. Den Kindern schenkte sie ein Lächeln. »Hilfst du uns am Sonntag beim Gottesdienst? Wir wollen uns nach der Versammlung im Gemeindehaus treffen, um Schwester Alice zu begrüßen. Auf deinen guten Tee würden wir ungern verzichten.«

»Ich komme«, erwiderte die Frau. Sie wirkte etwas schüchtern und wagte nicht, Alice in die Augen zu blicken. »Bäckt deine Frau wieder den guten Kuchen mit den vielen Rosinen drin?«

»Natürlich«, versprach Pastor Walsh. »Wir haben frische Milch und Butter bekommen. Mary bäckt bestimmt einen Kuchen.«

Sie gingen weiter, und der Pastor blickte Alice amüsiert an. »Den Kuchen essen sie lieber als Muktuk«, sagte er, und als er Alices fragenden Gesichtsausdruck bemerkte: »Muktuk ist das Eskimo-Wort für Walhaut. Die kauen alle, wenn ein Wal gefangen wird. Soll gut für die Zähne sein. Leider essen fast alle Eskimos zu viel Zucker, deshalb haben sie auch ständig Zahnschmerzen. Können Sie einen Zahn ziehen, Schwester Alice? Die Gehilfin von Doktor Smith, die letzten Sommer bei uns war, schimpfte immer, wenn sie zum Zahnziehen gerufen wurde. Wir haben keinen Zahnarzt.« Er deutete auf das Gebäude, das sich hinter den Häusern erhob, und gab ihr mit einer Kopfbewegung die Richtung vor.

»Die Kirche der Freunde«, meinte er stolz, als sie vor dem Gebäude standen. Es war aus Holz gebaut und wirkte wesentlich stabiler als die Häuser an der Shore Avenue. Über dem Versammlungsraum, wie die Gesellschaft der Freunde ihre Kirche nannte, ragte ein Giebelturm empor. Dahinter erstreckten sich die Krankenzimmer, die Gästezimmer und die Privatwohnung des Pastors und seiner Frau. »Mary, ich habe die neue Schwester mitgebracht«, rief er vor dem Seiteneingang.

Mary Walsh wirkte in ihrem dunklen Kleid mit dem hochgeschlossenen Kragen und den zu einem Knoten geschlungenen Haaren sehr streng und unnahbar, doch der erste Eindruck täuschte. Hinter dem unscheinbaren Äußeren verbarg sich eine freundliche und warmherzige Frau. »Schwester Alice, ich freue mich!«, begrüßte sie Alice. »Sie haben sicher Hunger! Kommen Sie, ich zeige Ihnen Ihr Quartier, und dann gibt es Lachs und Kartoffeln. Und sobald ich frische Milch habe, backe ich einen leckeren Kuchen. Der Captain der *Victoria* wartet bestimmt schon darauf.«

Das Zimmer, das Alice während der nächsten Monate bewohnen würde, war erstaunlich groß und hatte einen einfachen Ofen, in dem ein schwaches Feuer brannte. Es gab ein Bett und einen Schrank und einen Tisch, auf dem eine Vase mit frisch gepflückten Wildblumen stand. Über der Kommode mit dem Wasserkrug und der Waschschüssel hing die Fotografie einer alten Eskimo-Frau. »Das ist Marie Seveck«, erklärte Pastor Walsh, als er ihren neugierigen Blick bemerkte, »die Mutter der Frau, die wir bei dem Wal getroffen haben. Sie heißt auch Marie und kocht den besten Kräutertee der Welt. Ihre Tochter hat die Kunst von ihr geerbt.«

Nachdem Alice sich häuslich eingerichtet hatte, zeigte Pastor Walsh ihr den Operationsraum und die Krankenzimmer. Zur Zeit gab es nur einen Patienten, einen Eskimo, der seinen Rausch ausschlief und am nächsten Morgen beim Gott der Christen und allen Geistern seiner alten Religion schwören würde, niemals wieder eine Whiskeyflasche anzufassen. »Leider gelingt es manchen Leute immer wieder, Alkohol in unser Dorf zu schmuggeln«, sagte der Pastor. »Auf dem Festland ist Alkohol verboten, nicht wahr? Auch nicht die richtige Lösung, wenn Sie mich fragen. Mit solchen Verboten lockt man den Teufel nur hinter dem Ofen hervor. Für Eskimos und Indianer ist Alkohol das reinste Gift. Sie vertragen Alkohol noch weniger als wir Weiße!«

Der »Operationssaal« war ein spärlich eingerichteter Raum mit einer Liege und einem Metallschrank mit den wichtigsten Instrumenten. Gegen den Operationssaal im heimatlichen Providence Hospital wirkte er wie ein Relikt aus dem vergangenen Jahrhundert. »Im neuen Krankenhaus soll alles besser und moderner werden«, erriet Pastor Walsh ihre Gedanken. Doktor Smith operiert die schweren Fälle in Nome, und wenn Zeit genug ist, lässt er sie mit dem Buschflugzeug nach Fairbanks fliegen. Da gibt es das St. Joseph's, ein modernes Krankenhaus.«

Sie gingen in die Wohnküche und setzten sich zum Abendessen nieder. In seinem Tischgebet bat Pastor Walsh den Herrn, sein Licht auch in der tapferen Schwester leuchten zu lassen, die das Wagnis eingegangen war, in der Wildnis eines ungezähmten Landes ihren Dienst zu tun und sich um die Eingeborenen zu kümmern, die dringend ärztlicher Hilfe bedurften. »Amen«, schloss er sein Gebet, »herzlich willkommen in Kotzebue!«

Der Lachs schmeckte köstlich, und Mary Walsh lebte regelrecht auf, als Alice ihre Kochkunst lobte und höflich um einen Nachschlag bat. »Sie müssen mir von Seattle erzählen«, bat sie, »wir sind schon seit fünf Jahren hier, und ich kann mich gar nicht mehr daran erinnern, wie eine richtige Stadt aussieht. Nicht dass ich mich nach dem Trubel sehne. Ich bin sehr zufrieden in meiner kleinen Welt. Aber gibt es dort wirklich eine Elektrische?«

Alice erzählte ihr von der Straßenbahn, mit der sie jeden Tag zur Arbeit gefahren war, und natürlich wollten der Pastor und seine Frau auch wissen, was sie auf die Idee gebracht hatte, nach Alaska zu gehen. Sie verschwieg den Streit mit ihrem Vater und antwortete: »Ich wollte mal was anderes sehen, ich brauchte eine neue Herausforderung. Zu Hause war mir alles zu eingefahren.« Sie berichtete von der Entscheidung zwischen Hawaii und Alaska, und wie sie zustandegekommen war. Als die Walshs sie bedauernd ansahen, sagte sie: »Nelly passt besser nach Hawaii. In der Hitze würde ich es nicht lange aushalten.«

Beim Nachtisch, es gab Apfelkuchen mit Sahne, stellte Alice die Frage, die ihr schon seit einiger Zeit auf den Nägeln brannte: »Ich habe schon mal von Ihrer Kirche gehört, Pastor. Ich weiß, dass Sie Christen sind. Was machen Sie anders als die Protestanten oder Baptisten? Warum nennen Sie sich Freunde?«

Der Pastor trank von dem heißen Tee, den seine Frau serviert hatte, und lächelte. »Weil wir glauben, dass alle Menschen Freunde sein sollten, Schwester Alice. Deshalb haben wir uns verpflichtet, das Wort Gottes in alle Welt hinauszutragen. Jesus sagt: ›Liebt eure Feinde, tut Gutes denen, die euch hassen.‹ In einer Gesellschaft, die Hass, Rache und Gewalt kennt, sind wir verpflichtet, den Gedanken der Freundschaft zu verbreiten. Wir glauben fest daran, dass Gottes Licht in jedem Menschen leuchtet. Das innere Licht verbindet uns mit der Quelle allen Lebens.«

»Dann sind Eskimos und Indianer für Sie genauso wichtig wie weiße Amerikaner? Nicht alle Menschen denken so, Pastor. Manche Leute in Seattle beschimpfen die Indianer als Wilde.«

»Ich weiß«, antwortete Pastor Walsh, »aber ich bin lange genug hier oben, um zu wissen, dass es nicht so ist. Natürlich leben diese Menschen einfacher als die Weißen auf dem Festland.« Er lächelte. »So nennen wir die Vereinigten Staaten. Und von der Zivilisation ist in den meisten Dörfern kaum etwas zu spüren. Aber auch dort wohnen Menschen, und es ist die Pflicht und Schuldigkeit aller Christen, sich um diese hilfsbedürftigen Eingeborenen zu kümmern! Sie tun es ... wir tun es ... alle sollten es tun!«

»Bei diesem Thema wird mein Mann immer wütend«, meldete sich seine Frau zu Wort. »Er liebt alle Menschen. Ist es nicht so?«

»Sonst wäre ich nicht in der Gesellschaft der Freunde«, bekräftigte er. »Wir sind keine Sekte, Schwester Alice. Wir glauben an Gott, den Allmächtigen, an Jesus Christus, sein zu Fleisch gewordenes Wort, und an den Heiligen Geist. Und wir glauben an die Bibel, das geschriebene Wort Gottes. Womit wir uns nicht anfreunden können, sind die Dogmen und die starren Formen, wie sie andere Kirchen kennen.

Bei uns ist das ganze Leben ein Sakrament. In unseren Versammlungen gibt es keine Predigt und keinen festgesetzten Ablauf. Wir schweigen gemeinsam. Wer etwas sagen will, erhebt sich und lässt uns an seinen Gedanken teilhaben. Ich bin nur hier, um diese Gedanken zu verbinden und meiner Gemeinde den Sinn unseres Glaubens zu erklären. William Penn, der Gründer von Pennsylvania, sagte einmal: ›Je weniger Form in der Religion, um so besser, denn Gott ist Geist. Je geistiger unser Gottesdienst, um so näher der Natur Gottes, je schweigender, um so angepasster der Sprache Gottes.‹ Nur im stillen Gebet findet man zu Gott!«

Es klopfte an der Tür, und auf das »Herein!« des Pastors blickte Andy Seveck zu ihnen herein. Der junge Eskimo war viel zu aufgeregt, um das Ehepaar und Alice zu grüßen. »Pastor! Schnell! Mein Großvater hat furchtbare Zahnschmerzen! Es tut höllisch weh!«

Bei dem Wort »höllisch« musste sogar der Pastor grinsen. »Da hat er aber Glück«, erwiderte er, »gerade ist Schwester Alice aus Seattle eingetroffen. Sie kümmert sich um deinen Großvater.«

Aber ich verstehe von einer Zahnbehandlung so wenig wie eine Städterin vom Kühemelken, hätte sie am liebsten gesagt. Sie geriet jedoch nicht in Panik und vertraute darauf, dass sie an ihrer alten Wirkungsstätte mit ganz anderen Herausforderungen fertig geworden war. So leicht war eine erfahrende Schwester wie sie nicht aus der Ruhe zu bringen. »Im

Behandlungsraum steht eine schwarze Tasche«, sagte der Pastor, »da sind alle wichtigen Instrumente und Medikamente für den Notfall drin. Kommen Sie, ich gehe mit Ihnen und stelle Sie der Familie vor.

Alice holte die Tasche, schlüpfte rasch in ihren Mantel und folgte dem Pastor und dem jungen Eskimo in den Wind hinaus. Sie hatte noch nicht einmal Zeit gefunden, sich umzuziehen. »Wenn Sie zurückkommen, setze ich neuen Tee auf!«, rief Mary Walsh ihr nach. Sie liefen zum Ort hinab und folgten dem Eskimo in eines der Holzhäuser, vor denen die Gerüste mit dem trocknenden Lachs standen. Die Holzgestelle knarrten in dem böigen Wind.

Das Jammern des kranken Mannes war schon von weitem zu hören. Er saß am Tisch, die linke Hand mit einer Wollmütze an der schmerzenden Backe, und seufzte ein Wort in seiner Sprache, das Pastor Walsh nicht übersetzen wollte. Anscheinend war es ein Schimpfwort.

»Das ist Schwester Alice«, sagte er zu dem Mann und seinen Verwandten, die in einem Halbkreis um ihn herum standen. Außer seiner Frau, der alten Marie Seveck, die über einer Hose des weißen Mannes einen Anorak aus Karibufell trug, waren noch etliche andere Verwandte und Bekannte in der kleinen Hütte. Alle waren neugierig auf die Schwester aus Seattle. »Sie macht dich wieder gesund, Jacky!«, sagte Pastor Walsh zu dem Mann, der von Zahnschmerzen geplagt wurde. Er blickte die alte Marie Seveck an. »Habt ihr noch eine Lampe?«

Die Frau holte wortlos eine Petroleumlampe aus dem Nachbarhaus und stellte sie auf den Tisch. Sie drehte den Docht nach oben und nickte zufrieden, als sich Helligkeit im einzigen Zimmer der Hütte ausbreitete. Alice blickte sich rasch um. Außer dem Tisch und dem Stuhl, auf dem der Kranke saß, gab es noch einen Küchenschrank, eine Kommode mit zahlreichen Schubladen und ein baufälliges Regal mit Werkzeugen, Jagdutensilien, Blechspielzeug und einem zerfledderten Versandhauskatalog in dem Raum. Ein Vorhang trennte den Wohnbereich von den Schlafquartieren ab. Auf dem eisernen Herd neben dem Fenster blubberte ein Topf mit Fischeintopf. Im hellen Licht der Petroleumlampe wirkte die Einrichtung noch armseliger als vorher.

Alice nahm dem kranken Mann, einen älteren Eskimo mit einem leichten Bartflaum über der Oberlippe, die Wollmütze aus der Hand und drückte ihn sanft gegen die Lehne. Sofort sprangen zwei jüngere Männer hinzu und hielten ihn an den Armen fest. Anscheinend waren sie schon öfter bei einer Zahnbehandlung dabei gewesen. »Das machen sie immer so«, erklärte Pastor Walsh. Alice blickte die jungen Männer verwundert an, lächelte dann und suchte in ihrer Tasche nach den Instrumenten.

Der Pastor hielt die Lampe hoch, während Alice die Zähne des kranken Mannes untersuchte. Sie brauchte nicht lange, um die Ursache für seine Beschwerden zu finden. Einer seiner linken Backenzähne war entzündet und musste unbedingt gezogen werden. »Halb so schlimm!«, schwindelte sie den jammernden Mann an. »Wir ziehen den kleinen Störenfried, und in ein paar Stunden ist alles wieder okay!« Manchmal musste man mit erwachsenen Männern wie mit kleinen Kindern reden, hatte sie schon auf der Schwesternschule gelernt. »Die stärksten Kerle sind die größten Memmen«, hatte Nelly immer gesagt. Wenn man ihnen Blut abnahm, fielen manche sogar in Ohnmacht. Deshalb redete Alice auch ununterbrochen, als sie zu ihrer Tasche ging und eine Spritze aufzog. »Ein kleiner Piekser, und du spürst nichts mehr!« Der Pastor hatte ihr gesagt, dass die meisten Eskimos eine vertrauliche Anrede gewöhnt waren.

Sie wollte sich gerade umdrehen, als sie eine Gestalt mit einer schwarzen Maske vor dem Fenster entdeckte. Vor Schreck ließ sie beinahe die Spritze fallen. Sie blieb wie versteinert stehen und starrte nach draußen. »Da ist jemand!«, flüsterte sie entsetzt.

7

Alice ließ die Hand mit der Spritze sinken und starrte wie gebannt auf den maskierten Eskimo. Er blickte wie ein unheilvoller Dämon zum Fenster herein, entdeckte den kranken Mann auf dem Stuhl und stieß einen kehligen Laut aus. Mit drohender Stimme sagte er etwas in seiner Sprache, das die Bewohner des Hauses wie eine Herde verängstigter Lämmer in die Ecke trieb, und begann zum rhytmischen Trommeln seiner Männer zu tanzen. Sein eintöniger Singsang drang durch die dünnen Bretterwände der Hütte und brachte sogar die Flamme der Petroleumlampe zum Zittern. Im Halbdunkel wimmerte eine alte Frau.

»Umialik!«, schimpfte Pastor Walsh. »Dieser Angakok stört unsere Arbeit nicht zum ersten Mal!« Er stellte die Lampe auf den Tisch und stapfte nach draußen, wo er den maskierten Eskimo und seine Männer anfuhr.

»Verschwindet! Ihr seid hier nicht erwünscht! Die Menschen in diesem Haus sind Christen! Sie glauben nicht an euren faulen Zauber! Mit eurem Singsang und dem Getrommel zieht ihr keinen Zahn! Geht nach Hause und lasst Schwester Alice in Ruhe arbeiten! Verschwinde, Umialik!«

Der Singsang verebbte, und auch das Getrommel ließ nach. »Du bist ein Fremder, Tanik!«, antwortete der maskierte Eskimo in der Sprache des weißen Mannes. »Du bist nicht mit uns verwandt! Nur wer vom selben Blut ist, darf in unserer Mitte leben!«

»Das ist Unsinn, Umialik! Das weißt du ganz genau! Das galt vielleicht in den alten Zeiten, als es noch keine Zivilisation und keine christliche Kirche in Kotzebue gab. Aber jetzt wissen die Eskimos, dass alle Menschen miteinander verwandt sind. Alle Menschen sind Brüder und Schwestern, ist das nicht wahr?«

»Du redest mit glatter Zunge, Tanik!«, erwiderte der Schamane. »Aber mich kannst du nicht täuschen! Du bist ein Fremder und wirst immer ein Fremder bleiben! Und du bist nur gekommen, um mich und meine Verwandten vom Pfad des Lebens abzubringen. Wir sollen unsere Geschichten und Lieder vergessen. Wir sollen unsere Sprache verlernen. Wir sollen alles vergessen, was uns jemals wichtig war, und so leben, wie der weiße Mann es befiehlt. Wir werden sterben, wenn wir das tun, Tanik!«

Pastor Walsh ließ sich auf den Wortwechsel ein. »Bleib bei der Wahrheit, Umialik! Niemand will euch eure Geschichten und eure Lieder nehmen. Haben wir sie nicht gesungen, als wir Nalukatak gefeiert haben, das Fest des erfolgreichen Walfangs? Und wer hat euch verboten, eure Sprache zu sprechen? Ich vielleicht? Ich will nur, dass ihr den wahren Gott anerkennt und so lebt, wie der Herr es von uns verlangt. Komm am Sonntag zu unserer Versammlung, Umialik, und ich verkünde dir das Wort des einzigen Gottes. Wenn du an unserer Versammlung teilnimmst, wirst du erkennen, dass die Freunde keinen Unterschied zwischen den Menschen machen! Wir wollen, dass alle in Frieden leben!«

»Ihr habt unsere Welt in Unordnung gebracht«, wehrte sich der Schamane. »Ihr habt weiße Lehrer in unsere Dörfer geschickt, die Geschichten erzählen, die wir nicht hören wollen. Und ihr habt Ärzte und Schwestern geholt, die mit Messern, Bohrern und Zangen auf die Kranken losgehen. Ihr habt die bösen Geister verärgert, sonst gäbe es nicht so viele Kranke in dieser Stadt!«

»Es gibt keine bösen Geister, Umialik! Der alte Mann in der Hütte hat einen faulen Zahn, weil er zu viele Süßigkeiten isst, und er wird die Schmerzen nur los, wenn Schwester Alice den Zahn zieht! Sie macht den Mann wieder gesund! So, und jetzt geht nach Hause und behindert Schwester Alice nicht bei der Arbeit!«

Alice sah den Pastor zufrieden lächeln, als er in die Hütte zurückkehrte, und fuhr mit der Arbeit fort. »Machen Sie weiter, Schwester Alice!«, hörte sie ihn sagen. »Lassen Sie sich durch den kleinen Zwischenfall nicht stören!«

Sie überprüfte die Spritze und injizierte etwas Novocain in das wunde Zahnfleisch. »So, gleich geht es dir besser!«, beruhigte sie den vor Schmerz stöhnenden Eskimo. »Das Mittel betäubt den kranken

Zahn, dann spürst du kaum noch was, wenn ich ihn rausziehe!«

Während das Novacain seine Wirkung tat, desinfizierte sie die Zange in kochendem Wasser und überließ es dem Pastor, den kranken Mann und seine Verwandten abzulenken. »Chester«, sprach er den Sohn des leidenden Mannes an. Er war mit der jungen Marie Seveck verheiratet, wie Alice später erfuhr. Selbst im flackernden Schein der Petroleumlampe fielen ihr seine stämmige Gestalt und sein kantiges Gesicht auf. »Wie war die Jagd heute Morgen?«

»Ich habe zwei Robben erwischt«, antwortete der erfolgreiche Jäger, der schon viele Eisbären erschossen hatte und deswegen sehr geschätzt wurde. »Morgen wollen wir mit dem Umiak rausfahren und auf Walrossjagd gehen. Charlie Kobuk hat eine große Herde entdeckt!« Charlie Kobuk, ein Freund des jungen Mannes, gehörte zu den besten Spurenlesern von Kotzebue und arbeitete werktags im neuen Post Office.

»Und du?«, sprach er die ältere Marie Seveck an. »Hast du dir wieder Süßigkeiten gekauft? Lass das Zuckerzeug lieber liegen, sonst ergeht es dir wie deinem Mann, und Schwester Alice muss dir die letzten Zähne ziehen!« Er lachte. »Wenn ich mich recht erinnere, hast du sowieso kaum noch welche!«

»Ich habe noch zwei«, meldete sich die greise Frau mit ihrer Krächzstimme, »einen oben und einen unten. Ist das nicht genug? Ich kaue besser Muktuk als die meisten jungen Leute!«

Alice kehrte zu ihrem Patienten zurück und forderte ihn auf, den Mund weit zu öffnen. »Halten Sie die Lampe etwas höher!«, bat sie den Pastor. Sie suchte nach dem kranken Zahn, bekam ihn mit der Zange zu fassen, lockerte ihn mit einigen Bewegungen und zog ihn heraus. »Da haben wir den Quälgeist schon«, seufzte Alice erleichtert. Sie hatte große Angst gehabt, bei diesem Einsatz zu versagen, wusste sie doch, wie wichtig es war, gleich bei der ersten Behandlung das Vertrauen der Patienten zu gewinnen. Nicht schlecht für jemand, der noch nie einen Zahn gezogen hat, sagte sie sich. Sie ließ den blutigen Zahn in eine Metallschale fallen und versorgte die blutende Wunde mit etwas Mull. »So, den gröbsten Schmerz bist du los«, sagte sie zu dem stöhnenden Mann. »Und in zwei, drei Tagen spürst du gar nichts mehr! Ruh dich sich ein wenig aus, und nimm eine von diesen Tabletten, falls es noch einmal schlimmer wird.« Sie gab dem Mann zwei Tabletten und schüttelte seine schwielige Hand.

Die Verwandten des Mannes applaudierten begeistert, und die alte Marie Seveck rief: »Das hat sie gut gemacht, nicht wahr? Die neue Schwester versteht ihre Arbeit!« Eine andere Frau sagte: »Wenn ich Zahnschmerzen habe, lasse ich mich auch von der neuen Schwester behandeln!« Und Chester Seveck, der Jäger mit dem kantigen Gesicht, schwärmte: »Das war gut, Schwester! Das war sehr gut! Du hast unsere Nachtruhe gerettet! Gestern hat mein Vater die ganze Nacht gestöhnt, stimmt's, Marie?«

»Das hat er«, antwortete seine Frau. »Er hat so laut gestöhnt, dass ich am liebsten bei den Hunden geschlafen hätte!« Sie ging zu Alice und schüttelte ihr mehrmals die Hand. »Danke, Schwester! Das haben Sie wirklich gut gemacht! Vielen Dank!«

Natürlich mussten Alice und der Pastor noch auf einen Tee bleiben, und die alte Marie Seveck naschte ungeniert von ihren Schokoladenkeksen, während Alice von ihrem Zuhause und der Überfahrt nach Alaska erzählen musste. »Du kommst vom Festland? Du kommst wirklich vom Festland?« fragten sie immerzu, als lägen die Vereinigten Staaten auf einem anderen Erdteil. »Warum bist du zu uns gekommen? Warum bist du nicht bei deinen Eltern geblieben? Leben deine anderen Verwandten hier?«

Sie wusste, wie wichtig Blutsverwandte für die Menschen hier waren, und lächelte nachsichtig. »Ich bin Krankenschwester«, erklärte sie, »ich habe geschworen, mich um alle Menschen zu kümmern, nicht nur um meine Eltern und Geschwister. So wie der Pastor, für den auch alle Menschen gleich sind. Ich finde es schön, wenn man überall auf der Welt Freunde und Verwandte hat. Solange ich hier bin, werden Sie meine Verwandten sein.«

Nach einer angemessenen Zeit verabschiedeten sich Alice und der Pastor von den Sevecks. Alice lobte noch einmal den guten Kräutertee und folgte dem Pastor ins trübe Zwielicht hinaus. Um diese Zeit des Jahres ging die Sonne kaum unter, und es war die ganze Nacht hell. Der eisige Wind trieb Abfall über die breite Shore Avenue und verfing sich pfeifend unter den Gebäuden, die fast alle auf Pfählen errichtet waren. Der Himmel hatte eine eigenartige Färbung angenommen, schimmerte in einem verwaschenen Grün und Gelb, und über dem Meer hingen dunkle Wolken. Die *Victoria* ankerte immer noch vor der Küste.

»Sie haben sich gut gehalten«, sagte Pastor Walsh, als sie den Hügel zur Kirche emporstiegen. »Die Schwester, die vor Ihnen hier war, fiel beinahe in Ohnmacht, als sie zum ersten Mal bei einer Eskimo-Familie war. Ihr wurde übel von dem Trangeruch.«

Alice lachte. »Sie hätten die Fischer sehen sollen, die bei uns im Providence eingeliefert wurden! Die stanken nach Tran und Teer und allen möglichen anderen Dingen! Und die Städter rochen auch nicht besser! Ich habe lange auf der Intensivstation gearbeitet, da gewöhnt man sich an vieles!« Sie erinnerte sich an einen Patienten, der sich auf ihre frisch gestärkte Uniform erbrochen hatte, und verzog das Gesicht. »Manchmal mussten wir uns sogar um Betrunkene kümmern, das waren die Schlimmsten!«

»Das kann Ihnen hier auch passieren«, sagte Pastor Walsh ernst. »Wir haben das Alkoholproblem noch immer nicht im Griff, obwohl die Prohibition schon seit vielen Jahren in den Eskimo-Dörfern besteht. Keiner erwischt diese gemeinen Schmuggler.«

Sie erreichten das Gemeindehaus, und Alice stellte die Arzttasche in den Behandlungsraum zurück, bevor sie zu den Walshs in die Küche ging. Die Frau des Pastors hatte frischen Tee aufgesetzt, und Alice war höflich genug, eine Tasse mit dem Ehepaar zu trinken. »Der Eskimo mit der Maske«, meinte sie nach dem ersten Schluck, »er hat mir Angst gemacht! Ist er ein Medizinmann? Ich dachte, es gibt gar keine Geisterbeschwörer mehr ...«

»In jedem Dorf gibt es ein paar Unverbesserliche, die sich von ihren Traditionen nicht lösen können, obwohl sie längst eingesehen haben, dass Ihnen die Zivilisation fast nur Gutes bringt ... vom Alkohol einmal abgesehen. Umialik war der große Mann in Kikiktagruk. So hieß Kotzebue vor der Ankunft der Weißen. Bis vor ein paar Jahren noch hatte er die Hälfte der Bevölkerung hinter sich! Aber unsere Mission trug Früchte. Die Eskimos sahen ein, dass sie den wahren Gott nur in der Kirche des weißen Mannes finden würden, und liefen ihm in Scharen davon. Jetzt sind nur noch ein paar Männer und Frauen bei dem Angakok. Sie leben auf der anderen Seite des Flusses in einem traditionellen Dorf.«

»Ich habe Angst vor Umialik«, gestand Mary Walsh. »Jedes Mal, wenn ich ihm begegne, läuft mir ein Schauer über den Rücken.«

»Aber er hat Ihnen nie etwas getan«, vermutete Alice.

Die Frau des Pastors schüttelte den Kopf. »Er hat mich mit seinen Blicken verfolgt! Haben Sie seine Augen gesehen? Umialik will, dass alle Weißen aus dieser Gegend verschwinden! Ich bin sicher, er würde auch Gewalt anwenden, wenn er die Gelegenheit dazu bekäme.«

Sie blickte ihren Mann an.

»Irgendwann musst du etwas gegen diesen Unhold unternehmen!«

»Sei nicht so streng mit ihm, auch er ist unser Bruder«, widersprach der Pastor. »Eines Tages wird er seine feindliche Haltung aufgeben und einsehen, dass unser Weg der einzig richtige ist.«

Vor dem Einschlafen dachte Alice über die Worte des Pastors nach. Sie wusste wenig über Eskimos und Indianer, bezweifelte aber, dass man sie zu Weißen umerziehen konnte. Sie würden sich taufen lassen, die Kleider der Weißen tragen, in ihren Häusern wohnen und ihre Schulen gehen und Englisch lernen. Aber würden sie jemals ihre Herkunft vergessen? Konnte man ihnen verbieten, an ihren alten Sitten und Gebräuchen festzuhalten?

Wer sagte denn, dass der Weg der Quäker der richtige war? Es gab hunderte von Kirchen, die dasselbe behaupteten. Am Ortsende bauten die Katholiken eine neue Kirche, und auch dort würde es einen Pfarrer geben, der behauptete, die einzige Wahrheit gepachtet zu haben. War es denn Gottes Wille, fremde Länder zu erobern und den Eingeborenen den christlichen Glauben aufzuzwingen? Sie erinnerte sich an ihre Schulzeit. Die Lehrerin hatte von einem Missionar und seiner Frau erzählt, die während der Indianerkriege in Oregon gesiedelt hatten und von feindlichen Indianern umgebracht worden waren.

»Das ist hohe Politik, davon verstehen wir nichts«, würde ihr Vater sagen, »du schon gar nicht. Such dir einen guten Mann, zieh Kinder groß, und überlass das Regieren den Männern.«

Mit dem Gedanken an ihren Vater, der ihr immer wie ein Siedler aus der Pionierzeit vorgekommen war, schlief sie ein. Sie träumte von ihren Eltern, sah ihre Mutter am Fenster stehen und mit feuchten Augen in die Ferne blicken und ihren Vater, wie er die Kühe in den Stall trieb und schimpfte: »Ich hätte sie nicht gehen lassen dürfen! Wer weiß, was sie da oben erwartet! Da gibt es Bären und Wölfe, und sie bekommt es mit Eskimos zu tun.«

Am nächsten Morgen, noch vor dem Aufstehen, beschloss Alice, so bald wie möglich einen Brief an ihre Eltern zu schreiben. Sie wusch sich und zog die Schwesternuniform an, die Mary Walsh für sie bereitgelegt hatte. »Sie sehen wundervoll aus!«, lobte die Frau des Pastors beim Frühstück. Es gab heiße Pfannkuchen. »Greifen Sie zu, Alice! Sie haben es sich verdient!«

Und der Pastor erinnerte: »Vergessen Sie nicht den Unterricht heute Nachmittag! Um vierzehn Uhr geht es los! Ich habe den ganzen Tag in meinem Büro zu tun, aber so, wie ich Sie gestern kennen gelernt habe, kommen Sie sicher allein zurecht.«

Der Vortrag über gesunde Ernährung gehörte zu den Aufgaben einer Krankenschwester in Kotzebue. Das hatte Alice aus der Broschüre des Civil Service erfahren. Auf der Schwesternschule hatte sie einiges über gesunde Kost und vitaminreiche Ernährung gelernt, und in der Bibliothek der *Victoria* hatte sie ein Buch über Polarforscher gefunden, in dem ebenfalls auf dieses Problem eingegangen wurde. Viele Männer auf den Schiffen der Entdecker waren gestorben, weil sie nicht genug Vitamine zu sich genommen hatten. Ihr Wissen, das sie sich durch diese Lektüre angeeignet hatte, würde für die Unterrichtsstunde ausreichen.

Der Unterricht fand im Versammlungsraum statt, und bereits um kurz vor vierzehn Uhr waren fast alle Stühle besetzt. Alle wollten die neue Krankenschwester sehen. Es hatte sich herumgesprochen, wie erfolgreich sie Jacky Seveck behandelt und wie wenig Angst sie vor Umialik gezeigt hatte. Sie war eine schöne Frau, so erzählte man sich, mit dunklen Haaren und leuchtenden Augen, und einige Jäger sollten sich bereits unsterblich in sie verliebt haben. In der ersten Reihe saßen erstaunlich viele junge Männer, darunter auch der vierzehnjährige Andy Seveck, der sie am vergangenen Abend zu seinem kranken Großvater geholt hatte.

Alice war etwas unwohl beim Anblick der fremden Gesichter, und sie verspürte ein leises Kribbeln im Magen, als sie vor ihre Zuhörer trat. In ihrer gestärkten Uniform sah sie beinahe so perfekt aus wie die Krankenschwester, die auf der Broschüre des Civil Service abgebildet war. »Guten Morgen«, begrüßte sie die Eskimos förmlich, »ich bin Schwester Alice, und man hat mich gebeten, euch etwas über gesunde

Ernährung zu erzählen.« Sie merkte, dass sie einen anderen Ton anschlagen musste, und legte das Blatt, von dem sie abgelesen hatte, zur Seite. »Aber ich glaube, der Aufsatz, den ich heute Morgen geschrieben habe, ist etwas zu lang.« Sie lächelte und fragte: »Wer isst gerne Schokolade?«

Und als fast alle Hände in die Höhe gingen: »Das habe ich mir gedacht. Schokolade, Zuckerstangen, Bonbons, und natürlich trinken die meisten von euch ihren Kaffee oder Tee mit viel Zucker!« Sie blickte in zahlreiche schuldbewusste Gesichter und hob milde lächelnd beide Hände. »Ich weiß, ich weiß, so ein Stück Schokolade schmeckt gut. Ich nasche selber gern Zuckerstangen! Das tun wohl alle von uns gern, deshalb verkauft der alte Eckardt die Sachen in seinem Laden. Aber es kommt auf das rechte Maß an. Gestern musste ich Charly Seveck einen Zahn ziehen. Wisst ihr, warum? Weil er zu viele Süßigkeiten genascht hatte! Wer das tut, darf sich nicht wundern, wenn seine Zähne kaputtgehen. Vor hundert Jahren klagte kein Eskimo über Zahnschmerzen! Weil man sich so ernährte, wie es in dieser Gegend auch am sinnvollsten ist: mit viel Fett und viel Vitaminen.«

Sie hielt einen Augenblick inne, wurde sich bewusst, dass erst die Weißen den Lebenswandel der Eskimos verändert hatten. Sogar die Missionare, so hatte sie irgendwo gelesen, köderten die Eingeborenen mit Zuckerstangen, diesem süßen Gift, das alle so sehr liebten. Sie wandte sich wieder an ihre Zuhörer und sprach weiter.

»Warum wurden so viele Weiße, die mit ihren Segelschiffen in die Arktis kamen, schon auf der Überfahrt krank?«

Der junge Andy meldete sich. »Ihnen wurde übel, weil sie kein Gemüse und kein Obst zu essen bekamen, nur verfaultes Fleisch und alten Zwieback. Den Männern fielen die Zähne aus, und sie bekamen hohes Fieber. Doch es gab auch weiße Männer, die hier überwinterten, so aßen wie wir und gar nicht krank wurden.«

»Du weißt eine Menge«, wunderte sich Alice. Sie übersah die verlegene Miene des Jungen, der puterrot im Gesicht geworden war, und blieb vor ihm stehen. »Ich wette, das wussten nicht einmal alle Erwachsenen. Hast du viele Bücher gelesen, Andy?«

Andy kümmerte sich nicht um die spöttischen Blicke der anderen Zuhörer. »Ich lese alles, was ich in die Finger bekomme. Der Captain der *Victoria* hat mir ein Buch über Walfänger gegeben, und von Pastor Walsh habe ich einige Zeitungen aus Seattle.«

»Ich hab' vielleicht auch ein Buch für dich«, sagte Alice, »einen spannenden Roman.« Sie ließ ihren Blick über die Zuhörer gleiten. »Wenn ihr zu viel Süßes esst, geht es euch wie den weißen Forschern. Euch fallen die Zähne aus! Wollt ihr das?«

Alle Zuhörer schüttelten den Kopf. Ihnen gefiel die amüsante Art der neuen Schwester, ihr fröhliches Lächeln und ihre angenehme Stimme. Die alte Marie Seveck nahm kein Blatt vor den Mund, als sie ihrer Nachbarin zuflüsterte: »Die gefällt mir besser als die

Schwester, die wir vor ihr hatten. Sie ist nicht so ernst. Sie kann gute Geschichten erzählen!« Die Männer waren eher von ihrem sanften Blick und ihren anmutigen Bewegungen angetan.

Doch alle Zuhörer machten sich über sie lustig, als sie erklärte, was Vitamine sind, und ihnen erklärte, was sie in einem Buch über die Tierwelt der Arktis gelesen hatte: »Die Leber des Eisbären enthält besonders viel Vitamin A ... die solltet ihr essen!«

Chester Seveck widersprach: »Der Eisbär gibt uns sein warmes Fell und sein Fleisch. Seine Leber kann man nicht essen!«

»Nanuks Leber macht dich krank«, bekräftigte seine Mutter. »Nanuk« war das Eskimo-Wort für »Eisbär«. »Wenn du seine Leber isst, hast du nicht mehr lange zu leben! Sie ist sehr giftig!« Sie lächelte spöttisch. »Du weißt doch nicht alles, Schwester!«

Alice glaubte an einen Aberglauben der Eskimos und beharrte auf ihrem falschen Wissen. Zu Chester Seveck sagte sie: »Bring mir ein Stück der Leber, und ich werde euch zeigen, dass es nicht giftig ist! Ich werde es vor euch verspeisen!«

Nach dem Unterricht zog Alice sich in ihr Zimmer zurück und las in den Büchern, die sie im Behandlungsraum gefunden hatte. Nirgendwo stand etwas über den Vitamingehalt von Eisbärenleber. Als sie aufstehen und Pastor Walsh um Rat fragen wollte, klopfte es, und der Pastor führte einen ernsten Mann im grauen Anzug in ihr Zimmer. Auch ohne den Mann zu kennen, wusste Alice, dass sie es mit Dr.

C. E. Smith, dem Medical Director ihres Bezirks, zu tun hatte. Sein Gesicht war knochig und hager, und über seiner ausgeprägten Nase saß eine Nickelbrille. Sein weißes Haar war sorgfältig in der Mitte gescheitelt.

Pastor Walsh schaffte es gerade noch, ihn vorzustellen, dann legte Doktor Smith los: »Was fällt Ihnen ein, Schwester? Wie können Sie den Eingeborenen einen solchen Unsinn erzählen? Eisbärenleber enthält so viel Vitamin A, dass ein Mensch davon sterben kann!« Er schüttelte den Kopf. »Ich erwarte von meinen Krankenschwestern, dass sie gewissenhaft ihren Dienst tun und sich sorgfältig vorbereiten. Ist das klar, Schwester Alice?«

»Natürlich, Doktor Smith. Ich habe nur …«

»Sparen Sie sich Ihre Entschuldigung! Sorgen Sie dafür, dass so etwas nicht mehr vorkommt! Haben wir uns verstanden?«

»Vollkommen, Doktor Smith.«

»Dann ist es gut«, erwiderte der Medical Director und rauschte davon. Pastor Walsh entschuldigte sich mit einem Achselzucken und folgte ihm nach draußen.

8

Der Medical Director blieb nur zwei Tage in Kotzebue. Alice erinnerte er an einen Arzt am Providence Hospital, der bei seinen Kollegen und den Krankenschwestern als mürrisch und meist schlecht gelaunt bekannt war, jedoch von den meisten Patienten als freundlicher und gewissenhafter Arzt geschätzt wurde. Dr. C. E. Smith war ähnlich. Sobald er bei einem kranken Eskimo erschien, hellte sich seine Miene auf, und er konzentrierte sich ganz auf seine Arbeit. Als er ein kleines Mädchen behandelte, das an einer Darmgrippe erkrankt war, nahm er sich eine halbe Stunde Zeit für sie und las ihr sogar aus einem Märchenbuch vor. Doch vor der Hütte fauchte er: »Geht es nicht ein wenig schneller, Schwester Alice? Ich hab' meine Zeit nicht gestohlen!«

Alice gewöhnte sich nur langsam an seinen rauen Umgangston. Ihr schlechtes Gewissen erlaubte ihr nicht, sich gegen die ruppige Art des Medical Directors aufzulehnen. Sie bedauerte ihren Fehler am allermeisten, gelobte vor dem Spiegel in ihrem Zimmer feierlich, sich besser auf die Unterrichtsstunden vorzubereiten und noch mehr über das Land und die Leute im Hohen Norden zu lernen. Die alte Marie

Seveck hatte versprochen, ihr einiges über die Sitten und Gebräuche ihres Volkes beizubringen, und dabei mit den Augen gezwinkert: »Aber nur, wenn du mir eine Tafel Schokolade spendierst! Nur eine ganz kleine, davon gehen meine beiden Zähne bestimmt nicht kaputt!« Alice hatte eingewilligt und ihr eine besonders große Tafel in Eckardt's General Store gekauft.

In ihrer knapp bemessenen Freizeit schrieb sie einen langen Brief an Nelly und einen kürzeren an ihre Eltern. Ihrer Freundin schilderte sie alle Begebenheiten im Detail, auch ihren Fehler beim Unterricht und ihre unliebsame Begegnung mit dem Medical Director: »Kein Mensch weiß, wofür das ›C. E.‹ steht. Er ist ein rechtes Scheusal und läuft mit einer Miene herum, als hätte ihm jemand seine Frau gestohlen. Dabei ist er gar nicht verheiratet.« Ausführlicher als beabsichtigt schrieb sie über Dr. Michael White und seine Frau Agnes: »Ich weiß, es klingt verrückt, aber ich fand den Mann auf Anhieb sympathisch. Er hat die blausten Augen, die du dir vorstellen kannst, und er ist so ganz anders als die jungen Ärzte am Providence! Ein richtiger Gentleman! Wenn er nicht verheiratet wäre, hätte ich mich von ihm küssen lassen. Aber seine Frau war ja schon wütend, wenn wir am selben Tisch saßen! Sie heißt Agnes und war noch mürrischer als mein Medical Director. Es passt ihr überhaupt nicht, dass sie und ihr Mann nach Alaska geschickt wurden. Sie vermisst die Restaurants und die Shops in Seattle, und ich gehe jede Wette ein, dass sie kein halbes Jahr in Alaska durchhält! Eine Frau wie sie ist nicht für diese Einöde geschaffen.« Sie hielt inne, kaute an ihrem Federhalter und sah sich im Spiegel an: »Gib es doch zu, du dumme Gans, du hast dich in den Mann verliebt!«

In dem Brief an ihre Eltern sparte sie ihre Begegnung mit Dr. Michael White ganz aus. Auch die Zurechtweisung durch den Medical Director verschwieg sie. Stattdessen schrieb sie: »Alaska ist ein gewaltiges Land! Ihr könnt euch nicht vorstellen, wieviel Platz hier ist! Kotzebue ist ein verträumtes Fischerdorf, ähnlich wie Port Angeles, aber die Eskimos sind sehr freundlich, und ich komme gut mit ihnen aus. Ich wohne bei einem Pastor und seiner Frau, stellt euch vor, und meine erste Tätigkeit bestand darin, einen Zahn zu ziehen!« Ähnlich belanglos ging es weiter, und sie schloss mit den Worten: »Macht euch keine Sorgen um mich! Ich glaube, ich habe die richtige Entscheidung getroffen. Hier kann ich vielen Menschen helfen und eine Menge lernen. Es ist ja nicht für immer! Eines Tages kehre ich bestimmt in die Heimat zurück! Seid ganz lieb gegrüßt von Eurer Alice. Ich liebe Euch!«

Sie gab die Briefe dem Piloten mit, der jeden Montag mit seinem Buschflugzeug in Kotzebue landete, sofern es das wechselhafte Wetter erlaubte, und er versprach, sie sofort weiterzuleiten. Mit der Fairchild der Alaskan Airways flog auch der Medical Director nach Fairbanks zurück. »Bürokram«, antwortete er mürrisch, als Alice ihn nach dem Grund für seine rasche Abreise fragte, »nichts, was Sie interessieren müsste!« Von Pastor Walsh erfuhr sie, dass er mit einigen hohen Tieren der Territorialregierung zusammentraf und über das Budget des nächsten Jahres diskutierte. »Und das soll mich nicht interessieren?«, erwiderte sie verwundert. »Davon hängt ab, wieviel Lohn ich bekomme!«

Bevor Dr. C. E. Smith sich verabschiedete, erinnerte er sie an die Pflichten der nächsten Tage: »Und vergessen Sie nicht, zu den Dörfern am Kobuk River zu fahren! Der Captain müsste in den nächsten Tagen zurückkommen, dann fahren Sie am besten gleich los! Achten Sie darauf, dass Captain Ellis keine Whiskeyflasche in die Hand bekommt! Letztes Jahr ließ er die *Angeline* beinahe auf Grund laufen! So was darf nicht wieder vorkommen!«

»Ich werde darauf achten, Doktor Smith.« Sie streckte ihre rechte Hand aus, aber er dachte nicht daran, sie zu schütteln. »Wann kommen Sie wieder nach Kotzebue?«, fragte sie, nur um ihre Verlegenheit zu überspielen. »Einige Frauen sind schwanger.«

»Damit müssen Sie schon allein klarkommen, Schwester! Oder haben Sie vergessen, was in Ihren Dienstanweisungen steht? Außerdem gibt es sehr erfahrene Hebammen unter den alten Frauen! Wenn sie nur ein bisschen sauberer wären! Am besten machen Sie die Reinlichkeit zum Thema Ihres nächsten Unterrichts! Erklären Sie ihnen, was es mit Bakterien auf sich hat!« Er stieg in das Flugzeug. »Und keine Fehler mehr, kapiert?«

»Natürlich nicht, Dr. Smith«, versprach Alice, aber da war der Medical Director bereits in der Maschine, und der Pilot drehte die Fairchild in den Wind. Er drehte auf und trieb das kleine Flugzeug über die Sandpiste. In einer großen Staubwolke hob er ab.

Alice blickte der Fairchild nach, bis sie in der Ferne verschwunden war und das Motorengeräusch verklang. Sie lächelte, als sie daran dachte, was Nelly sagen würde, wenn sie ihren langen Brief bekam. Wie es ihr wohl in Hawaii erging? Vielleicht hatte der Pilot schon einen Brief dabei, wenn er am nächsten Montag nach Kotzebue kam. Sie konnte es gar nicht erwarten, von den Erlebnissen ihrer Freundin zu hören. Bestimmt hatte sie sich schon in einen braun gebrannten Strandjungen verliebt!

An diesem Nachmittag gab es wenig zu tun, und Alice entschloss sich, die Zimmer des notdürftigen Krankenhauses und ihre eigene Unterkunft gründlich zu putzen. Mit einem Eimer heißes Wasser, das sie aus dem Waschhaus geholt hatte, einem Schrubber, ausreichend Seife und Desinfektionsmittel und einem Putzlumpen machte sie sich an die Arbeit. Besonders hartnäckigen Schmutz entfernte sie mit Kernseife und Bürste.

Nach getaner Arbeit ließ sie sich zufrieden auf dem Bettrand nieder. Sie verschnaufte einen Augenblick, blickte aus dem Fenster und sah dunkle Wolken vom Meer hereinziehen. In der kommenden Nacht würde es bestimmt regnen. Sie zuckte die Achseln, brachte den Eimer und den Besen zurück und wusch sich die

Hände. Es duftete nach einem leckeren Kartoffeleintopf.

Erst beim Abendessen merkte sie, wie erschöpft sie war. Sie unterhielt sich kaum mit dem Pastor und seiner Frau und entschuldigte sich gleich nach dem Abwasch. In dieser Nacht schlief sie tief und fest.

Als sie am nächsten Morgen aus dem Fenster blickte, regnete es in Strömen, und sie verließ das Haus in Regenmantel und Gummistiefeln, die zu ihrer Ausrüstung gehörten. Ein Mann, der noch vor dem Frühstück im Waschhaus gewesen war, hatte sich mit heißem Wasser verbrüht, und sie verarztete ihn notdürftig und strich eine kühlende Salbe auf seine Wunden. Ein anderer Mann hatte sich beim Schärfen seiner Harpunenspitzen die Hand aufgeschnitten, und sie löste den Verband, den seine Frau angelegt hatte, reinigte die Wunde gründlich und legte einen neuen Verband an. Ihr kam der Vorschlag des Medical Directors in den Sinn, eine Unterrichtsstunde über Sauberkeit abzuhalten. Auf der *Angeline* würde sie ausreichend Zeit haben, um sich darauf vorzubereiten.

Das Schiff legte am Nachmittag an, und sie traf Captain Ellis an der Anlegestelle in der Flussmündung. Eine Zeltplane, die man zwischen einigen Bäumen aufgehängt hatte, schützte sie notdürftig gegen den Regen. »Schwester Alice, wenn ich mich nicht irre?«, begrüßte er sie laut. »Ich habe schon von Ihnen gehört. Scheußliches Wetter, was?« Er war ein beleibter Mann mit einem Doppelkinn und aufgedunsenem Gesicht. Seine Augen funkelten listig. Er trug eine Fantasieuniform, die wohl die Bedeutung seines Postens unterstreichen sollte. »Ich bin Captain Ellis und steuere diesen baufälligen Kahn. Sagen Sie bloß, C. E. will, dass wir gleich wieder aufbrechen?« Und als Alice nickte: »Hat wohl Angst, dass ich mir einen hinter die Binde gieße?«

Einen Augenblick war Stillle. »Nein, Sie brauchen mir nicht zu antworten«, sagte der Captain dann. »Ich weiß doch, dass der Griesgram mich nicht leiden kann! Wann wollen Sie los? Morgen früh? Bis dahin dürfte das Unwetter vorbei sein. Seien Sie um acht Uhr an der Anlegestelle. Früher stehe ich nicht auf. Okay?«

»Okay«, stimmte sie lächelnd zu. Captain Ellis war ihr nicht unsympathisch, zumindest im nüchternen Zustand. »Wir werden ungefähr fünf Tage wegbleiben, wenn ich richtig gerechnet habe.« Sie hatte sich die Aufzeichnungen der früheren Krankenschwester und eine Landkarte der näheren Umgebung angesehen und festgestellt, dass vier Dörfer am Kobuk River lagen, drei kleinere Fischcamps und Noorvik, wo sie zwei Tage bleiben würde. Sie blickte auf das Schiff, einen baufälligen Kahn mit einem zweistöckigen Aufbau, von dem bereits die weiße Farbe abblätterte. »Ihr Schiff könnte einen neuen Anstrich vertragen!«

»Jetzt fangen Sie auch noch an«, begehrte der Captain auf. »Ihre Vorgängerin hatte auch schon ständig was an meinem Kahn auszusetzen! Die *Angeline* ist, wie sie ist, und ich denke gar nicht daran, sie neu zu streichen. Die Gute hat Charakter, wissen Sie? Sie hat mich noch nie im Stich gelassen! Nicht mal in dem bösen Gewitter, das letztes Jahr über dem Kobuk getobt hat!«

»War nur so ein Gedanke, Captain«, meinte sie schmunzelnd. »Also morgen um acht Uhr!« Sie verabschiedete sich von ihm und kehrte zur Kirche der Freunde zurück, um ihren Koffer zu packen und die Instrumente und Arzneimittel in der schwarzen Tasche zu überprüfen. Sie nahm eine zusätzliche Flasche Lysol mit, um auch für einen Notfall gerüstet zu sein. Ohne das Desinfektionsmittel wurde jede Geburt zu einem Risikofall. In ihren alten Koffer packte sie Kleidung, zwei Fachbücher aus dem Regal im Behandlungsraum, die einarmige Puppe mit den großen Augen und nach einigem Zögern auch die Fotografie ihrer Eltern.

Am nächsten Morgen hatte es zu regnen aufgehört, und nebliger Dunst hing über dem Meer und zwischen den Häusern an der Shore Avenue. Sie lief über die Holzplanken, die einige Männer über den schlammigen Boden gelegt hatten, und konzentrierte sich darauf, nicht auf den nassen Brettern auszurutschen. Die Hilfe des Pastors, der sie zur Anlegestelle bringen wollte, hatte sie freundlich zurückgewiesen: »Es ist doch nicht weit, das schaffe ich schon allein!« Sie nickte der alten Marie Seveck zu, die mit einem Becher heißer Schokolade vor ihrem Holzhaus stand, und grüßte Eckardt, der gerade seinen Laden aufsperrte.

Am Ende der Straße sah sie sich plötzlich vier Männern und einer Frau gegenüber. Auch ohne ihre Augen in dem nebligen Dunst zu erkennen, wusste sie sofort, dass es sich um Umialik und seine Getreuen handelte. Der Schamane trug einen Anorak aus Robbenhaut und hatte die Kapuze über seinen Kopf gezogen. Die Frau an seiner Seite war hochschwanger. Alice trat zur Seite, um sie vorbeizulassen, aber die Männer und die Frau blieben stehen. »Verlässt du uns, weiße Frau?«, fragte Umialik.

Alice hatte ihren Schrecken überwunden und versuchte, etwas Kraft in ihre Stimme zu legen: »Nein, Umialik. Ich fahre den Kobuk River hinauf und behandele die Kranken in den Dörfern. In fünf Tagen bin ich zurück, dann besuche ich euer Dorf und kümmere ich mich um diese Frau. Gehört sie zu dir, Umialik?«

»Ja, sie gehört zu mir«, antwortete der Schamane. »Aber du bist in unserem Dorf nicht erwünscht. Seit vielen Wintern haben die Frauen unseres Volkes ihre Kinder ohne die Hilfe einer weißen Frau zur Welt gebracht. Warum sollten sie jetzt damit anfangen?«

»Weil zu viele Frauen und zu viele Kinder bei der Geburt sterben mussten«, antwortete Alice.

Der Koffer und die Arzttasche in ihren Händen wurden schwerer und immer schwerer, aber sie ließ sich nichts anmerken. »Es hat keinen Sinn, sich gegen den Fortschritt zu wehren, Umialik! Die weißen Ärzte haben lange studiert, um den Eskimos helfen zu können, und auch ich habe mein Wissen von ihnen.« Sie seufzte leise. »Warum lasst ihr euch nicht helfen?«

»Niemand hat die Weißen gebeten, in unser Land zu kommen! Wir wollen eure Hilfe nicht! Die Weißen sind schlecht! Sie haben das Gold aus der Erde gegraben, und jetzt wollen sie unsere Seelen! Ihr seid von den bösen Geistern besessen, weiße Frau!«

»Das stimmt nicht!«, wehrte sich Alice, ohne darauf zu achten, dass andere Eskimos vor ihre Hütten getreten waren und neugierig zu ihnen herübersahen. »Natürlich gibt es schlechte Weiße, so wie es auch schlechte Eskimos gibt. Ich gehöre nicht dazu. Ich bin nach Kotzebue gekommen, um euch zu helfen. Ich habe meine Eltern verlassen, um in eurer Nähe sein zu können!«

Umialik schien für einen Augenblick die Kontrolle über seine Gedanken verloren zu haben, fing sich aber gleich wieder. »Ich habe mit den Geistern gesprochen«, verkündete er feierlich. »Sie wollen nicht, dass du hier bleibst! Fahr nach Hause, Schwester!«

»Ich bleibe hier«, widersprach sie entschieden. »Ich habe mit meinem Gott gesprochen, der auch euer Gott ist, und er will, dass ich in Kotzebue bleibe! Ich weiß, dass meine Vorgängerin nicht in eurem Dorf war.« Das hatte sie in den Aufzeichnungen der Schwester nachgelesen. »Ich werde euch besuchen, Umialik! Sobald ich zurück bin, komme ich in euer Dorf, dann reden wir. Wir reden, hast du gehört? Und jetzt gib mir den Weg frei!«

Alice war genauso erstaunt über ihren entschlossenen Tonfall wie der Schamane, der seine Begleiter mit einem Kopfnicken aufforderte, sie vorbeizulassen. Sie ging zur Anlegestelle hinunter, ohne sich nur einmal umzudrehen, sah nur die anerkennenden Blicke einiger Jäger, die mit einer erlegten Robbe vom Meer heraufkamen. Sie sagten etwas, was sie nicht verstand.

Aus einer Seitengasse tauchte der junge Andy Seveck auf. »Guten Morgen, Schwester Alice. Ich habe gesehen, wie du es Umialik und seinen Leuten gegeben hast. Du bist beinahe so tapfer wie mein Vater!« Er blieb stehen und sah sie bittend an. »Darf ich mitfahren, Schwester? Ich möchte zusehen, wenn du die Leute in den Dörfern behandelst. Wenn ich erwachsen bin, möchte ich den Menschen auch helfen. Schade, dass ich keine Frau bin, dann könnte ich als Schwester arbeiten so wie du.«

»Die männlichen Schwestern heißen Pfleger«, erklärte Alice, »und wenn du dich in der Schule anstrengst, kannst du sicher in einem Krankenhaus arbeiten. In zwei Monaten soll das Krankenhaus fertig sein, dann stellen sie bestimmt Pfleger ein.«

Sie blickte ihn forschend an. »Hast du denn heute keine Schule?«

»Doch«, meinte er kleinlaut. »Ich würde auch hingehen. Ich habe nur gute Noten geschrieben. Aber ich dachte, wenn ich mit dir fahre, würde Mrs. Gulliver vielleicht eine Ausnahme machen ...«

Esther Gulliver, die Lehrerin, war einige Tage in Noatak gewesen und erst am vergangenen Abend im

Boot einiger Eskimos nach Kotzebue zurückgekehrt. Von Pastor Walsh wusste Alice, dass sie eine sehr kräftige und bestimmte Frau war, die keinen Widerspruch duldete. Sie stammte aus einem kleinen Ort an der Südostküste von Alaska und war seit zwei Jahren in Kotzebue.

»Das glaube ich kaum«, sagte Alice. »Wie ich höre, lässt Mrs. Gulliver nicht mit sich spaßen! Also lass dich lieber in der Schule blicken! Du kannst mir an den freien Tagen helfen, wenn das Krankenhaus fertig ist. Einverstanden? Und geh nach der Schule bei Pastor Walsh vorbei und sag ihm, er soll dir das Buch geben, das auf der Kommode liegt. Der Roman gefällt dir bestimmt.«

Andy bedankte sich und rannte davon. Er wirkte noch sehr kindlich für seine vierzehn Jahre, schien aber von allen Jungen in Kotzebue am ehesten kapiert zu haben, worum es im Leben ging.

»Wissen ist Macht«, hatte einer ihrer Lehrer immer gesagt. »Hör niemals auf zu lernen, dann kann dir gar nichts passieren!«

Der Captain war bereits an Bord der *Angeline* und machte einen nüchternen Eindruck. Er kam mit schmutzigen Händen aus dem Maschinenraum und lachte fröhlich. »Da staunen Sie, was?«, begrüßte er sie. »Ich hab' gestern Abend nur Kräutertee getrunken. Die Sevecks haben mich zum Essen eingeladen, und die alte Marie hätte mir den Kopf abgeschlagen, wenn ich nach Whiskey oder Bier gefragt hätte!« Er wischte sich die Hände an einem Handtuch ab. »Kommen Sie, ich zeige Ihnen Ihre Kabine!«

Die *Angeline* war kein Oceanliner, und die Kabine war entsprechend karg eingerichtet. Ein Bett, ein Tisch, ein Stuhl und einige Kleiderhaken an der Wand. Auf einem Klappstuhl stand eine Waschschüssel. Sie stellte den Koffer und die Tasche ab und kehrte an Deck zurück. »Wir können!«, rief sie dem Captain zu.

9

Alice stand an der Reling des kleinen Dampfschiffs, als sie den Raben bemerkte, der über sie hinwegflog und sich am nahen Ufer auf einen Ast setzte. Sein Krächzen drang bis zu ihr herüber. »Da siehst du, was du dir eingebrockt hast«, schien er ihr mitteilen zu wollen. »Hättest deine Nase eben tiefer in deine Bücher stecken sollen, bevor du dich in meine Gefilde wagst und hier alles verändern willst! Eisbärenleber! Dass ich nicht lache! Weißt du, wie viele Menschen an dem Zeug gestorben sind, bevor sie herausfanden, dass sie giftig ist? Und du verlangst von den armen Menschen, das rohe Fleisch zu verschlingen!« Er schien sie mit seinem Krächzen zu verspotten. »Und hast du gesehen, wie Umialik dich angesehen hat? Du hast nicht lange gebraucht, um dir einen Feind in Kotzebue zu machen! Wenn ich du wäre, würde ich mich in nächster Zeit sehr vorsehen, sonst könntest du eine unangenehme Überraschung erleben! Aber lange machst du's sowieso nicht mehr! Ich halte jede Wette, dass du noch vor dem nächsten Frühjahr nach Hause fährst!«

Der Rabe flog davon und verschwand im nebligen Dunst. Sein Krächzen war noch lange zu hören. »Den

Teufel werde ich tun!«, rief Alice ihm nach. »Hast du gehört, Rabe? Ich bleibe hier! Und wenn du dich auf den Kopf stellst! Ich hab' keine Angst und vor diesem Schamanen schon gar nicht!« Doch als sie an ihre Begegnung mit Umialik dachte, beschlich sie das ungute Gefühl, er könnte doch mit den bösen Kräften in Verbindung stehen und sich für die Demütigung rächen, die sie ihm beigebracht hatte, als sie ihn auf der Shore Avenue stehen ließ. Und wenn sie an die strenge Miene des Medical Directors dachte, war sie plötzlich gar nicht mehr von ihrer aussichtsreichen Zukunft in Kotzebue überzeugt. Er konnte sie nicht leiden, auch wenn Pastor Walsh sie nach seiner Abreise getröstet hatte: »Der kann überhaupt niemand leiden!«

Sie stellte den Kragen ihres Mantels hoch und ließ ihren Blick über den ruhigen Fluss gleiten. Einige Wildgänse badeten in dem kühlen Wasser, das sich so nahe bei der Küste in mehrere Kanäle verzweigte und ein breites Delta bildete. Aus dem verfilzten Ufergestrüpp wuchsen vereinzelte Fichten und Birken, die wesentlich kleiner als in ihrer Heimat waren. Bunte Wildblumen leuchteten auf den Hügeln zu beiden Seiten des ruhigen Flusses.

Im kurzen Hochsommer, so hatte sie gelesen und von der alten Marie Seveck gehört, entfaltete der Norden seine ganze Pracht, um schon im Oktober wieder in Eis und Schnee zu versinken und von klirrender Kälte erdrückt zu werden. Sie sah einige Fische aus dem Wasser springen und wieder versinken. Am nördlichen Ufer stand eine Elchkuh mit ihrem Jungen und ließ sich auch durch das Tuckern des Dampfschiffes nicht stören.

Von den anderen Passagieren sah Alice wenig. Sie wusste von einer Familie, die zu entfernten Verwandten nach Oksik fuhr, und einigen Jägern, die zu befreundeten Inupiat jenseits der Hügel ziehen und im September an der Karibujagd teilnehmen wollten. Drei Eskimos arbeiteten für den Captain, zwei Männer im Maschinenraum und eine ältere Frau in der Kombüse. Sie hieß Dolly, wog ungefähr doppelt soviel wie Alice und servierte jeden Tag den gleichen Rentiereintopf. Das Essen war hervorragend, und ihre fröhlichen Geschichten, die sie während der Mittagspause erzählte, brachten alle Passagiere zum Lachen. Auch der Rabe kam darin vor. In ihrer Lieblingsgeschichte verwandelte er sich in einen Riesen, der ein Walross mit den bloßen Händen aus dem Meer fischen konnte und die Jäger verspottete, die mit Harpunen unterwegs waren.

Im ersten Fischcamp, das sie anliefen, kümmerte Alice sich vor allem um die Kinder. Gleich nach der Ankunft hatte sie ein junges Mädchen gesehen, das sich ständig am Kopf kratzte, und Läuse in ihren Haaren entdeckt. Sie massierte verdünntes Kerosin in die Haarschöpfe aller Kinder und erinnerte sie daran, auf ausreichende Hygiene zu achten. »Wascht euch jeden Tag«, sagte sie, »und den Eltern empfahl sie: »Achtet auf saubere Matratzen und Decken! Ich lasse euch für alle Fälle eine Flasche mit Kerosin hier, aber seid vorsichtig, und lasst es nicht in eure Augen kommen!« Sie reichte der ältesten Frau die Flasche.

Alice verscheuchte einige Moskitos, die in dichten Schwaden über dem Ufergestrüpp hingen und eine echte Plage waren. Auch der beißende Rauch des Feuers, das ständig zwischen einigen Steinen brannte, konnte die Insekten nicht vertreiben. Jetzt verstand sie auch, warum Captain Ellis an Bord geblieben war. Den Männern, die am Fischrad beschäftigt waren, und den Frauen, die den gefangenen Fisch auf einem großen Holztisch vor einem der Blockhäuser ausnahmen und zerteilten, schienen die Moskitos nichts auszumachen. Nur zwei Frauen hatten sich ein Netz über den Kopf gezogen. Die dicke Dolly hatte sich zu ihnen gesellt und gab einige ihrer Geschichten zum Besten, die mit einem fröhlichen Lachen oder Kichern quittiert wurden.

In einem der verwitterten Blockhäuser wartete eine Frau mit starken Zahnschmerzen auf sie. Sie jammerte so sehr, dass sie regelrecht erleichtert war, als Alice ihr eine Spritze gab und den widerspenstigen Zahn aus ihrem Kiefer zog. Nachdem sie die Wunde versorgt hatte, reichte sie ihr den Zahn. »In meiner Heimat trägt man einen gezogenen Zahn an einem Kettchen, das soll Glück bringen«, sagte sie. Die Frau nickte strahlend. Alice bat eine Verwandte, der kranken Frau einen Kräutertee zu kochen, und reichte ihr zwei Schmerztabletten: »Für alle Fälle, aber nur, wenn es wirklich wehtut!« Sie wusch sich die Hände und ging in die Nachbarhütte, kümmerte sich um einen alten Mann, der an Rheumatismus erkrankt war, und rieb ihn mit einer lindernden Salbe ein. »Mehr kann ich leider nicht für Sie tun«, sagte sie.

Nachdem sie alle anderen Bewohner des Fischcamps untersucht hatte und außer einer leichten Erkältung bei einer älteren Frau keine Krankheiten feststellen konnte, verabschiedete Alice sich von den Eskimos. Sie ermahnte die Familien noch einmal, auf strikte Sauberkeit zu achten, und ließ ihnen zwei Stück Seife aus dem Vorrat da, den sie aus Kotzebue mitgenommen hatte. Mangelnde Hygiene, so hatte man sie gelehrt, war die Hauptursache für viele Krankheiten, das galt besonders für die Wildnis. Selbst in Seattle war die Zahl der Erkrankungen nach einer großen Kampagne für bessere Hygiene zurückgegangen. Sie winkte den Kindern zu, als die *Angeline* vom Ufer ablegte, und war erleichtert darüber, den quälenden Moskitos entkommen zu sein.

Sie rieb die Stiche mit etwas Essig ein, den sie sich in der Küche besorgt hatte, und unterhielt sich mit Dolly, die immun gegen die geflügelten Plagegeister zu sein schien. »Ich bin den Biestern zu fett«, meinte die Frau lachend und trank von der heißen Schokolade, die sie sich gleich nach der Rückkehr auf das Schiff zubereitet hatte. Dolly war ein Halbblut, die Tochter eines Inupiat-Jägers und einer weißen Frau, wie sie stolz berichtete. Ihrer Mutter war sie nie begegnet. Hinter vorgehaltener Hand erzählten die Alten, der Jäger habe sich mit der Tochter eines Missionars eingelassen, und die sei vor lauter Scham mit dem nächsten Schiff nach Süden geflüchtet und habe sich nie mehr sehen lassen. Der Jäger war gestorben, als Dolly neun gewesen war. »Deine Mutter lebt im Süden«, hatte er geantwortet, wenn Dolly nach ihr gefragt hatte. »Über die Sache bin ich längst weg«, erklärte sie in ihrem holprigen Englisch. »Ich hatte genug Tanten, die sich um mich kümmerten. Bei uns halten die Familien zusammen, weißt du, man kümmert sich um den anderen!«

Das wusste Alice natürlich. Anders als bei den Weißen, die in alle Richtungen auseinander liefen, blieben die Eskimos zusammen und lebten in Großfamilien wie die Sevecks, die in drei Generationen unter einem Dach lebten. Wenn es einem Mitglied der Gruppe schlecht ging, sprang ein anderes ein. So war es auch in den alten Zeiten gewesen, vor der Ankunft der Weißen, als die Eskimos allein von der Jagd lebten und man jede Beute teilen musste, wenn man ein Überleben der Gemeinschaft sichern wollte. Es gab keinen Privatbesitz, so hatte sie von der alten Marie Seveck erfahren, die Jagd nach persönlichem Reichtum war erst mit den Weißen gekommen. »Wenn es darum geht, bin ich sogar mit Umialik einer Meinung. Wir dürfen die alten Zeiten nicht ganz vergessen. Und was die Geister angeht … wenn ich in eurer Bibel lese, finde ich da auch seltsame Gestalten …«

Alice musste lachen, als sie an die Worte der alten Frau dachte. Und sie hatte ja Recht, selbst die Weißen waren sich nicht einig, welche Religion denn nun die richtige war. Die Katholiken glaubten etwas anderes als die Lutheraner, und die Mormonen unterschieden sich von den Quäkern, obwohl alle an denselben Gott glaubten. Sogar Alice, die protestantisch erzogen worden war, zweifelte inzwischen daran, die einzig gültige Lehre gefunden zu haben. Vieles, was Pastor Walsh erzählte, ergab mehr Sinn. Der feste Glaube daran, dass alle Menschen gleich waren, die stillen Gottesdienste, die nicht in einer festen Liturgie erstarrten und von immer denselben Liedern begleitet wurden. Und der Gedanke von einem »inneren Licht«, das in jedem Menschen wohnte, fand sie schöner als die Lehre von einem Gott, der nur in der Kirche wohnte und streng zu seinen Kindern war.

»Ich hab' was für dich«, sagte Dolly plötzlich. Alice glaubte an einen Becher heißer Schokolade oder ein Stück Kuchen und wollte schon ablehnen, aber Dolly blieb hartnäckig und kramte eine Zeitung aus einer Schublade. Strahlend hielt sie das Blatt hoch. »Na, was sagst du dazu? Der *Seattle Post-Intelligencer* von letzter Woche! Hat der Pilot bei uns liegen lassen! Du kommst doch aus Seattle, nicht wahr? Kannst sie behalten, wenn du willst! Steht nichts Besonderes drin, wenn du mich fragst, und von Politik und Wirtschaft versteh' ich sowieso nicht viel. Hier!«

Alice bedankte sich und kehrte mit der Zeitung in ihre Kabine zurück. Im Providence Hospital hatten jeden Tag mehrere Exemplare am Empfang und in der Kantine gelegen, und sie hatte mehr beiläufig darin geblättert und gelesen. Hier erschien sie ihr beinahe so wertvoll wie ein Brief, den ein Auswanderer auf einem fernen Erdteil bekommt. Nachrichten aus der Heimat! Sie machte beinahe ein Ritual daraus, sie zu lesen, breitete sie auf ihrem Bett aus und blätterte so vorsichtig wie in einem kostbaren Buch, als hätte sie Angst, sie zu beschädigen. Auf der Titelseite stand ein Bericht über ein deutsches Luftschiff mit einem unaussprechlichen Namen, das einmal um die Welt geflogen war. Alice wusste nicht einmal genau, wo Deutschland lag, und interessierte sich nicht für Luftschiffe. Auch die Meldung über Präsident Hoover und seine Rede vor dem Kongress berührte sie kaum. Interessanter war die Lokalseite. Das Bild eines neuen Bankgebäudes, das in der Innenstadt entstand, und der Bericht über ein Baseballspiel, das die Seattle Indians gewonnen hatten. Sie lächelte zufrieden. Dr. Emory Jackson, einer ihrer Vorgesetzten am Providence Hospital, war ein großer Fan der Indians, obwohl sie fast nie gewannen und im unteren Drittel der Pacific Coast League rangierten.

Einen kurzen Artikel auf der fünften Seite hätte sie beinahe überschlagen, doch das Foto des Mannes, das darüber abgedruckt war, kam ihr auf seltsame Weise bekannt vor. »Mickey Chartrand« stand darunter. Der Name sagte ihr nichts. Sie begann zu lesen und stutzte schon nach wenigen Zeilen: »Mickey Chartrand, der einundzwanzigjährige Frankokanadier, der vor zwei Wochen seine gleichaltrige Freundin vor mehreren Zeugen erschoss und sich seitdem auf der Flucht befindet, wurde in Seattle gesehen. Ein Hafenarbeiter will einen Mann, auf den seine Beschreibung passt, an der Anlegestelle der Alaska-Fähren beobachtet haben. Leider meldete der Zeuge sich erst gestern bei der Polizei. ›Ich hab' sein Bild auf einer Polizeiwache gesehen und mich sofort an den Kerl erinnert‹, gab er zu Protokoll. Der Captain der *Victoria*, der sich zur Zeit in Seattle befindet, sagte aus, keinen blinden Passagier an Bord entdeckt zu haben. Ein Sprecher der Polizei: ›Der Mörder kann überall von Bord gegangen sein … in Petersburg, sogar auf den Aleuten oder in Nome.‹«

Alice blickte von der Zeitung auf und wurde blass. Ich habe einen Mörder gedeckt, dachte sie entsetzt. Wenn ich ihn verraten hätte, wäre er festgenommen worden! Sie las weiter und spürte, wie ihr übel wurde: »Wie in einer früheren Ausgabe berichtet, erschoss der Frankokanadier seine Freundin nach einem heftigen Streit vor einem Lokal in einem Vorort von Montreal. Mehrere Passanten beobachteten den Mord, konnten aber nicht verhindern, dass der Mörder in seinem Automobil floh. Seitdem war er nicht mehr gesehen worden. Wie es ihm gelang, der Polizei zu entkommen und unbemerkt die Grenze zu überqueren, ist ebenfalls nicht bekannt. Jetzt konzentriert sich die Suche auf alle Städte, die von den Alaska-Fähren angelaufen werden. Die kanadischen und amerikanischen Behörden arbeiten eng zusammen.«

Schuldbewusst ging Alice zu Captain Ellis und berichtete ihm von ihrer Begegnung mit dem blinden Passagier. Der winkte ab. »Ach, darüber würde ich mir nicht den Kopf zerbrechen! Woher sollten Sie denn wissen, dass der Kerl ein Mörder ist? Sagen Sie der Polizei, wo er an Land gegangen ist, und damit hat es sich! Am Montag kommt der Pilot, dem können Sie einen Brief mitgeben! Das ist am sichersten. Unser Funkgerät funktioniert sowieso nur alle paar Monate, und hier draußen gibt's weder ein Funkgerät noch eine Post. In Petersburg ist der Bursche an Land gegangen, sagen Sie? Na, da kommt er sowieso nicht weit! War ziemlich dumm von ihm, sich auf der *Victoria* zu verstecken!«

Alice beruhigte sich und konzentrierte sich wieder auf ihre Arbeit. In den Fischcamps war sie recht eintönig, in jedem der verbliebenen drei Dörfer gab es nur Zahnbehandlungen und leichte Verletzungen. In einem der Camps musste sie alle Bewohner mit Kerosin entlausen. Anstrengend wurde die Arbeit erst in Noorvik, einem Eskimodorf mit ungefähr vierzig Bewohnern, fast nur Frauen und Kinder, da sich die meisten Männer auf der Jagd befanden. Zwei Tage blieben sie an der notdürftig errichteten Anlegestelle. Das Dorf lag an einer Flussbiegung, inmitten einiger bewaldeter Hügel, und bestand aus einigen Blockhäusern und baufälligen Pfahlbauten, wie sie auch in den Fischcamps zu sehen waren. Eine Kapelle ragte zwischen den Häusern empor. Der Pfarrer war vor einem Jahr tödlich verunglückt, und die Kirche hatte noch keinen Ersatz geschickt. Wie in den meisten anderen Dörfern roch es nach Fisch und Tran. Einige Hunde bellten nervös, als Alice mit ihrer schwarzen Tasche von Bord ging.

Ihre Arbeit war eintönig. Im Versammlungshaus hielt sie ihren einstudierten Vortrag über Hygiene und sinnvolle Ernährung, und dann ging sie von einem Haus zum anderen und kümmerte sich vor allem um die Zähne ihrer Patienten. Einer jungen Frau, die zwei Jahre in Nome gelebt und dort wohl zu viele Süßigkeiten genascht hatte, zog sie einen kranken Backenzahn. Er war so vereitert, dass selbst eine starke Spritze den Schmerz kaum linderte und die Frau so laut schrie, dass etliche Patienten es mit der Angst bekamen und flüchteten. Durch gutes Zureden und ihr verführerisches Lächeln überzeugte Alice sie von ihren hehren Absichten. Nach der Behandlung waren die betroffenen Frauen und Mädchen froh, ihre Hilfe in Anspruch genommen zu haben.

Zu den schwereren Fällen gehörte ein stämmiger Jäger, der sich vor zwei Wochen den Arm aufgerissen hatte und seitdem über starke Schmerzen klagte. Seine Wunde hatte sich entzündet, und die Stelle war stark geschwollen. Alice desinfizierte den Arm mit Bichlorid, einer verdünnten Quecksilberlösung, und riet dem Mann, einige Tage ruhig liegen zu bleiben. »Keine Angst!«, tröstete sie den nervösen Jäger. »In ein paar Tagen ist der Arm wie neu! Bei der Karibujagd können Sie auf jeden Fall mitmachen!«

Spätabends luden die Eskimos die Leute vom Schiff zum Essen ein. Es gab gebratenen Fisch und warmes Brot, das sie am selben Tag gebacken hatten. Ein weißhaariger Mann, zu alt, um mit den anderen Männern auf die Jagd zu gehen, erzählte von einem

Raben, der sich in einen Wal verwandelt und alle Fische weggefressen hatte. Nach dem Essen wurde getrommelt und gesungen. Alice gefiel es bei den Bewohnern von Noorvik, und als sie gebeten wurde, ebenfalls eine Geschichte zu erzählen, wiederholte sie ein Märchen aus ihrer Kindheit, in dem es um Hexen und böse Feen ging, und die Eskimos amüsierten sich köstlich. »Du bist eine gute Schwester!«, lobte sie der alte Mann.

In dieser Nacht schlief Alice tief und zufrieden, obwohl sich das Fenster ihrer Kabine nicht abdunkeln ließ, und sie es nur notdürftig mit einer Decke verhängte. Erst am nächsten Morgen holte sie ein hysterischer Schrei in die Wirklichkeit zurück. Sie ließ ihren Kaffee stehen und rannte von Bord. Am flachen Ufer, nur ungefähr zwanzig Meter vom Bug der *Angeline* entfernt, lag ein Junge mit dem Gesicht nach unten im Wasser. Er war ungefähr vierzehn und hielt eine halbleere Whiskeyflasche in der Hand. Er war bewusstos.

Alice beugte sich über den Jungen, stellte erleichtert fest, dass er noch am Leben war, und begann sofort mit der Wiederbelebung. Nach zwei langen Minuten schaffte sie es, den Jungen ins Leben zurückzuholen. Er erbrach sich würgend und begann zu atmen. »Es ist gut«, tröstete Alice ihn leise, »dir ist nichts passiert! Du wirst wieder ganz gesund!«

Sie wiegte den Jungen wie ein kleines Kind und reichte ihn an seine Mutter weiter. Die Frau nahm ihn fest in die Arme und weinte erleichtert. »Jacky!

Warum hast du das getan, mein Junge? Hab' ich dir nicht gesagt, dass der Whiskey dich töten kann?«

Alice stand auf und warf die Whiskeyflasche in den Fluss hinaus. Mit geröteten Wangen sagte sie: »Die Frau hat Recht! Nicht alles, was von den Weißen kommt, ist gut! Alkohol ist gefährlich, besonders bei jungen Leuten! Sogar bei den Weißen ist er verboten! Fünf Minuten später, und der Junge wäre gestorben!«

Als sie einige Zeit später auf das Schiff zurückkehrte, empfing sie Captain Ellis mit einem süffisanten Grinsen. Er sagte: »Wenn Sie so weitermachen, können Sie als Predigerin anfangen!«

10

Nach ihrer Rückkehr schlug das Wetter um. Schwerer Hagel prasselte auf die Stadt herab und schloss die Menschen in ihren Häusern ein. Selbst die Hunde verkrochen sich unter den Pfahlbauten. Böiger Wind peitschte über das Meer und ließ die Wellen schäumen. »Gott will uns zeigen, wie mächtig die Natur sein kann«, sagte Pastor Walsh. Alice wusch und bügelte, räumte ihren Schrank auf und half Mary Walsh beim Putzen der Kirche. Am zweiten Tag des Unwetters überprüfte sie die Arzneimittel und vervollständigte ihre Bestellung, die sie dem Piloten mitgeben wollte. Die Tabletten und das Lysol gingen langsam zur Neige.

Es dauerte zwei Wochen, bis der Pilot wieder in Kotzebue landen konnte. Alice stand an der kiesbedeckten Piste, als seine Fairchild aufsetzte und langsam vor der Bretterhütte ausrollte. Sie drängte den jungen Eskimo, der sich um die Post kümmerte, den Sack sofort zu öffnen, und lief mit den beiden erhofften Briefen zum Gemeindehaus zurück. Sie kochte heißen Tee, zog sich mit einem Becher in ihr Zimmer zurück und setzte sich feierlich auf den Bettrand, bevor sie zuerst den Brief ihrer Eltern öffnete. »Meine liebe Tochter«, schrieb ihre Mutter, »dein Vater und ich sind sehr traurig, dass du gegangen bist, und ich weine jeden Abend und bete zu Gott, er möge dich zu uns zurückschicken. Gestern war ich in der Bibliothek in Snohomish und habe mir ein Buch über Alaska ausgeliehen. Die Berichte über die wilden Grizzly-Bären und die eisige Kälte haben mir große Angst gemacht. Wie kannst du es in einem solchen Land nur aushalten? Ich hoffe jedoch, es geht dir gut, und du hast alles so vorgefunden, wie du es dir erhofft hast. Gibt es denn ein Krankenhaus in Kotzebue? Wie viele Ärzte arbeiten dort? Und bekommst du auch etwas Anständiges zu essen? Dein Vater und ich machen uns große Sorgen um dich, meine Liebe, aber wenn du den Menschen dort helfen kannst, will ich mich damit abfinden, dass du nicht mehr bei uns bist, und versuchen, nicht traurig zu sein.«

»Ein Krankenhaus? Wie viele Ärzte arbeiten dort?« Sie musste lächeln. »Wenn du wüsstest, Mutter!« Sie nippte an ihrem Tee und las weiter: »Deinem Vater und mir geht es gut. Die Erkältung, die er sich im letzten Regen auf dem Acker geholt hat, habe ich mit heißer Zitrone vertrieben. Die Ernte wird einigermaßen gut ausfallen, und dein Vater ist guter Hoffnung, wieder einen Kredit bei der Bank zu bekommen. Ich habe ihm vorgeschlagen, in einem Büro oder als Bedienung zu arbeiten, aber davon will er nichts wissen. ›Da, wo ich herkomme, verdient der Mann das Geld‹, sagt er. Na, du kennst ihn ja. Wir kommen schon durch.« Im letzten Teil des Briefes berichtete ihre Mutter von der County Fair, dem Jahrmarkt, der wieder ein großer Erfolg gewesen sei, und der stolzen Meldung, dass man ihren Apple Pie für drei Dollar ersteigert habe, und das Geld den armen Kindern im Waisenhaus zufließe. »Schreibe bald! Und vergiss nicht, dass wir dich über alles lieben! Bis zum nächsten Mal, deine Eltern.«

Alice legte den Brief zur Seite und wischte sich einige Tränen aus den Augen. Es fiel ihren Eltern sehr schwer, sich damit abzufinden, dass sie die Heimat in Washington verlassen hatte und in einem fernen Land arbeitete, das ihnen so fern und unwirtlich wie der Nordpol erscheinen musste. Ihr Vater war ein bodenständiger Farmer, der niemals seine Scholle verlassen würde und sicher damit gerechnet hatte, dass sie und ihre Kinder und Enkelkinder auf demselben Land blieben wie er und seine Vorfahren. Er akzeptierte keine Veränderungen und würde niemals verstehen, wie eine junge Frau darauf kam, einen eigenen Beruf zu ergreifen und in der Fremde ihr Geld zu verdienen.

Sie öffnete den zweiten Brief, und ihre Laune besserte sich rapide, als eine Fotografie herausfiel, die Nelly in einem Badezug am Strand zeigte. Neben ihr lachte ein junger Mann in die Kamera. Er war kräftig gebaut, mit breiter Brust und starken Muskeln, und hielt ein Surfbrett umklammert. Im Hintergrund war das Meer zu sehen. Auf der Rückseite der Fotografie stand in sorgfältigen Lettern geschrieben: »Nelly und Jimmy, Waikiki Beach, 1929«.

Gespannt begann sie zu lesen: »Liebe Alice, endlich finde ich Zeit, dir zu schreiben. Es ist so viel passiert hier, und ich weiß gar nicht, wo ich anfangen soll. Du wunderst dich sicher über die Fotografie. Stell dir vor, schon zwei Tage nach meiner Ankunft habe ich einen tollen Jungen kennen gelernt! Er heißt Jimmy und ist bei der Marine. Sein Stützpunkt heißt Pearl Harbor und liegt wenige Meilen von hier an einer Bucht. Er ist Lieutenant und arbeitet in der Schreibstube, ich brauche also keine Angst zu haben, dass er mit einem der Schiffe ausläuft. Wir haben uns im Bus nach Waikiki getroffen. Er ist ein toller Surfer und hat mir gezeigt, wie man auf den Wellen reitet. Jimmy ist einfach süß! Zu unseren Dates bringt er kleine Naschereien mit, und als wir uns zum ersten Mal geküsst haben, hat er gesagt, dass ich wie Schokolade schmecke! Er ist ganz anders als die jungen Ärzte am Providence, viel fröhlicher und nicht so verdammt förmlich!«

Alice hielt inne und trank gedankenvoll von dem inzwischen lauwarmen Tee. »Du gehst ja ganz schön ran, Nelly«, sagte sie. »Du hast eben mehr Glück bei den Männern!« Ihre Gedanken wanderten zu Mike, dem jungen Arzt, den sie auf der *Victoria* kennen gelernt hatte. Wie gern hätte sie ihrer Freundin von einer Verabredung mit ihm erzählt, aber er war verheiratet und tat in unerreichbarer Ferne seinen Dienst. Ihr Herz wurde schwer, als sie sich an seine sanfte Stimme und seine blauen Augen erinnerte, an das leicht spöttische Lächeln, als er von dem Raben erzählt hatte. Ob er schon nach Bethel weitergezogen war? Oder war es seiner Frau gelungen, ihn zur Rückkehr zu bewegen? Nein, sagte sie sich, er war fest entschlossen, in Alaska zu arbeiten, und würde sich bestimmt nicht von ihr umstimmen lassen. Sie mochte das für egoistisch halten, aber sie dachte auch nicht wie ein Arzt oder eine Krankenschwester, die den den Drang verspürten, möglichst vielen Menschen zu helfen. »Mike«, flüsterte sie sanft.

Beruflich hatte Nelly es gut getroffen. Sie arbeitete in einem großen Krankenhaus in Honolulu, nur ein paar Minuten vom Waikiki Beach entfernt, und schrieb begeistert: »Neulich waren wir sogar während der Mittagspause am Strand! Hawaii ist genau so, wie man es sich vorstellt. Es gibt Palmen und weite Sandstrände, und überall riecht es nach exotischen Blumen. Das Beste aber ist die Ananas! Auf einer der anderen Inseln gibt es eine riesige Ananas-Plantage, und wir bekommen die Früchte hier frisch auf den Tisch. Sie schmecken so süß und saftig, dass man glatt ein paar davon verdrücken könnte! Kein Vergleich mit den Dingern, die es in Dosen zu kaufen gibt! Und sie machen nicht mal dick!«

Alice lief das Wasser im Mund zusammen, als sie diese Zeilen las, und bedauerte zum ersten Mal, nicht das kürzere Streichholz gezogen hatte.

»Ach, was!«, meinte sie, nachdem sie den Brief zu Ende gelesen hatte. »Dafür gibt es bei uns schließlich Muktuk und Rentierfleisch! Das ist doch ganz was anderes!«

Es klopfte, und die Frau des Pastors öffnete die Tür: »Chester ist hier! Ein Notfall! Sie sollen so schnell wie möglich kommen!«

»Ich bin schon unterwegs!« Sie zog ihren Mantel an, holte die schwarze Tasche aus dem Behandlungsraum und lief aus dem Haus. Chester Seveck wartete ungeduldig. »Was gibt es denn?«

»Im Dorf von Umialik muss etwas Schreckliches passiert sein«, berichtete der Jäger aufgeregt. »Ich war beim Angeln unten am Fluss, da schrie plötzlich eine Frau! Sie schrie so laut, dass ich schon dachte, die bringt jemand um! Dann sah ich einen Jungen am anderen Ufer. ›Meine Mama stirbt! Meine Mama stirbt!‹, rief er. Als ich losrannte, um dich zu holen, begannen sie laut zu trommeln, und ich hörte, wie Umialik die bösen Geister verfluchte!«

»Umialiks Frau ist schwanger«, erwiderte Alice, während sie Chester Seveck über die Plankenwege folgte. »Es gibt bestimmt Schwierigkeiten! Warum bin ich nicht früher zu ihr gegangen?«

»Sie trifft keine Schuld«, sagte der Jäger. »Umialik will nicht, dass man ihm hilft! Aber der Schrei war so laut, da dachte ich, es ist bestimmt jemand in Lebensgefahr!« Er blickte sich zu ihr um und beschleunigte seine Schritte. »Wir können die Frau doch nicht sterben lassen! Sie müssen ihr helfen, Schwester Alice!«

»Ich helfe jedem Menschen in Not «, erwiderte sie.

Sie liefen durch das nasse Gras zum Fluss hinunter und schoben eines der Kanus, das zwischen den Umiaks und Kajaks im Ufersand lag, ins Wasser und stiegen hinein. Chester Seveck griff nach dem Paddel und steuerte das Boot über den Fluss. Er zögerte keinen Augenblick und schien keine Angst vor Umialik und seinen Leuten zu haben. Er machte sich anscheinend ernsthafte Sorgen um die Frau. Vom Lager schallten die hektischen Trommelschläge und der nervöse Singsang des Schamanen herüber, und als sie in der Mitte des Flusses waren, hörte man auch die Schreie der Frau. Sie klangen wie die Todesschreie eines wilden Tieres und waren so laut, dass man sie sogar in der Stadt hörte. Schon strömten die ersten Menschen zum Flussufer.

Chester Seveck ließ das Kanu ans Ufer gleiten, sprang hinaus und half Alice aus dem Boot. Die Schreie der Frau waren sehr nahe und kamen in immer kürzeren Abständen, verrieten Alice, dass die Frau unter heftigen Wehen und Schmerzen litt. Sie rannten über den schlammigen Pfad, der das Ufer mit dem Dorf verband, und blieben erschrocken stehen, als ein junger Eskimo aus dem leichten Nebel auftauchte und sich ihnen in den Weg stellte. »Ihr dürft hier nicht durch! Umialik will euch hier nicht haben!«

Chester wollte aufbegehren, doch Alice kam ihm zuvor: »Willst du, dass die Frau stirbt?«, fragte sie den Mann. »Willst du schuld sein, dass sie qualvoll sterben muss? Willst du das wirklich?«

Der Eskimo überlegte kurz und machte den Weg frei. Erleichtert liefen Alice und ihr Begleiter ins Dorf. Es bestand aus zwei Holzhäusern und einigen Hütten aus Treibholz, wie sie die Eskimos vor einigen Jahrzehnten in Alaska gebaut hatten. Die meisten Bewohner standen um eines der Holzhäuser herum, wirkten wie erstarrt und bemerkten die unerwünschten Eindringlinge erst, als sie wenige Meter hinter ihnen waren. Sie waren viel zu überrascht, um sie aufhalten zu können, und machten wortlos Platz, als Alice sie aufforderte, zur Seite zu treten. Aus dem Haus drangen die Schreie der Frau und hektische Trommelschläge.

Kaum hatte Alice die Tür geöffnet, verstummten sie. Die beiden Männer in der Mitte des Raumes ließen die Handtrommeln sinken und wechselten einen raschen Blick mit Umialik, der seine schwarze Maske in einer Hand hielt und leicht gebeugt neben dem Bett seiner Frau stand. Als er sich von seinem Schrecken erholt hatte, fauchte er: »Geht weg! Wir wollen keine weiße Frau in unserem Dorf haben! Wir brauchen dich nicht, Schwester!«

In der Notaufnahme des Providence Hospitals hatte Alice es manchmal mit verzweifelten Angehörigen zu tun gehabt, die sie in ihrer Panik daran hindern wollten, erste Hilfe zu leisten, doch sie hatte sich immer durchgesetzt. Auch jetzt ließ sie sich nicht abweisen. Mit ernster Miene stellte sie ihre Tasche auf den Tisch. »Ich bin gekommen, um zu helfen«, sagte sie. »Du wirst mich nicht daran hindern! Deine Frau bekommt ein Baby, und irgendetwas stimmt nicht, sonst würde sie nicht so schreien. Willst du, dass ihr etwas passiert? Dass dem Baby etwas passiert?«

Der Angakok wirkte verzweifelt. »Sie hat ein Tabu gebrochen, deshalb schreit sie. Sie ist rückwärts aus dem Haus gegangen, und die Geister bestrafen sie dafür, indem sie ihr große Schmerzen bei der Geburt bereiten. Sobald sie aufstehen und sich auf den Boden knien kann, wird eine unserer Frauen kommen und ihr helfen, das Baby zur Welt zu bringen.« Er trat einen Schritt auf Alice zu, überlegte es sich dann anders und rief aufgebracht: »Geh jetzt! Eine weiße Frau zieht die bösen Geister an!«

Alice ließ sich nicht aus der Ruhe bringen. Zum Erstaunen von Chester Seveck, der sich ängstlich in einer dunklen Ecke des Raumes aufhielt, machte sie sich an ihre Arbeit, als wären der Schamane und seine beiden Trommler gar nicht in der Hütte. Sie bedachte Umialik mit einem warnenden Blick und trat ans Bett der Frau, die sich vor Schmerzen aufbäumte.

Sie hieß Martha und wirkte so schwach und hilflos, dass Alice nur mühsam ein aufmunterndes Lächeln zustandebrachte. Das Gesicht der Frau wirkte eingefallen und blass. Es gab nur eine Öllampe in der Hütte, und Alice konnte kaum etwas sehen. Sie tupfte der leidenden Frau den Schweiß von der Stirn und rief: »Chester! Wo steckst du? Ich brauche Licht!« Der Jäger wagte sich zögernd aus seiner Ecke und stellte sich mit der Öllampe neben sie. »Etwas näher!«, bat Alice. Sie tastete vorsichtig den Bauch der Frau ab und untersuchte sie eingehend. Mit blasser Miene trat sie einige Schritte vom Bett weg. »Ich muss operieren!«, sagte sie so leise, dass Martha es nicht hörte. »Wenn ich das Kind nicht hole, müssen beide sterben, Mutter und Kind!«

»Das ist nicht wahr!«, brauste Umialik auf. »Unser Zauber wird ihr helfen, das Kind zur Welt zu bringen! Lass sie in Ruhe! Geh nach Hause, oder ich lasse dich durch die Geister vertreiben!«

Alice hatte keine Angst vor Geistern, wandte sich aber dennoch an den Schamanen und sagte: »Hör mir zu, Umialik! Wir haben nicht mehr viel Zeit! Ich muss den Bauch deiner Frau aufschneiden und das Baby herausholen, sonst geschieht ein Unglück! Ich habe genug bei den Ärzten gelernt, um das zu schaffen! Ich verstehe dein Misstrauen, aber du hast keine Wahl: Du musst mir vertrauen! Lass es uns zusammen versuchen! Du machst deinen Zauber, und ich operiere deine Frau. Einverstanden?«

In die kurze Pause, die ihren Worten folgte, drang ein verzweifelter Schrei der Frau, und Alice machte sich an die Arbeit, ohne die Antwort des verstörten Schamanen abzuwarten. Es war zu spät, die Frau über den Fluss zu bringen. Sie musste in dieser düsteren Hütte operieren, mit notdürftig sterilisierten Instrumenten. »Umialik«, forderte sie den Angakok auf, »sag deinen Leuten, sie sollen ein Feuer im Ofen anzünden! Ich brauche heißes Wasser! Und saubere Tücher! Sag ihnen, sie sollen alle Lampen mitbringen, die sie finden können!« Sie wartete, bis Umialik zur offenen Tür gegangen und die Bitten an seine Leute weitergegeben hatte, und wandte sich an Chester Seveck: »Lauf zu Pastor Walsh, und hol die Flasche mit dem Äther! Und sag seiner Frau, dass sie kommen soll! Ich brauche Hilfe! Sag ihr, dass ich operieren muss! Beeil dich! Wir haben nicht mehr viel Zeit!«

Der Jäger rannte davon, und Alice nutzte die Zeit, um die Instrumente bereitzulegen und alles für die Operation vorzubereiten. In ihrer Anspannung wurde ihr gar nicht bewusst, welches Wagnis sie einging. Als einfache Krankenschwester war sie gar nicht befugt, eine Operation durchzuführen! Das durfte nur eine Ärztin, die jahrelang studiert und als Assistenzärztin gearbeitet hatte! Aber ihr blieb keine andere Wahl, wenn sie das Leben von Mutter und Kind retten wollte. Umialiks Frau war nur durch einen Kaiserschnitt zu retten. Sie hatte oft genug bei einer solchen Operation assistiert und hoffte, sich an alle Handgriffe zu erinnern. Sie wusste, worauf es ankam. »Du brauchst keine Angst zu haben!«, sagte sie zu der schwangeren Frau. Sie bemühte sich, ihrer Stimme einen hoffnungsvollen Klang zu geben. »Dein Mann und ich, wir helfen dir, das Baby zur Welt bringen. Es wird alles gut!«

Sie wechselte einen raschen Blick mit Umialik und bemerkte erleichtert, dass seine Miene nicht mehr so feindselig war. Dennoch war sie froh, als Chester Seveck mit der Frau des Pastors zurückkehrte. Mary Walsh war nervöser als sie selbst, und Chester Seveck so blass, dass Alice ihn am liebsten nach Hause geschickt hätte. Zum Glück trat eine stämmige Eskimo-Frau dazu, eine Schwester von Umialik, wie sich später herausstellte, und assistierte ihr bei der Operation. »Chester! Du hältst zwei Lampen hoch, damit ich genug Licht habe! Mary, du reichst mir die Instrumente!« Die wichtigste Aufgabe überließ sie der Eskimo-Frau, die in einem Blitzkurs lernte, wie man mit Äther eine Narkose verabreicht, und einige beruhigende Worte mit der schwangeren Frau wechselte, bevor sie mit der Arbeit begann.

Alice band sich das saubere Tuch vor den Mund, das Chester Seveck gebracht hatte, und wartete geduldig, bis ihre Patientin für die Operation bereit war. Sie bestrich den Bauch mit einem desinfizierenden Mittel und verlangte nach dem Skalpell. Lieber Gott, lass mich nicht im Stich!, betete sie vor dem ersten Schnitt.

Während sie angestrengt operierte, erklangen im Hintergrund des Raumes die Trommeln und der leise Gesang des Schamanen. Alice ließ sich dadurch nicht stören. Ihr standen nur sehr begrenzte Mittel für die Operation zur Verfügung, und sie würde erst sehr viel später darüber nachdenken, welch großes Risiko sie eingegangen war. Nur ihre Erfahrung in der Notaufnahme und als OP-Schwester in der Chirurgie verhinderten, dass sie die Nerven verlor. Beinahe mechanisch führte sie einen Schritt nach dem anderen aus, genau so wie sie es bei den Ärzten im Krankenhaus gesehen hatte.

Sie merkte gar nicht, wie die Zeit verging, blickte nur gelegentlich auf, wenn sie die Frau des Pastors leise bat, ihr den Schweiß von der Stirn zu tupfen, oder der Eskimo-Frau neue Anweisungen für die Verabreichung des Äthers gab.

»Placenta Previa«, murmelte Alice besorgt, als sie den Grund für die Schmerzen der schwangeren Frau erkannte. Die Placenta lag in der unteren Hälfte der Gebärmutter, und es wäre auch einem Arzt nichts anderes übrig geblieben, als das Baby durch einen operativen Eingriff zur Welt zu bringen. Wie sie es schaffte, die Blutung zu stillen und das Baby herauszuholen, wusste sie später nicht mehr. Sie erinnerte sich nur daran, wie erleichtert sie war, als die Eskimo-Frau das Neugeborene nahm, und sie sich daran machte, den Bauch der Patientin zu vernähen.

»Du hast eine Tochter«, sagte sie nach der Operation zu Umialik. »Wir haben es geschafft!« Sie betonte das »Wir« und lächelte zufrieden, als der Schamane ein leises »Danke, Schwester!« murmelte.

11

Die Freude über die gelungene Operation hielt nur zwei Tage an. Als Alice am dritten Morgen den Fluss überquerte und die bettlägrige Patientin untersuchte, hatte sich die Wunde entzündet, und es waren einige Komplikationen aufgetreten, die nur mit einem weiteren Eingriff zu beheben waren. Zum Glück landete der Medical Director am selben Morgen mit dem Postflugzeug. Die kranke Eskimo-Frau hatte es seiner Erfahrung und seiner ruhigen Hand zu verdanken, dass sie am Leben blieb. »Das kommt von deinem Hokuspokus!«, herrschte er den Angakok an.

Alice wusste natürlich, was sie erwartete, und ließ die Zurechtweisung mit Tränen in den Augen über sich ergehen.

»Was fällt Ihnen eigentlich ein?«, brauste Doktor C. E. Smith auf, als er sie im Behandlungsraum fand. »Wir kommen Sie dazu, einen so gefährlichen Eingriff vorzunehmen? Kennen Sie die Vorschriften nicht? Seit wann ist es einer Krankenschwester erlaubt, eine Patientin zu operieren? So was ist mir in meiner ganzen Laufbahn noch nicht vorgekommen! Eine Schwester spielt Göttin in Weiß und schnippelt mit einem Skalpell an einer schwangeren Frau rum! Das kann Sie Ihre Lizenz kosten! Was glauben Sie denn, wer Sie sind?«

»Aber mir blieb doch gar keine andere Wahl!«, erwiderte Alice. »Die Frau hatte furchtbare Wehen, und der Muttermund war durch die Placenta versperrt! Was sollte ich denn tun? Sie verbluten lassen? Wenn ich sie nicht operiert hätte, wäre sie gestorben!«

»Sie haben gepfuscht!«, tobte der Medical Director. »Jeder Pfleger hätte die Naht besser hinbekommen, und was Sie in der Gebärmutter der armen Frau angerichtet haben, darüber wollen wir gar nicht reden! Wäre ich nur einen Tag später gekommen, müssten wir sie begraben!« Er lief wie ein unruhiger Tiger im Behandlungsraum auf und ab. »Was meinen Sie denn, was man mir angehängt hätte, wenn die Sache schiefgegangen wäre? Die Behörden hätten mich in der Luft zerrissen, und ich hätte nirgendwo mehr ein Bein auf die Erde bekommen!« Er blieb stehen und funkelte sie an. »Sie sind übereifrig, Schwester Alice! Sie denken nicht nach, bevor Sie handeln! Der Dienst in Alaska stellt höhere Anforderungen als der reguläre Schichtbetrieb in einem Krankenhaus in Seattle. Wenn Sie sich nicht endlich zusammenreißen, muss ich Ihre Versetzung beantragen! Die Geschichte mit der Eisbärenleber war verheerend genug! Habe ich mich klar genug ausgedrückt?« Er ging ein paar Schritte und blieb wieder stehen. Seine Miene entspannte sich ein wenig. »Und bilden Sie sich bloß nichts auf Ihre Operation ein! Sie haben schlampig gearbeit und können Gott danken, dass die Frau am Leben geblieben ist!« Er ging zur Tür, und jetzt lag sogar ein leichtes Lächeln auf seinem Gesicht. »Nun ja, feige sind Sie nicht, das kann ich wirklich nicht sagen! Jede andere Krankenschwester wäre beim Anblick der Frau in Ohnmacht gefallen!«

Doktor C. E. Smith verschwand und ließ sie mit gemischten Gefühlen im Behandlungsraum stehen. Natürlich war sie wütend auf den Medical Director, weil er sie wie ein dummes Schulmädchen zusammengestaucht hatte. Wie sie einige Monate später in der Zeitung nachlesen konnte, war Doktor C. E. Smith ein gewiefter Taktiker, der sich auch als Politiker einen Namen machen wollte und eine verantwortungsvolle Position in der Territorialregierung anstrebte. Auch deshalb war er wohl über ihr eigenmächtiges Vorgehen erbost. Berichte über eine Krankenschwester, die sich über seine Anweisungen hinwegsetzte und eigenmächtig Operationen durchführte, wären seinem Aufstieg sicher hinderlich. Aber sie wusste auch, dass seine letzten Worte als Lob gedacht waren. Doktor C. E. Smith gehörte nicht zu den Männern, die vor einer Untergebenen klein beigaben und sie mit Lob überschütteten, er versteckte seine Bewunderung über ihr mutiges Vorgehen hinter burschikosen Worten.

Auch nach der Zurechtweisung war Alice der festen Überzeugung, richtig gehandelt zu haben. Zögern hätte den sicheren Tod von Mutter und Kind bedeutet. So sahen es auch Pastor Walsh und seine Frau, die den Medical Director zu einem gemeinsamen Abendessen trafen. Mary Walsh erklärte ihm, wie schwer es gewesen war, Einlass in das Dorf des Schamanen zu finden, und dass sie sich von dem schlechten Zustand der Frau überzeugt hatte. »Für mich hat sie eine Heldentat begangen, und das denken auch die anderen Bewohner von Kotzebue!« Der Arzt räumte ein, dass Alice gar nichts anderes übrig geblieben war, als die schwangere Frau zu operieren, kritisierte aber gleichzeitig ihre mangelnde Fürsorge: »Eine gute Schwester hätte viel früher gemerkt, dass mit der Frau etwas nicht stimmt. Sie hätte mich sofort alarmiert! Soweit ich weiß, gibt es in der Flughafenbaracke ein Telefon! Ich wäre in zwei Stunden bei Ihnen gewesen!« Doch beim Abschied versicherte er: »Keine Sorge, ich werde den Zwischenfall nicht in ihrer Akte vermerken. Das gäbe nur unnötigen Rummel, und den können wir in diesem Berzirk nicht gebrauchen.«

Alice war froh, als der Medical Director gegangen war und sie sich wieder auf ihre Arbeit konzentrieren konnte. Als einzige Krankenschwester in einem Umkreis von mehreren hundert Meilen hatte sie genug zu tun. Ihre größtes Augenmerk lag auf den Infektionen, die durch mangelnde Sauberkeit hervorgerufen wurden und rasch zu einer Epidemie führen konnten. Ebenso gründlich klärte sie über die Zahnpflege auf, die besonders in größeren Siedlungen, in denen sich ein Gemischtwarenladen befand, vonnöten war. Bei den Zähnen der Eskimos schienen Süßigkeiten noch mehr Schaden anzurichten als bei Weißen.

Und so fuhr sie mit ihren Vorträgen über Hygiene und gesunde Ernährung fort, unterließ jedoch den Hinweis auf Eisbärenleber. Den alten Eckardt brachte sie sogar dazu, die Gläser mit den Zuckerstangen von der Kasse wegzuräumen. Stattdessen platzierte er dort ein Glas mit sauren Gurken. Als Gegenleistung schickte sie die Teilnehmerinnen ihres neuen Nähkurses zu ihm, um neue Stoffe und das passende Nähgarn zu kaufen. Sogar die alte Marie Seveck gehörte zu den Frauen, die in den Versammlungsraum kamen und großen Gefallen an ihren bunten Stickereien fanden. Alice ließ sich von der alten Marie Seveck die einheimischen Techniken zeigen, die sie beim Herstellen der wetterfesten Anoraks aus Robbenhaut anwandten.

Jeden Mittwoch machte sie ihren Rundgang auf der Shore Avenue. Sie ging von einem Haus zum anderen, nahm dankend die Einladung zu einer Tasse Tee ein und begnügte sich manchmal auch mit kühlem Quellwasser. Zu besonderen Gelegenheiten verteilte sie kleine Geschenke an die Kinder, die sie »Tante Alice« nannten und sich freuten, wenn sie die Zeit fand, mit ihnen Fußball zu spielen. Den Ball hatte eine der Frauen aus einem ausgestopften Robbenfell gefertigt. Andy glaubte, bereits zu alt für solche Spiele zu sein, und unterhielt sich lieber über Bücher mit ihr. Alice vermutete, dass er verliebt in sie war, ließ sich aber nichts anmerken und kicherte leise, wenn er über die gleichaltrigen Mädchen lästerte: »Die sind mir alle zu kindisch!«

Jacky Seveck saß meist auf der Bank vor seinem Holzhaus, wenn sie die Familie besuchte, und paffte an seiner Pfeife. Seitdem Alice seinen vereiterten Backenzahn gezogen hatte, rührte er keine Süßigkeiten mehr an. Er war etwas hagerer geworden und machte sich einen Spaß daraus, seine Frau zu verspotten, wenn er sie dabei erwischte, wie sie Schokolade naschte. Chester Seveck war wie die meisten Männer viel unterwegs. Im Sommer gingen sie auf Walrossjagd, fuhren in den großen Umiaks aufs Meer hinaus und stellten den mächtigen Tieren nach. Außer dem Fleisch schätzten sie auch die langen Stoßzähne aus Elfenbein, das sie zu Handwerkszeugen und kleinen Kunstwerken verabeiteten. Der Vetter der alten Marie Seveck, ein gewisser Charlie, gehörte zu den besten Elfenbeinschnitzern von Kotzebue und hatte schon etliche Figuren an einen Händler in Nome verkauft. Er war ein stiller Mann, der meist in einer Ecke saß und geduldig an seinen Kunstwerken arbeitete.

Im Spätsommer führte Doktor C. E. Smith eine Pockenimpfung durch, an der alle Bewohner des Ortes teilnahmen. Alice arbeitete den ganzen Tag an der Seite des Arztes, wechselte aber kaum ein persönliches Wort mit ihm und richtete ihre ganze Aufmerksamkeit auf die Menschen, die sich von ihr impfen ließen. Einige Eskimos, besonders die Kinder und seltsamerweise auch kräftige Männer, hatten Angst vor dem kleinen Stich, und sie musste jedem von ihnen gut zureden. Sie hatte längst ihre eigenen Techniken entwickelt, stellte Fragen zum Wetter oder zur letzten Jagd und erzählte den Kindern lustige Geschichten, so dass die meisten Patienten nicht einmal merkten, wenn sie das Serum injizierte. Anerkennend stellte sie fest, dass auch der Medical Director freundlich zu den Leuten war und bei Kindern so herzlich wirkte, als käme niemals ein böses Wort über seine Lippen. Zu Alice sagte er: »Das machen Sie gar nicht schlecht!«

Nachdem sie Doktor C. E. Smith inzwischen kannte, wusste sie, dass diese Worte als großes Lob gedacht waren. Sie bedankte sich mit einem artigen Lächeln und fügte hinzu: »Und ich möchte mich noch einmal bei Ihnen dafür bedanken, dass Sie die … die Operation nicht gemeldet haben. Ich hatte schon Angst, ich würde meine Lizenz verlieren.«

Der Medical Director brummte nur und machte sich wortlos aus dem Staub. Alice blickte ihm kopfschüttelnd nach. Er war schon ein seltsamer Mann, dieser Doktor C. E. Smith. Auf der einen Seite ein übel gelaunter Vorgesetzter, der sie ständig kritisierte und dem man nichts recht machen konnte, auf der anderen ein etwas schrulliger Arzt, der freundlich zu seinen Patienten war und sein Lob hinter brummigen Kommentaren versteckte. Aber von seinem Beruf verstand er eine Menge, das erkannte sie schon an der Art, wie er seine Patienten untersuchte oder eine Krankheit beim bloßen Hinsehen erkannte. Einer jungen Frau hatte er angesehen, dass sie schwanger war, obwohl ihr Bauch kaum gewölbt war und sie nichts gesagt hatte. Manche Eskimos kamen nur zu ihm, weil sie glaubten, dass er die übersinnlichen Fähigkeiten eines Angakok mit dem Wissen eines weißen Arztes vereinte.

Im September, ungefähr zwei Wochen vor Wintereinbruch, kam ein Frachter nach Kotzebue und brachte Vorräte, Benzin und Öl. Die Vorräte stapelten sich hoch an der Anlegestelle, und alle Männer halfen, die Kisten, Fässer, Kanister und Säcke in die Lagerräume zu tragen. Das Schiff legte noch am selben Abend wieder ab und verschwand im trüben Halbdunkel, um nicht vom Winter überrascht zu werden. Sie taten gut daran, zumindest nach den Worten der alten Marie Seveck, die kauend neben Alice stand, über das Meer zum Horizont blickte und sagte: »In zwei Wochen kehrt der Winter zurück. Die Luft riecht nach Schnee!«

So war es tatsächlich, und pünktlich zum Einbruch der kalten Jahreszeit wurde auch das neue Krankenhaus fertig. Der letzte Teil der Ausrüstung war mit dem Frachter gekommen, und Alice hatte den beiden Männern, die hauptsächlich mit dem Bau beschäftigt waren, bei der Einrichtung geholfen. Im vorderen Teil des einstöckigen Gebäudes waren der Operationssaal, etliche Behandlungsräume und die Krankenzimmer untergebracht. Die Geldmittel waren sehr begrenzt gewesen, und die Ausrüstung genügte nur bescheidenen Ansprüchen. Kein Vergleich mit einem modernen Krankenhaus wie dem Providence Hospital, dachte Alice betrübt. Ihre ehemaligen Kolleginnen hätten sie beim Anblick der kargen Einrichtung sicher bemitleidet, und was Nelly dazu sagen würde, daran wollte sie gar nicht denken. Immer noch besser als gar kein Krankenhaus, hätte sie geantwortet, bis jetzt hat Doktor Smith in einem Hinterzimmer operiert.

Im hinteren Teil des Gebäudes waren die Küche und die Kantine, die Wäscherei und einige Privaträume, darunter auch ihr Zimmer. Chester Seveck, der von einer erfolgreichen Walrossjagd zurückgekehrt war, half ihr, ihre wenigen Habseligkeiten in ihre neue Bleibe zu tragen. Mary Walsh schenkte ihr Zeichnungen einiger Eskimo-Kinder, die diese während ihres Aufenthalts in einem der Krankenzimmer ihrer Kirche gemalt hatten. Obwohl Alice nur hundert Meter weiter gezogen war, standen Tränen in ihren Augen. »Wir werden dich vermissen, Alice«, sagte sie. »Du kommst uns doch ab und zu besuchen, oder?«

»Natürlich«, versprach Alice, »besonders wenn du den leckeren Apfelkuchen gebacken hast, den ich so gern esse!« Sie versprach auch, weiterhin zu den Gottesdiensten oder Versammlungen, wie die Quäker sie nannten, zu kommen, wie sie es sich während der vergangenen Wochen angewöhnt hatte. Obwohl sie protestantisch erzogen war, schätzte sie die unaufdringliche Art der Freunde, sich Gott zu öffnen. In der Versammlung nach der Operation war sie aufgestanden und hatte gesagt: »Umialik ist kein schlechter Mensch, weil er an seiner Religion und seinen Traditionen festhält. Und er war nicht mehr feindselig, als er merkte, dass ich ihn und seine Art, die Welt zu sehen, nicht verdammte. Er ist bereit, sich unserer Kultur zu öffnen. Wäre es nicht schön, wenn wir voneinander lernen könnten? Ich bin noch nicht lange in diesem Land, aber ich habe schon viel von den Eskimos gelernt und glaube nicht, dass wir sie zwingen dürfen, sich unserer Kultur zu unterwerfen. Das gilt auch für unsere Kirchen.«

Die wenigen Weißen, die in Kotzebue lebten und in der Versammlung gewesen waren, vor allem Esther Gulliver, die unnahbare Lehrerin, teilten ihre Meinung nicht, das hatte sie deutlich gespürt, aber sie waren nicht aufgestanden und hatten auch nichts gesagt, nicht einmal beim anschließenden Umtrunk. Alice hatte ihrer Freundin von dem Gottesdienst geschrieben und wusste schon jetzt, was sie antworten würde: »Als Diplomatin gehst du bestimmt nicht in die Geschichte ein! Und in die Politik würde ich an deiner Stelle auch nicht gehen. Mag ja sein, dass ich mein Herz auf der Zunge trage, aber du bist eine Gerechtigkeitsfanatikerin und gerätst nochmal in große Schwierigkeiten, wenn du so weitermachst.« Und darauf würde Alice antworten: »Die Schwierigkeiten hab ich längst hinter mir, Nelly!«

Zur Einweihung des Krankenhauses erschienen Doktor C. E. Smith und einige Politiker in Kotzebue und langweilten die Zuhörer mit endlosen Reden, deren Wortlaut ein Reporter des *Nome Nugget* eifrig notierte. Anschließend waren alle Bewohner des Ortes zu einem Festessen aus Rentiereintopf und frischem Weißbrot eingeladen. Den Eintopf hatte natürlich Dolly gekocht, die zumindest während des Winters im Krankenhaus arbeiten würde. Den Nachtisch, ihren leckeren Apfelkuchen, hatte die Frau des Pastors spendiert. Alice hatte bei den Vorbereitungen geholfen und sah in ihrer schneeweißen Uniform und den sorgfältig gescheitelten Haaren wie ein Engel aus. »Sofern Engel braune Haare haben«, wie Nelly gesagt hätte.

Der Winter kam in der ersten Oktober-Woche, fast auf die Stunde genau zu dem Termin, den die alte Marie Seveck genannt hatte, und veränderte das Leben in der Küstenstadt. Böiger Wind trieb eisige Kälte aus dem Norden heran und fegte heftige Schneeböen über das hügelige Land. Das Meer erstarrte unter einer festen Eisdecke. Feiner Nebel legte sich über die Holzhäuser und blieb wie ein kaum sichtbarer Schleier zwischen den Pfahlbauten hängen. Die Geister der Dunkelheit, wie manche Eskimos sie nannten, blieben immer länger und schickten sich an, die Sonne ganz aus ihrem Reich zu vertreiben. An den Fenstern bildeten sich Eisblumen, und überall bellten die Hunde, denn dies war ihre Jahreszeit. Für einen Husky gab es nichts Schöneres, als einen Schlitten durch die eisige Kälte zu ziehen.

Jeden Morgen, wenn Alice aus dem Fenster blickte, wunderte sie sich, wie schnell der Winter das Land eroberte und wie sehr er das Land veränderte. Unter dem silbernen Licht des Mondes und der Sterne, die immer länger blieben, dehnte sich eine verschneite

Eiswüste bis zum unsichtbaren Horizont. Kotzebue schien auf einer Insel zu liegen, umgeben von einem erstarrten weißen Meer, das keinen Anfang und kein Ende hatte. Die Sonne ließ sich kaum noch blicken, sorgte nur noch in den Mittagsstunden für trübes Halbdunkel, und an einigen Tagen im Dezember ging sie überhaupt nicht auf.

Alice fiel es schwer, sich an die ständige Dunkelheit zu gewöhnen, fand aber schon bald heraus, dass die Eskimos ein probates Mittel gefunden hatten, mit der arktischen Nacht zu leben: Sie waren fröhlich, tanzten und sangen viel und erzählten sich Geschichten. Außerdem fuhren sie mit ihren Hundeschlitten über das Eis, auf der Jagd nach Pelztieren oder Robben, die an offenen Stellen im Wasser an die Oberfläche kamen um nach Luft zu schnappen. An diesen Wasserstellen warteten die Jäger oft stundenlang geduldig mit ihren Harpunen, bis die Robbe endlich erschien und sie zum tödlichen Wurf ansetzten. Sie töteten nur die Tiere, die sie unbedingt zum Leben brauchten, und sprachen Gebete und sangen Lieder, um die toten Robben um Verzeihung zu bitten.

Für Alice begann der Winterdienst mit einigen Schlittenfahrten, die Chester Sevick mit ihr über das feste Eis unternahm. Der Civil Service hatte den erfahrenen Jäger verpflichtet, Alice in die oft zwei oder drei Tage entfernten Dörfer zu fahren, die sie auch während der kalten und dunklen Jahreszeit besuchen musste. »Du musst wissen, wie man einen Schlitten lenkt«, sagte er, »da draußen weiß man nie, was passiert. Du musst dich an die Hunde gewöhnen. Erst wenn du weißt, wie man im Winter überleben kann, kannst du die Leute in den Dörfern besuchen.« Er blickte sie zuversichtlich an. »Ich weiß, dass du es lernen wirst. Du bist keine weiße Frau mehr. Du bist eine von uns geworden!«

Das war das schönste Kompliment, das Alice seit langem bekommen hatte.

»Ich danke dir«, antwortete sie feierlich.

12

An einem dunklen Dezembertag kehrte der Rabe zurück. Er krächzte vor dem Fenster ihres neuen Zimmers und kicherte, als er ihre erschrockene Miene sah. »Fürchtest du dich vor der Dunkelheit?«, fragte er schnippisch. »Vergiss nicht, dass ich es war, der das Licht in den Hohen Norden brachte! Hätte ich das Kästchen mit dem Licht nicht fallen lassen, wäre es das ganze Jahr hell, aber das wäre wohl etwas zuviel des Guten gewesen, oder?« Wieder kicherte er laut und hämisch, bevor er fortfuhr: »Hast du schon gehört, was ich den Leuten auf dem Festland eingebrockt habe? Eine Wirtschaftskrise mit Börsenkrach und allem Drum und Dran! Jetzt können sie zeigen, wie sie mit einer Plage fertig werden!« Er schlug mit den Flügeln und klapperte mit seinem Schnabel. »Und du, meine Schwester? Glaubst du immer noch, dass du bis zum Frühjahr durchhältst? Wenn die Frau, die du operiert hast, gestorben wäre, hätte der Medical Director dich schon vor ein paar Wochen nach Hause geschickt! Ich muss zugeben, du hast dich wacker geschlagen! Aber jetzt ist Winter, meine Liebe, da gelten andere Regeln! Mal sehen, wie du dich jetzt anstellst …«

Alice fuhr in ihrem Bett hoch und blickte nach draußen. In dem geisterhaften Licht, das der Mond und die Sterne verbreiteten, waren nur die Umrisse der nächsten Häuser zu sehen. Sie stand auf, zog ihren Morgenmantel an und trat ans Fenster. Sie kratzte einige Eisblumen vom kalten Glas und drückte ihre Nase dagegen. Das Krankenhaus stand auf einem Hügel, ähnlich wie die Kirche der Freunde, und sie konnte das vereiste Meer durch ihr Fenster erkennen. Wie die kalte Wüste auf einem fernen Planeten lag es unter dem Himmel. Auf dem Eis spiegelte sich das Nordlicht, flackernde Schleier in zarten Farben, die selbst den dunklen Holzhäusern ein geheimnisvolles Aussehen gaben.

Noch in derselben Nacht ergänzte sie den Brief an Nelly, den sie vor einigen Tagen begonnen hatte: »Du kannst dir nicht vorstellen, wie gespenstisch dieses Nordlicht aussieht. Es flackert in allen Farben über den Himmel, rot, grün, gelb, weiß, und wenn man allein in der Dunkelheit steht, hört man es sogar knistern, als würde sich der Himmel elektrisch entladen. Die Eskimos glauben, dass die Geister ihrer Vorfahren im Himmel spielen, wenn das Nordlicht zu sehen ist. So etwas hast du noch nicht gesehen! Ich weiß, auch bei uns leuchtete der Himmel manchmal, aber so farbenprächtig war es nie. Ein einzigartiges Schauspiel! Aber bevor ich sentimental werde: Was macht die Liebe? Bist du immer noch mit Jimmy zusammen? Warst du schon mal mit ihm surfen? Manchmal beneide ich dich, nicht wegen Jimmy, sondern wegen des Wetters, aber dann stapfe ich durch den Schnee und sehe das Nordlicht leuchten und denke mir: Du hast es auch gut getroffen! Mir gefällt es in Alaska, und ich habe so viele Freunde hier gefunden, dass ich gar nicht mehr weg will. Natürlich vermisse ich dich und meine Eltern, und manchmal sehne ich mich sogar nach dem Trubel in Seattle, aber nächstes Jahr bekomme ich sicher Urlaub, dann besuche ich dich in Honolulu, und wir feiern deine Hochzeit. Es ist doch was Ernstes? Schreib mal wieder, Nelly, und wundere dich nicht darüber, dass ich keinen Mann erwähne. Ich habe meinen Traumprinzen noch nicht gefunden. Vielleicht wartet er irgendwo in der Wildnis auf mich. Es grüßt dich ganz herzlich Deine Alice.«

Während sie den Brief faltete und in einen Umschlag steckte, erinnerte sie sich daran, ihrem Traumprinzen sehr nahe gewesen zu sein. Dr. Michael White war ein Mann, wie sie ihn sich immer gewünscht hatte. Doch wie hatte die Sekretärin im Providence Hospital gesagt: »Wie kommt es nur, dass alle guten Männer verheiratet sind?« Sie starrte den Brief an, als würde er eine Antwort auf diese Frage enthalten, und legte ihn seufzend zur Seite. Sobald der Pilot landete, würde sie ihm die Post mitgeben. Den Brief an ihre Eltern hatte sie bereits abgeschlossen. Vor ihrer Antwort hatte sie Angst. Der Rabe hatte nicht gelogen, auf dem Festland gab es tatsächlich eine Wirtschaftskrise, und im *Nome Nugget* hatte gestanden, dass besonders die Farmer unter den Auswirkungen des »Schwarzen Freitags« litten, wie der Tag, an dem die Börse zusammengebrochen war, genannt wurde. Würden ihre Eltern es schaffen, unbeschadet durch diese Krise zu kommen? Was geschah, wenn sie aufgeben mussten? Ihr Vater würde niemals in einer Fabrik arbeiten, selbst wenn er Arbeit fand. Er würde eher sterben, als seine Farm aufzugeben.

Alice zog sich an und verbrachte den Morgen damit, sich um die wartenden Patienten zu kümmern. Es waren keine schlimmen Fälle dabei: Ein Jäger, der sich den Fuß verstaucht hatte, ein junger Mann mit Husten, eine Frau, die sich mit dem Küchenmesser geschnitten hatte, ein kleiner Junge mit Zahnweh. Es bereitete ihr keine Mühe, diese Patienten zu versorgen, und es machte ihr sogar Spaß, sich mit ihnen zu unterhalten und zu spüren, wie sehr sie ihr inzwischen vertrauten. Selbst ein Mann von der »anderen Seite des Flusses«, wie sie Umialiks Lager nannten, empfand keine Scheu mehr, sie um Hilfe zu bitten. Und sie hatte nichts dagegen, dass er die Geister anrief, als sie seinen verbrühten Arm mit Salbe einschmierte und sorgfältig verband.

Nachdem der letzte Patient gegangen war, machte sie sauber und bereitete sich ein Sandwich mit Rentierschinken. Sie trank heißen Tee dazu und sagte sich, dass sie eigentlich mit ihrem Leben zufrieden sein konnte. In Kotzebue gab es keine Wirtschaftskrise, die Arbeit machte ihr Spaß, und sie hatte freundliche Menschen um sich. Und in der ersten Januar-Woche würden der neue Arzt und die zweite

Schwester, die der Medical Director bei seiner Einweihungsrede angekündigt hatte, ihren Dienst im neuen Krankenhaus antreten. Und wer weiß, überlegte sie lächelnd, vielleicht schickt das Gesundheitsamt einen Arzt wie Dr. Michael White, attraktiv, erfolgreich und vor allem ledig, ein hübscher Prinz, der sich Hals über Kopf in sie verliebte und sie ihr ganzes Leben auf Händen trug? Sie lachte laut. So etwas gab es nur im Märchen. Und man musste nicht unbedingt verheiratet sein, um sein Glück zu finden, so redete sie sich ein.

Am frühen Nachmittag ging sie zum Haus der Sevecks. Chester hatte versprochen, sie auf eine Tour mitzunehmen und ihr zu zeigen, wie man einen Hundeschlitten steuert. Die Frau des Pastors versprach, sie so lange in der Ambulanz zu vertreten und Andy Seveck nach ihr zu schicken, falls es einen Notfall gab. »Gehen Sie ruhig«, sagte Mary Walsh, »wenn Sie Ihre Runde über die Dörfer drehen, ist es besser, wenn Sie einen Hundeschlitten steuern können. Ich will Ihnen keine Angst machen, aber der Jäger, der die letzte Schwester fuhr, wurde unterwegs mal krank, und sie mussten zwei Tage in der Wildnis ausharren, bis ein anderer Eskimo sie fand. Sie hätten die Arme sehen sollen ...«

Alice hatte ihren Anorak aus Rentierfell, einen Schal und dicke Handschuhe angezogen. Statt ihrer Uniform trug sie dicke Wollhosen, ein Männerhemd, einen Pullover und doppelt gefütterte Stiefel aus Robbenfell. Vor dem Krankenhaus empfing sie klirrende

Kälte. Frostiger Wind trieb ihr leichten Schnee ins Gesicht, ein Gefühl, als ob ihr tausend Nadeln in die Haut stachen.

Sie zog ihren Schal über die Nase und sah Chester Seveck bei seinem Schlitten stehen. »Hallo, Chester! Kalt heute!«, begrüßte sie ihn fröhlich. Er schien überhaupt nicht zu frieren, hatte nicht einmal die Kapuze seines Anoraks hochgeschlagen und trug nur seine Wollmütze. Über seinen Schultern hing ein Gewehr.

Sie begrüßte die Hunde vor dem Schlitten. Von ihren Besuchen bei den Sevecks kannte sie die meisten schon. Nanuk, den kräftigen Leithund mit den leuchtenden Augen und der spitzen Schnauze. Tanik, den nervösen Rüden mit dem hellen Fell. Lucky und Dusty, die beiden streitsüchtigen Huskys, die Jack Seveck bei einem weißen Händler gegen etliche Schnitzereien aus Elfenbein eingetauscht hatte. »Wenn du sie begrüßt, darfst du keinen auslassen«, brachte Chester ihr bei, »sonst sind einige beleidigt und machen dir Ärger! Aber zu gut darfst du sie auch nicht behandeln. Die Schwester, die vor dir hier war, wollte sie immer streicheln und wie Schoßhunde an sich drücken. Das kannst du mit den Hunden auf dem Festland machen, aber nicht mit einem Husky. Schlittenhunde sind halbe Wölfe, du musst ihnen ständig zeigen, wer der Herr ist! Nur dem Leithund, dem kannst du ein bisschen um den Bart gehen, auf den bist du da draußen am meisten angewiesen! Er ist dein einziger Freund.«

Der Jäger deutete auf die Ladefläche des Schlittens. »Setz dich auf die Felle, und halt dich mit beiden Händen fest! Wir fahren aufs Eis hinaus. Ich zeige dir, wie man einen Schlitten steuert.«

Alice folgte seiner Bitte und stieß einen Schrei aus, als Chester das Hundegespann mit einem kräftigen »Go!« antrieb. Er sprang auf die Kufen und lenkte den Schlitten über die Shore Avenue hinab. Unter ihr bogen sich die hölzernen Streben, scharrten die Kufen über den festen Schnee. Während der Fahrt schien der Schlitten ein Eigenleben zu entwickeln und sich dem holprigen Boden anzupassen. Es dauerte eine Weile, bis sie sich an die unruhige Fahrweise gewöhnt hatte und ihre ängstliche Verkrampfung sich löste. Zu ihrem Schrecken bemerkte sie, dass fast alle Bewohner vor ihre Häuser getreten waren und neugierig verfolgten, wie sie sich auf dem Schlitten anstellte. Einige lachten.

Von der Shore Avenue ging es über einen festgetrampelten Pfad zum vereisten Meer hinab. Die Hunde bellten in ihrer Vorfreude, endlich wieder über das offene Eis laufen zu dürfen, und legten sich mit voller Kraft in die Geschirre.

Der Schlitten neigte sich bedrohlich auf die Seite, und Alice hatte schon Angst, in den hartten Schnee zu fallen, aber Chester Seveck hatte alles unter Kontrolle und wies die Hunde mit einigen kurzen Befehlen an, Rücksicht auf ihren Passagier zu nehmen: »Lass dir Zeit, Nanuk! Nicht so hitzig, Lucky und Dusty! Oder wollt ihr, dass sich Schwester Alice verletzt? Wir brauchen sie noch! Tanik, was soll der Unsinn?«

Erst als sie auf dem offenen Eis waren, ließ Chester die Hunde laufen. Sie folgten den Spuren der Jäger, die vor ihnen über das Packeis gefahren waren und die einfachste Route durch das Labyrinth von aufgeworfenen Eisschollen gefunden hatten. Schon nach wenigen Metern kam Alice sich wie in einem Zauberreich vor, in einer magischen Welt aus Schnee und Eis, die im arktischen Zwielicht geheimnisvoll glänzte. Wie die Paläste und Burgen aus den Märchen, die sie als Kind gelesen hatte, ragten die eisigen Schollengebilde aus dem gefrorenen Meer, geformt von dem unablässigen Wind, der auch jetzt über das Eis blies und bis unter ihren Anorak zu dringen schien. Unter den Pfoten der Hunde wirbelte feiner Schnee empor und hüllte sie wie ein Schleier ein. Der Schlitten lag jetzt ruhiger, glitt beinahe schwerelos über die endlose weiße Fläche, und in Alice regte sich zum ersten Mal dieses seltsame Gefühl von unbeschwerter Freiheit, das sie auf ihren späteren Fahrt noch oft erleben sollte.

Nach ungefähr einer halben Stunde hielt Chester zwischen einigen Eisbrocken an. Er behielt eine Hand am Haltegriff, weil er den hölzernen Pflock, der mit einer Lederschnur am Schlitten befestigt war, auf dem Eis nicht in den Boden rammen konnte, und blickte prüfend zum Horizont. »Hier gibt es Eisbären«, erklärte er, »vor zwei Jahren starb ein Jäger, weil er nicht rechtzeitig sein Gewehr von den Schultern bekam.« Er deutete auf das unruhige Hundegespann und begann mit seiner Lektion: »Bevor du auf einen Schlitten steigst, musst du die Hunde kennen. Huskys sind anders als die Hunde, die du kennst. Wie ich schon sagte: Sie sind mit den Wölfen verwandt. Sie mögen die Kälte. Sie schlafen im Schnee oder auf dem Eis und wollen gar nicht ins Haus. Das hat die Schwester, die vor dir hier war, nie verstanden, aber so ist es wirklich. Husky brennen darauf, einen Schlitten durch die Kälte zu ziehen. Sie fressen nur einmal am Tag, und wenn du irgendwo anhältst, musst du ständig aufpassen, dass sie einander nicht in die Haare kommen! Das gilt besonders für Lucky und Dusty! He, benehmt euch, ihr Biester!«

Chester Seveck sprach gutes Englisch, benutzte sogar einige Slang-Ausdrücke, die er wohl von Eckardt im General Store oder weißen Händlern gelernt hatte. Er war ein ruhiger Mann, der zuerst überlegte, bevor er etwas tat oder sagte, und kein Wort zuviel sprach. Sie hatte ihn nur selten lachen gesehen. Vielleicht lag es daran, dass seine Frau, die junge Marie Seveck, den ganzen Tag lachte.

In manchen ihrer Geschichten ging es reichlich grausam zu, so wie bei dem Märchen von dem Raben, der einen Jäger auf das blanke Eis führte und alle Spuren hinter ihm verwischte. Als der Mann zum Himmel blickte, verschob er den Mond und die Sterne und lockte ihn in eine falsche Richtung. Als die anderen Jäger ihn schließlich fanden, lag er vollkommen steif gefroren auf dem Eis, beide Arme ausgestreckt, als suchte er nach seinen Verwandten und Freunden.

»Wenn du die Hunde antreiben willst, rufst du ›Go!‹, oder du schnalzt laut mit der Zunge«, fuhr Chester fort. »Wenn du anhältst, rufst du ›Whoaa!‹. Meine Hunde verstehen Englisch.« Jetzt lachte er tatsächlich, aber nur kurz, dann wurde seine Miene wieder ernst. »Wenn du nach rechts steuern willst, heißt es ›Gee!‹, wenn es nach links gehen soll, rufst du ›Ho!‹. Geh leicht in die Knie, wenn du auf den Kufen stehst, so kannst du die Schläge besser auffangen. Lenke mit dem ganzen Körper! Und das Wichtigste: Vertraue deinem Leithund! Auf ihn kommt es besonders an! Ohne den Leithund kannst du hier draußen nicht überleben!«

Ihre erste Fahrt endete schon nach wenigen Metern. Die Hunde zogen so fest an, dass sie von den Kufen geschleudert wurde und unsanft auf dem harten Eis landete. Sie rappelte sich auf und fluchte leise. »Lauf ein paar Schritte, bevor du auf die Kufen springst, und bleib in den Knien«, warnte Chester Seveck ernst.

Beim zweiten Mal klappte es schon besser. »Go, Nanuk!«, trieb sie den Leithund an, und als der Schlitten anruckte, hielt sie die Haltegriffe fest umklammert, rannte ein paar Meter mit und sprang dann auf die Kufen. In den Knien federte sie die harten Schläge ab, die durch den Schlitten gingen, als sie über das aufgeworfene Eis fuhren. In den Spuren der Jäger, die vor ihnen über das Eis gefahren waren, kam sie leichter voran. »Heya! Heya!«, wurde sie übermütig. Sie spürte den Fahrtwind im Gesicht und genoss es, über das zugefrorene Meer zu fliegen. Doch als es zwischen einigen Eisbrocken hindurch in eine scharfe Rechtskurve ging und sie »Gee! Gee!« rief, flog sie erneut vom Schlitten und schlidderte meterweit über das Eis. Schnaufend erhob sie sich. »Das nächste Mal schaffe ich es!«, rief sie.

Sie schaffte es tatsächlich und bewegte sich immer sicherer. Eine ganze Woche war sie mit Chester Seveck unterwegs, jeden Nachmittag vier oder fünf Stunden und manchmal, wenn der Mond und die Sterne besonders hell waren, auch länger. Sie schloss Freundschaft mit den Hunden und lernte, ihnen zu vertrauen. »Es ist ein herrliches Gefühl«, schrieb sie in ihrem neuen Brief an Nelly, »wenn du erstmal weißt, was du tun musst, gibt es nichts Schöneres, als mit dem Schlitten über das Eis zu fliegen! Heute durfte ich den ganzen Nachmittag fahren. Wir waren weit draußen, so weit draußen, dass man nichts als Eis sah, wenn man sich im Kreis drehte, und ich bestimmt nicht nach Hause gefunden hätte, wenn ich allein da draußen gestrandet wäre! Ein unbeschreibliches Gefühl! Ich wollte, du könntest hier sein und eine Tour mit mir unternehmen! Ist Surfen genauso schön?«

Nachdem sie eine ganze Woche auf dem Eismeer gewesen waren, fuhren sie durch den lichten Wald am Ufer des Kobuk Rivers. Dort lag der Schnee mehrere Zentimeter hoch, und es war wesentlich schwerer, den Schlitten zu steuern. Chester brachte ihr bei, auf Schneeschuhen durch den Tiefschnee zu stapfen und den Weg für die Hunde zu ebnen, wenn es keinen Trail gab, und erinnerte sie daran, dass es auch an Land zahlreiche Gefahren gab. Am gefährlichsten waren Elche, die unvermutet den Trail kreuzten und sich durch die Hunde bedroht fühlten. Sie schlugen mit den Hufen nach den Huskys, und man musste sie sofort erschießen, wenn man nicht getroffen werden wollte. Wölfe stellten nur eine Gefahr dar, wenn es zu kalt wurde und sie keine Nahrung mehr in der Wildnis fanden. Dann wagten sie sich bis dicht an die menschlichen Siedlungen heran und stahlen Vorräte. Vor einigen Jahren war ein Junge gestorben, der einige Wölfe vertreiben wollte und von ihnen angefallen wurde.

»So hat sich noch keine weiße Frau in der Wildnis angestrengt«, staunte Mary Walsh, als Alice nach der zweiten Woche zur Versammlung kam. »Esther Gulliver würde lieber auf allen Vieren zur Schule kriechen, als auf einen Schlitten zu steigen!«

Alice lachte. »Ich weiß auch nicht, was ich machen würde, wenn Chester mich allein lassen würde. Im Ernstfall würde ich wohl auch versagen. Ich lasse lieber ihn den Schlitten steuern.«

Doch insgeheim war sie sehr stolz auf sich und hoffte, dass Chester Seveck sie während ihrer Rundreise über die Dörfer auch mal auf die Kufen lassen würde. Sobald der Pilot gelandet war und neue Vorräte und Medikamente gebracht hatte, würden sie aufbrechen. In drei Wochen war Weihnachten, und sie wollte rechtzeitig zurück sein, um dem Pastor und seiner Frau bei den Vorbereitungen zu helfen. Sie beendete den zweiten Brief an Nelly, schwärmte noch einmal von den abenteuerlichen Fahrten über das Eis und berichtete von John Apangaluk, einem erfahrenen Jäger, den sie auf einer ihrer Touren getroffen hatten. ›Ich werde den ersten Eisbären in diesem Winter schießen‹, sagte er. Chester, der ihm in nichts nachstehen wollte, antwortete: ›Und ich schieße den größten Bären dieses Winters!‹«

13

Am Dienstag um die Mittagszeit, einen Tag, nachdem sie dem Piloten ihre Briefe mitgegeben hatte, brach Alice auf. Zuvor inspizierte sie gründlich die Kiste mit den Medikamenten, die der Pilot für sie an Bord gehabt hatte, und packte einige davon in ihre schwarze Arzttasche. Dann half sie Chester Seveck, die Vorräte und die Ausrüstung auf dem Schlitten zu verstauen, und legte einige Felle sowie ihren Schlafsack auf die Ladefläche. Sie verabschiedete sich von den Sevecks, die alle vor ihrer Hütte standen, und winkte dem Pastor und seiner Frau zu, die ihr viel Glück und eine gute Reise wünschten. Sie würden eine Woche unterwegs sein, vielleicht auch zwei, wenn das Wetter nicht mitspielte. »Wir sind rechtzeitig vor Weihnachten zurück!«, rief Alice der Frau zu.

Sie fuhren über die Shore Avenue zum Kobuk River und über die Böschung neben der Anlegestelle auf den Fluss hinab.

Die *Angeline* hing eingefroren am Ufer fest wie ein gestrandeter Wal, und Alice stellte erstaunt fest, dass grauweißer Rauch aus dem Schornstein kam. Sie sah die dunkle Gestalt von Captain Ellis vor dem Lotsenhaus stehen und bat Chester, für ein paar Minuten anzuhalten. »Hallo, Captain! Wie geht es Ihnen?«, rief sie.

Der bärtige Mann hielt eine Schnapsflasche in der Hand, stand aber sicher auf den Beinen. Er hielt die Flasche in die Höhe. »Mir geht langsam das Brennholz aus! Jetzt versuche ich's hiermit!«

»Sie wissen, wie gefährlich das ist«, erwiderte Alice. »Die meisten Leute erfrieren, wenn sie Alkohol getrunken haben, weil sie glauben, gegen die Kälte geschützt zu sein. Warum gehen Sie nicht zur Kirche? Pastor Walsh gibt Ihnen bestimmt ein Zimmer.«

»Ich will den Leuten nicht zur Last fallen, Ma'am. Ich bin ein alter Säufer, das wissen Sie doch, und wäre den Leuten in der Stadt nur ein schlechtes Beispiel. Hab' ich Recht, Chester? Nein, ich bleibe lieber hier und saufe mir ordentlich die Hucke voll. Ich hab' keine Frau und keine Verwandten mehr, also was soll's.«

»Sie haben Freunde, Captain. Die Sevecks laden Sie bestimmt wieder zum Essen ein, aber wenn Sie dauernd Alkohol trinken ...«

Captain Ellis kicherte laut. »Ich sag ja, Sie taugen zur Predigerin, Ma'am! Nee, ich bleib lieber an Bord und lese Zeitung. Der Pilot hat mir einen Stapel alter Zeitungen mitgebracht, wissen Sie das? *Fairbanks News-Miner*, *Nome Nugget*, es ist alles dabei.«

Er nahm einen Schluck aus der Flasche.

»Wissen Sie, was ich heute gelesen habe? Sie haben diesen Mörder ... wie heißt er noch ... den Mann, der seine Freundin erschossen hat ... Mickey Chartrand ... sie haben ihn gesehen. In Fairbanks und in Akutan.«

»Fairbanks? Akutan?« Alice erinnerte sich an den blinden Passagier, der in Petersburg von Bord gegangen war. Die Polizei hatte sich nicht mehr bei ihr gemeldet. »Die Städte liegen hunderte von Meilen auseinander. Wie soll das gehen, Captain?«

»Fragen Sie Mickey! Vielleicht hat er mit verstellter Stimme bei der Polizei angerufen, um sie zu verwirren. Wär ein guter Trick, was? Lügt ihnen die Hucke voll und ist längst in Bethel oder Nome! Oder er hat sich einen Hundeschlitten geschnappt und geistert in der Wäldern rum! Dem Burschen traue ich alles zu!«

Alice lachte. »Wenn wir ihm begegnen, nehmen wir ihn fest und verschnüren ihn wie ein Paket. Was halten Sie davon, Captain?«

»Klingt gut!« Er trank erneut von dem Schnaps und rülpste leise vor sich hin. »Gute Reise, Ma'am! Auf Wiedersehen, Chester!«

Sie fuhren an dem Schiff vorbei und über den gefrorenen Kobuk River nach Osten. Nur ein schwacher Schimmer am fernen Horizont zeigte den Mittag an. In ein paar Tagen würde selbst der nicht mehr zu sehen sein, dann drangen nicht einmal die äußersten Strahlen der Sonne bis nach Kotzebue vor. Dann waren sie auf das Licht des Mondes und der Sterne und auf die flackernden Schleier des Nordlichts angewiesen, um den Weg zu finden. Ihr Licht reflektierte auf dem Eis und dem Schnee und verbreitete jenes geheimnisvolle Zwielicht, das so typisch für die arktischen Gefilde war. Nur wenn dichte Schneewolken über den Himmel zogen, war man der endlosen Dunkelheit ausgeliefert.

Auf dem vereisten Kobuk River kamen sie schnell voran. Zwischen den bewaldeten Ufern war der Fluss windgeschützt, und über das Eis zog sich ein fast ebener Trail. Chester Seveck ließ den Hunden ihren Willen, und sie genossen jeden Meter des Weges. Die Kufen glitten fast lautlos über das glatte Eis. Sie begegnetem einem Elch, der einige Meter vom Ufer entfernt stand und unter dem Schnee nach Nahrung suchte und kaum den Kopf hob, als sie vorbeifuhren. Und Alice entdeckte einen Polarfuchs, der verstört zwischen einigen Birken verschwand. Mit dem Fahrtwind zog eisige Kälte über das Eis, und Alice hatte ihren Schal über die Nase gezogen, um besser geschützt zu sein.

In der Hütte eines Fischcamps, das im Winter verlassen war, legten sie ihre erste Pause ein, beheizten den gusseisernen Ofen und erhitzten zwei Dosen mit Fleischeintopf. Alice setzte Teewasser auf und füllte ihre Thermosflaschen nach. Der Eintopf war etwas salzig, sättigte aber gut und gab ihnen Kraft für die weitere Fahrt. »Hast du in letzter Zeit mal mit Umialik gesprochen?«, fragte sie. »Er war lange nicht mehr in der Stadt, oder?«

Chester stellte die Thermosflasche in seine Vorratstasche und überlegte eine Weile. »Ihn selber hab' ich nicht gesehen, aber einen seiner Brüder hab' ich bei Eckardt's getroffen. Er sagt, dass Umialik nichts mehr gegen dich unternehmen wird. Er weiß, dass seine Frau gestorben wäre, wenn du nicht gewesen wärst. Vielleicht hast du Recht, sagt er, vielleicht habt ihr sie beide gerettet.« Er hängte sich die Vorratstasche über die Schultern und zog die Handschuhe an. »Ich glaube, dass du sie gesund gemacht hast. Du und der Arzt. Die Medizin der Weißen ist stark!«

»Manchmal versagen auch die besten Ärzte«, meinte Alice und dachte an eine Frau, die mit einer einfachen Grippe ins Providence Hospital eingeliefert wurde und am Fieber gestorben war. Kein Arzt hatte herausgefunden, welche Krankheit daran schuld gewesen war. »Wenn die Medizin versagt, bleibt uns nur noch das Gebet.«

»Ich glaube, was die Freunde glauben ... dass Gott ins uns allen lebendig ist. In den Menschen, den Tieren, der Natur. Das meinen wir, wenn wir von Geistern sprechen. Gott ist eine unbekannte Kraft, die kein Mensch erklären kann. Nicht mal ein Arzt.«

»Da magst du Recht haben«, meinte Alice nachdenklich, »so hab ich die Sache nie gesehen.« Im Stillen wunderte sie sich über die Sevecks, über Chester, den jungen Andy, die weise Marie ... sie waren kluge Leute und entsprachen so gar nicht dem Klischee, das sich viele Weiße von den Eingeborenen machten.

Sie verließen die Hütte, und Chester überließ ihr den Schlitten. »Jetzt kannst du zeigen, was du gelernt hast«, sagte er mit dem Anflug eines Lächelns. Sie wartete, bis er es sich auf der Ladefläche bequem gemacht hatte, und zog den hölzernen Pflock aus dem Schnee. Die Hunde zerrten bereits ungeduldig an den Leinen. »Go, Nanuk! Go! Tanik, Lucky, Dusty! Zeigt, was ihr könnt!« Sie schob den Schlitten an und sprang auf die Kufen, ging tief in die Knie, als die Hunde auf ihr Kommando reagierten und über den steilen Trail zum Fluss rannten. »Ho! Nach links, ihr Biester!«, rief sie ihnen zu, als sie auf dem Flusseis waren. Stolz beobachtete sie, wie die Hunde ihr gehorchten und gar nicht zu bemerken schienen, dass jetzt ein anderer Zweibeiner den Schlitten lenkte.

Chester blickte sich nicht um, aber sie sah es seiner Körperhaltung an, wie zufrieden er mit ihrer Fahrweise war. »Go! Go!«, trieb Alice die Hunde in ihrem Übermut an. Es machte ihr riesigen Spaß, das Gespann zu lenken und in den eisigen Wind zu fahren. Sie freute sich schon darauf, ihrer Freundin über die Fahrt zu den Dörfern zu berichten. »Vor ein paar Monaten habe ich daran gezweifelt, ob ich in dieser Wildnis überleben kann«, würde sie schreiben, »und jetzt kann ich mir nichts Schöneres vorstellen, als bei zwanzig Grad unter null über einen zugefrorenen Fluss zu fahren! Ist das nicht verrückt?« Sie wich einigen Zweigen aus, die vom Wind auf den Trail geschleudert worden waren, und blinzelte in das leichte Schneetreiben, das seit einigen Stunden über dem Kobuk River niederging. »Lauf, Nanuk! Lauft, ihr müden Biester! Oder habt ihr schon genug? Heya! Go!«

Am späten Abend erreichten sie Noorvik. Sie begrüßten den Dorfältesten und winkten den Bewohnern zu, die alle aus ihren Hütten gekommen waren. Das Licht des vollen Mondes floss über die verwitterten Bretterwände. »Ich freue mich, dass ihr hier seid«, begrüßte sie lächelnd der Häuptling, ein weißhaariger Mann mit einem runden Gesicht und schlechten Zähnen. Er trug einen langen Mantel aus Karibufell und eine Fellmütze mit Ohrenschützern. »Wir haben einen dringenden Fall für Sie, Schwester Alice!«

Sie überließ es Chester, die Hunde auszuspannen und die Vorräte vom Schlitten zu laden, griff nach ihrer schwarzen Tasche und folgte dem alten Mann in eines der Häuser. Bei den Eskimos, die um einen Küchentisch herumsaßen, war ein neunjähriger Junge, der seinen linken Fuß auf einen Lumpen gestellt und mit einem Lappen umwickelt hatte. Sein Gesicht war vor Schmerz verzogen und er blickte Alice flehentlich an. »Es tut weh«, stöhnte er, und seine Mutter sagte: »Gut, dass Sie kommen, Schwester! Ich wusste nicht, was ich sonst tun sollte! Er hat große Schmerzen! Er wollte neues Eis mit der Axt hacken und traf den linken großen Zeh! Er ist nicht gebrochen, aber es tut weh!«

Alice bat die Mutter, eine Lampe neben den verletzten Fuß zu stellen, und machte sich an die Arbeit. Den Jungen munterte sie mit einem zuversichtlichen Lächeln auf. »Na, das ist ja eine schöne Bescherung!«, sagte sie, als sie vorsichtig den Lappen von dem blutenden Zeh wickelte. »Sei froh, dass du nicht fester zugeschlagen hast!« Sie ließ sich heißes Wasser geben, schüttete etwas Lysol dazu und reinigte die

Wunde gründlich und tröstete den Jungen mit beruhigenden Worten, wenn er vor Schmerzen laut stöhnte. Sie nähte die Wunde, legte einen festen Verband an und gab dem Jungen ein Mittel gegen die Schmerzen. Sie bat den Vater, ihn auf eines der Betten zu legen, und wies die Eltern an, die Wunde so sauber wie möglich zu halten. »Ich lasse ihm einige Tabletten gegen die Schmerzen da, aber das Schlimmste hat er jetzt überstanden. In ein paar Tagen ist er wieder gesund.«

Um nicht unhöflich zu wirken, nahmen Alice und Chester an dem Treffen teil, das die Bewohner für sie im Versammlungshaus veranstalteten. Es gab Rentiersteaks und gekochte Wurzeln und einen Nachtisch aus getrockneten Waldbeeren. Nach dem Essen zündeten die Männer und auch einige Frauen ihre Pfeifen an, und man saß um den bullernden Ofen herum und tauschte Geschichten aus. Die Frauen hielten sich im Hintergrund, nur Alice durfte bei den Männern sitzen. Sie erzählte, wie Chester Seveck sie gelehrt hatte, ein Hundegespann zu lenken, und erntete schallendes Gelächter, als sie berichtete, wie sie kopfüber vom Schlitten gestürzt war. »Seit wann lenken Frauen einen Schlitten?«, fragte ein alter Mann im Halbdunkel des Raumes, und Chester antwortete: »Schwester Alice fährt besser als viele Männer, die ich kenne. Sie ist eine Freundin der Inupiat.«

Diese Antwort war schöner als jedes Lob, das sie während der vergangenen Jahre im Providence Hospital erhalten hatte, und ihr stolzes Lächeln umspielte noch ihre Lippen, als sie längst eingeschlafen war. Den nächsten Morgen verbrachte sie damit, die Bewohner des Dorfes zu untersuchen und medizinisch zu versorgen. Ein halbes Dutzend kranker Zähne musste sie ziehen. Einen Zahnarzt, den brauchen sie hier, dachte sie. Auch Jacky, der Junge, der im Sommer beinahe ertrunken wäre, war unter den Patienten. Er war auf dem Eis gestürzt und hatte sich den Arm aufgeschlagen. Alice verarztete ihn, und er versicherte ihr, keinen Schnaps mehr angerührt zu haben. »Du weißt, was passiert, wenn du Whiskey trinkst«, ermahnte Alice ihn eindringlich. »Du wirst krank, und deine Eltern müssen dich auf dem Friedhof bei der Kapelle begraben!«

Am Abend erreichten sie Selawik, ein winziges Dorf an dem gleichnamigen Fluss. Chester Sevik lenkte den Schlitten, trieb das Gespann durch einen verschneiten Fichtenwald und ein Labyrinth von verworfenen Eisbrocken, bis die wenigen Hütten endlich auftauchten. Einige Wolken zogen über den Himmel und erschwerten die Orientierung. Das Schneetreiben war stärker geworden. Sie nahmen die Einladung zum Abendessen an und tauschten erneut Geschichten aus, bevor Alice sich an die Arbeit machte und alle Dorfbewohner untersuchte. Auch in Selawik musste sie wieder einige Zähne ziehen, eine Arbeit, die ihr keinen Spaß machte, aber locker von der Hand ging. Es war beruhigend zu beobachten, wie erleichtert die Patienten waren, wenn der Zahn draußen war und der Schmerz langsam nachließ. Unter den Dorfbewohnern war eine ältere Frau, die vor zwei Tagen unter fürchterlichen Schmerzen gelitten und den Nerv des kranken Zahns mit einem glühenden Nagel getötet hatte. Allein der Gedanke ließ Alice das Gesicht verziehen. Sie zog den Zahn dennoch und desinfizierte die Wunde. »Das war sehr leichtsinnig von dir«, sagte sie zu der Frau, »die Wunde hätte sich entzünden können, dann müssten wir dich ins Krankenhaus mitnehmen!«

Alice schlief bei einer jungen Familie mit zwei Kindern und verbrachte die halbe Nacht damit, den beiden spannende Geschichten zu erzählen. Erst um Mitternacht kroch sie in ihren Schlafsack. Sie schlief tief und fest und wachte nur einmal auf, als eines der Kinder zum Schrank ging und heimlich von der Dosenmilch trank. Es ließ die Dose fallen und weckte die ganze Familie auf, doch niemand schimpfte, und Alice bewunderte wieder einmal die geduldige Art der Eskimos, mit ihren Kindern umzugehen. Schon in Kotzebue war ihr aufgefallen, dass die Eltern selten schimpften und niemals schrien, es nur zum Streit zu kommen schien, wenn Alkohol im Spiel war. Sie hatte bisher erst einmal erlebt, dass ein Vater heimlich Schnaps getrunken und sich mit seiner ganzen Familie gestritten hatte. Sie hatten ihm die Flasche weggenommen, und er hatte am folgenden Sonntag in der Kirche geschworen, nie mehr Alkohol zu trinken.

Am nächsten Morgen brachen sie früh auf. Nach Buckland würden sie zwei Tage unterwegs sein, und

Chester wollte unbedingt eine Blockhütte erreichen, die ein weißer Fallensteller vor einigen Jahren errichtet hatte. Dort würden sie übernachten. Er lenkte den Schlitten über den Selawik River und trieb die Hunde mit heiseren Zurufen an. »Wir haben es eilig, Nanuk! Schneller, schneller!« Sie fuhren durch das trübe Halbdunkel, das wie zäher Nebel über dem zugefrorenen Fluss hing und Chester es immer schwerer machte, sich in der Wildnis zu orientieren. Auch ein erfahrener Jäger wie er brauchte einen markanten Punkt, eine scharfe Flussbiegung, einen Hügel oder einen Felsen, die ihm anzeigten, in welche Richtung er steuern musste. Diese Gegend besuchte er selten und entsprechend wenig kannte er sich aus; es reichte jedoch nicht, sich auf den Instinkt der Hunde zu verlassen. Er blickte zum Himmel und sah, dass die Wolken immer dichter wurden. Das Schneetreiben nahm zu.

Alice spürte die Unruhe des Jägers und blickte ebenfalls nach oben. Der Mond spähte seltener zwischen den Wolken hervor, und die Zahl der sichtbaren Sterne nahm ständig ab. Das Wetter verschlechterte sich rapide. »Das sieht nicht gut aus«, sagte Alice, nachdem sie ungefähr zwei Stunden unterwegs waren. »Sollen wir umkehren? Wir könnten noch einen Tag in Selawik bleiben.«

»Das bringt nichts«, antwortete Chester. »Das Wetter kommt aus dem Norden, und wenn ein Sturm heranzieht, würden wir ihm entgegenfahren! Vor uns liegt dichter Wald, dort können wir uns immer verstecken.« Seine Stimme klang zuversichtlich und vertrieb ihre Unruhe. Ein erfahrener Jäger wie Chester Seveck konnte sicher beurteilen, wann eine Situation lebensbedrohlich wurde. Er würde bestimmt nicht ihr Leben riskieren. »Wenn wir es bis zur Hütte schaffen, warten wir dort das schlechte Wetter ab. Dort gibt es einen Ofen und Brennholz und sogar Vorräte.«

Alice hatte schon von diesen Hütten gehört. Überall in der Wildnis lagen Blockhäuser verstreut, meist ehemalige Unterkünfte von Indianern oder Fallenstellern, in denen man sich vor einem Sturm verkriechen oder nach einer langen Fahrt erholen konnte. Wer die Hütte benutzte, legte frisches Holz nach und hinterließ einige Vorräte, wenn er welche entbehren konnte. So war sehr oft gewährleistet, dass ein Mensch in Not eine Unterkunft fand, falls er mit einem Flugzeug abgestürzt war oder sich verirrt hatte.

Sie kniff ihre Augen gegen das Schneetreiben zusammen und klammerte sich fester an den Schlitten. An einer flachen Stelle lenkte Chester den Schlitten vom Fluss und hielt auf einen bewaldeten Hang zu, der sich in einiger Entfernung dunkel gegen den trüben Himmel abzeichnete. Die Hunde zogen kräftig an den Leinen, stemmten ihre Hinterläufe in den harschen Schnee und kämpften sich über eine verschneite Ebene. Chester Seveck musste alle paar Meter von den Kufen springen und den Huskys helfen, den Schlitten durch den Schnee zu bringen. »Lauft, lauft!«, trieb er sie an. »Nanuk! Was ist los? Habt ihr keine Kraft mehr?«

Unter den Pfoten der Hunde und den Kufen des Schlittens wirbelte der Schnee empor. In nassen Schleiern begleitete er sie über die Ebene. Alice zog den Schal über die Augen, als der Wind den nassen Schnee wie eine Dusche über sie niedergehen ließ, und sie wagte gar nicht daran zu denken, was sie wohl tun würde, wenn sie ohne den Jäger unterwegs wäre. In einem solchen Schneetreiben hatten sie nicht trainiert, und sie würde wohl keine zehn Meter weit kommen, dabei war dies noch lange kein Wetter, in dem man sich ernsthafte Sorgen machen musste. Noch hatte Chester Seveck alles unter Kontrolle. Nur wenn er zum Himmel blickte und beobachtete, wie sich die Wolken ständig verdichteten, wenn er den immer heftigeren Wind und die leichte Unruhe unter den Hunden spürte, machte er sich Sorgen.

»Wir schaffen es nicht bis zur Hütte«, sagte er nach einer weiteren Stunde. »Wenn wir den Wald erreichen, graben wir ein Loch!«

14

Was der Jäger damit meinte, fand Alice schnell heraus. Sobald sie den Fichtenwald erreicht hatten, suchte er eine Lichtung und bremste das Hundegespann mit einem lauten »Whoaa!« Er rammte den Holzpflock in den dichten Schnee, zog einen Spaten aus dem Beutel, in dem sich seine Ausrüstung befand, und schaufelte ein Loch in den Schnee, das groß genug für sie beide war. Als er wegen des gefrorenen Bodens nicht tiefer graben konnte, errichtete er eine dicke Schneewand um das Loch. »Unser Iglu«, sagte er, und wieder huschte ein schwaches Lächeln über sein Gesicht.

Alice hatte staunend zugesehen und half ihm nun, die Huskys loszuschirren und an den nahen Bäumen festzubinden. Den Schlitten schoben sie ins Unterholz, wo er gegen einen möglichen Sturm geschützt war. Der Wind hatte noch einmal aufgefrischt und verfing sich heulend in den Wipfeln der Bäume. Sogar auf der geschützten Lichtung spürte Alice die Böen, ein heftiger Windstoß brachte sie aus dem Gleichgewicht und riss sie zu Boden. Sie kam verhalten fluchend wieder hoch und wischte sich den Schnee aus dem Gesicht. »Und ich dachte, nur bei mir zu Hause gäb's ein solches Sauwetter!«, schimpfte sie wütend und erklärte: »In meiner Heimat regnet es angeblich das ganze Jahr.«

Chester Seveck blinzelte in das heftige Schneetreiben und nickte betrübt. »Das ist ein Sturm! Wir klettern in das Loch«, meinte er nüchtern. Er nahm sein Gewehr, die Thermosflasche mit dem Tee, etwas Trockenfleisch und seinen Schlafsack und bedeutete Alice, auf ähnliche Weise vorzusorgen. Sie folgte ihm und kletterte mit seiner Hilfe in das Schneeloch, das geräumiger war, als sie gedacht hatte, und ihnen gestattete, mit angezogenen Beinen in ihre Schlafsäcke zu kriechen.

Chester legte die Schlittenplane über das Loch, beschwerte sie an den Rändern mit Schnee und ließ so viel Platz, dass er durch eine Öffnung nach unten klettern konnte. Nachdem er eine dicke Kerze aus seiner Anoraktasche gekramt und mit einem Streichholz angezündet hatte, zog er die Plane ganz über das Loch. »So übernachten Jäger, wenn sie unterwegs von einem Sturm überrascht werden.«

»Und was machen sie auf dem Eis?«, fragte sie. »Auf dem Packeis können sie kein Loch graben. Was machen sie dort?«

»Beten«, meinte er verschmitzt. Er besaß einen trockenen Humor, den sie erst jetzt wahrnahm und schätzen lernte. So ließ sich die beklemmende Lage, in der sie sich befanden, besser ertragen. »Seinen Schlitten darf man niemals aus den Augen lassen, wenn er nicht verankert ist oder die Hunde nicht angebunden sind. Wenn die Hunde durchgehen, muss man lange suchen.«

Alice rückte in ihrem Schlafsack zurecht und wunderte sich, wie warm es in der Schneehöhle war. Sie war versucht, den dicken Anorak auszuziehen, ließ es aber bleiben und schlug nur die Kapuze zurück. Auch die Wollmütze, den Schal und die Handschuhe legte sie ab. »Schläfst du oft in einer solchen Schneehöhle?«, fragte sie. »Ich dachte, die Eskimos in Alaska bauen keine Iglus.«

»Wir wohnen in den Häusern des weißen Mannes«, antwortete Chester, »obwohl sie nicht so warm sind wie die Hütten oder Iglus, in denen die Leute unseres Volkes früher lebten. Ein Iglu ist wärmer, als die meisten Weißen denken, und man kann ihn mit einer Öllampe beheizen. Für den Ofen in einem Holzhaus brauchst du viel Holz und viele Kohlen, und die müssen mit dem Schiff gebracht werden. Und die Wärme geht schneller verloren.« Er stützte sich auf einen Ellbogen. »In solchen Löchern und in Hütten aus Treibholz schlafen wir nur auf der Jagd, wenn wir in den Wäldern unterwegs sind oder zur Jagd auf das Eis gehen.«

»Du bist ein guter Jäger, nicht wahr? Die Leute sagen, dass du letztes Jahr vier Eisbären erlegt hast. Und dass du beim Walfang der Beste warst. Du könntest die ganze Stadt mit Fleisch versorgen, sagt deine Großmutter, und Noorvik und Nome dazu!«

Im schwachen Licht der flackernden Kerze erkannte Alice nicht, wie Chester reagierte. Sie nahm an, dass er schmunzelte. »Die Leute übertreiben«, meinte er bescheiden. »Es waren nur drei Eisbären, und einer von ihnen war verletzt, sonst hätte ich ihn nicht erwischt. Wir brauchten die Felle, deshalb habe ich sie erlegt. Nur weiße Männer hängen sich Trophäen an die Wand.«

»Das ist wahr«, bestätigte Alice und erinnerte sich an das Kapitel über die russische Herrschaft in Alaska, das sie gelesen hatte. So lange war das noch gar nicht her. Im 18. Jahrhundert räuberten russische Pelztierjäger im Hohen Norden und rotteten die Otter fast vollkommen aus. Erst 1867 kauften die Amerikaner das Land von den Russen, für gerade mal 7,2 Millionen Dollar. Diese Fakten hatte sie aus dem Buch. Und die alte Marie Seveck hatte ihr erklärt: Die Inupiat-Eskimos würden das Land niemals so rücksichtslos ausbeuten wie die Russen und später auch die amerikanischen Walfänger, sie hatten zu große Angst, die übernatürlichen Kräfte könnten sie für ihre Gier bestrafen und dafür sorgen, dass die Beutetiere ganz aus ihrem Land verschwinden.

»Es gibt viele gute Jäger auf unserer Halbinsel«, fuhr Chester Seveck fort. »John Apangaluk ist der tapferste Mann, den ich kenne. Er hat einem Eisbär in die Augen gesehen, als er ihn tötete.«

»Das ist der Mann, den wir auf dem Eismeer getroffen haben«, erinnerte Alice sich. »Wer erlegt dieses Jahr den ersten Bären?«

Der Jäger schien wieder zu schmunzeln. »Das ist egal. Wir brauchen uns nichts zu beweisen und prahlen nicht mehr an einem Lagerfeuer mit unseren mutigen Taten. Aber es macht großen Spaß, sich mit einem tapferen Jäger wie ihm zu messen. Er denkt ebenso. Und wir freuen uns beide, wenn wir genug Fleisch und warme Felle für alle Leute in unserem Dorf haben.«

Ein Windhauch, der durch einen Spalt unter der Abdeckplane gekommen war, blies die Kerze aus. Alice hörte den Schlafsack des Jägers rascheln. »Versuche zu schlafen«, empfahl er. »Es wird einen Sturm geben, und wenn wir aus dem Loch klettern, wird der Schnee so hoch liegen, dass wir die Schneeschuhe anschnallen müssen. Auch du, Schwester! Das kostet viel Kraft.«

»Gute Nacht«, sagte sie nachdenklich. Sie drehte sich in ihrem Schlafsack, bis sie eine einigermaßen bequeme Stellung gefunden hatte, und schob den linken Arm unter ihren Kopf. Es war noch wärmer in dem Schneeloch geworden, aber der Platz reichte nicht, um ein Kleidungsstück abzulegen. Sie machte es wie Chester Seveck und ließ den Schlafsack offen. Beinahe hätte sie laut gelacht, als sie daran dachte, was Nelly oder ihre Eltern sagen würden, wenn sie sehen könnten, wie sie die Nacht verbrachte. Ihre Eltern würden die Hände über dem Kopf zusammenschlagen und sie bedrängen, dieses »furchtbare Land mit seiner losen Moral und seinen rauen Sitten« sofort zu verlassen, und Nelly würde verschmitzt grinsen und sagen: »Kaum lässt man dich allein, schläfst du mit fremden Männern im Schnee!«

Doch Chester Seveck wäre nicht einmal auf die Idee gekommen, sich ihr auf irgendeine Weise zu nähern oder sie sogar zu berühren. Er war verheiratet und liebte seine Frau über alles. Sogar wenn sie am Sonntag zur Versammlung der Freunde kamen, stiegen sie Hand in Hand zur Kirche hinauf. Die junge Marie Seveck war eine fröhliche Frau, die vor ihrer Heirat zu den begehrtesten Jungfrauen der ganzen Halbinsel gehört hatte. Und Chester war ein aufrichtiger und pflichtbewusster Mann, der genau wusste, wo sein Platz war. Wenn der Stammesrat tagte und eine wichtige Entscheidung zu treffen war, war seine Stimme besonders gefragt. Auf ihn hörten sogar die weißen Bewohner.

Von draußen drang das Rauschen des Windes herein. Ihr Schneeloch lag nur wenige Meter vom Waldrand entfernt und so geschützt, dass nur ein wirklich starker Sturm ihre Abdeckplane erfassen konnte. Dennoch war Alice mulmig zumute. Die Plane flatterte im Wind, und alle paar Minuten hörte man ein dumpfes Platschen, wenn Schnee darauf fiel. Der Wind heulte in den Fichten, und sie glaubte sehen zu können, wie sich die Äste unter den stürmischen Böen bogen und Schnee von den Zweigen fegte. Die Hunde heulten den unsichtbaren Mond an, und aus weiter Ferne kam die Antwort von streunenden Wölfen, die in der endlosen Tundra nach einem Unterschlupf suchten. Sie war in einer kalten und ungebändigten Wildnis gelandet, in einem Land, das die Menschen kaum duldete, und es kostete große Kraft, sich in dieser Umgebung zu behaupten. Aber sie empfand das Land auch als Herausforderung, eine vollkommen neue Welt kennen zu lernen und die eigenen Grenzen zu erkennen.

Sie schloss die Augen. Der Wachsgeruch der angebrannten Kerze hing in der warmen Luft, und es roch nach Schweiß und nassen Kleidern. Sie war unempfindlich gegen solche Gerüche geworden und schlief rasch ein. Im Traum sah sie Tulugaq, den Raben, am Rand ihres Schneelochs sitzen und hörte ihn krächzen: »Nun, meine Liebe? Was sagst du jetzt? Habe ich diesen Sturm nicht zur rechten Zeit bestellt? Noch hast du ein warmes Nachtlager, und es fehlt dir an nichts, aber dieser Zustand wird nicht von Dauer sein!« Er lachte schadenfroh und fügte schnippisch hinzu: »Noch bevor die Nacht vorüber ist, werde ich dir zeigen, wozu ich wirklich fähig bin! Dann kannst du zeigen, ob du wirklich stark genug bist, dich in diesem Land zu behaupten!«

Er verschwand mit flatternden Schwingen und tauchte in den wirbelnden Flocken unter. Kaum war er verschwunden, riss sie das laute Heulen des Sturms aus dem Schlaf. Sie schreckte hoch und spürte den eisigen Wind im Gesicht. Wie eine schallende Ohrfeige klatschte er auf ihre Haut. Eine heftige Böe riss die Plane von dem Schneeloch und zerrte das wasserfeste Tuch in die Dunkelheit. Der Sturm drang heulend in ihr Versteck und griff mit gierigen Fingern nach ihnen, zerrte an ihren Schlafsäcken und ihren Kleidern, ließ die losen Kleidungsstücke gegen die

Wand schlagen. Nasser Schnee rutschte in den Unterschlupf, verschluckte die Kerze und einige der Vorräte. Wie eine heulende Windhose bohrte sich der heftige Wind in das tiefe Schneeloch.

Chester Seveck reagierte sofort. Er kletterte aus dem Unterschlupf, stemmte sich gegen den heftigen Wind und blickte sich verzweifelt nach der Abdeckplane um. Der Sturm hatte sie zum Waldrand getrieben und um einen Baum gewickelt. Er konnte sie nicht sehen, sondern hörte nur, wie sie heftig gegen die Baumrinde schlug, ein Geräusch, das ihm seit langem vertraut war. Fluchend stapfte er durch den knietiefen Schnee. Er beobachtete, wie die Plane zwischen zwei Windstößen in den Schnee fiel, und warf sich darauf.

Alice war ihm nach draußen gefolgt und half ihm, die Plane vom Baum zu ziehen.

»Es hat keinen Zweck«, rief er, »der Sturm ist zu stark! Wir versuchen es im Wald!«

Sie holten das Gewehr, die Schlafsäcke und die Vorräte aus dem Schneeloch. Ihre losen Kleidungsstücke fanden sie erst nach einigem Graben. Nach den paar Stunden Schlaf in dem warmen Unterschlupf fror Alice jetzt umso erbärmlicher. Sie schaffte es nur mit großer Anstrengung, sich gegen das Unwetter zu behaupten. Ihr Gesicht war eiskalt, und sie spürte nicht einmal die Eiskristalle, die der Wind herantrieb. Ihre Kapuze, die sie in dem Schneeloch gelockert hatte, flatterte im Wind. Schnaufend folgte sie Chester zum Waldrand.

Zwischen den Bäumen war es etwas ruhiger, und der Schnee lag nicht ganz so hoch. Doch es gab keine umgestürzten Stämme oder Äste, aus denen man einen Unterschlupf bauen konnte. Es gelang Chester Seveck jedoch, die Plane an zwei Bäumen zu befestigen und einen notdürftigen Windschutz aufzubauen. Sie beschwerten die Plane mit schweren Steinen, und der Jäger schaufelte den Schnee dahinter weg. Dieses Nachtlager war wesentlich ungemütlicher und kälter, und Alice schreckte immer wieder aus ihrem Schlaf und blickte misstrauisch in den wirbelnden Schnee, der weit in den Wald gewirbelt wurde. Sie glaubte, den Raben krächzen zu hören, und schimpfte wütend los: »Eines Tages drehe ich dir den Hals um, Tulugaq! Das verspreche ich dir! Eines Tages ergeht es dir schlecht, das kann ich dir sagen.«

Chester Seveck öffnete die Augen und blickte sie neugierig an. »Du kennst Tulugaq?«, fragte er laut, um den Wind zu übertönen.

»Ich habe ihn auf dem Schiff gesehen, das mich nach Alaska gebracht hat«, antwortete sie. »Ich wusste nicht, dass er ein besonderes Tier bei den Inupiat ist. Ein weißer Mann, der viel über eure Geschichte und Kultur weiß, hat es mir erzählt. Seitdem erscheint er mir im Traum, und manchmal glaube ich auch, ihn wirklich zu sehen. Seine Scherze gefallen mir nicht. Er ist ein gemeiner Bursche und spielt den Menschen böse Streiche.« Sie blieb stehen und deutete in den Sturm hinaus. »Er hat mir gesagt, dass es schlimmer wird! Er will sehen, ob ich stark genug für dieses Land bin! Er wettet, dass ich im Frühjahr aufgebe!«

Auch der Jäger war nicht mehr müde und stand auf. Er schlug die Hände gegeneinander und bestätigte: »Tulugaq ist bekannt für seine gemeinen Streiche. Einmal schickte er eine ganze Familie in den Tod. Das war vor vielen Jahren. Die Familie war auf der Flucht vor einem Sturm, so wie wir, und floh durch den Wald nach Süden, in ein Land mit vielen Bergen. Als die Leute einen Felsen erreichten, der wie eine riesige Nase über ein Tal ragte, erschien Tulugaq und sagte: ›Lagert auf dem Felsvorsprung, nur dort seid ihr sicher! Ihr werdet von einer anderen Familie verfolgt, die euch töten will!‹ Die Leute glaubten ihm und schlugen ihr Lager auf der Felsnase auf. Als sie fest schliefen, hüpfte der Rabe so lange auf und ab, bis der Felsen abbrach und in den Abgrund stürzte. Er zerschellte auf dem Talboden. Die armen Menschen, die auf dem Felsen gelagert hatten, kamen ums Leben. Tulugaq flog zu den Toten und pickte ihnen die Augen aus den Köpfen.«

»Das ist eine grausame Geschichte!«, erwiderte Alice. Der Gedanke an den pickenden Raben ließ sie angewidert das Gesicht verziehen. »Seit wann fressen Raben die Augen von Toten?«

»Seit er die Menschen erschaffen hat«, antwortete Chester, und sie konnte keinen ironischen Unterton in seiner Stimme finden. »Vor vielen Wintern war Tulugaq ganz allein auf der Welt. Er flog durch die Dunkelheit und fühlte sich sehr einsam. Plötzlich begann es in dichten Flocken zu schneien, und er ließ sich vom Wind treiben, ohne seine breiten Schwingen zu bewegen. Auf seinen Flügeln sammelte sich immer mehr Schnee und drückte ihn nach unten. Als er sich zur Seite neigte, rutschte der ganze Schnee auf eine Seite und formte eine große Kugel, die in den Weltraum fiel und zu einer noch größeren Kugel heranwuchs. Endlich hatte Tulugaq etwas gefunden, worauf er sich ausruhen konnte. Er setzte sich in den Schnee. Doch auch in seinem neuen Reich wurde ihm langweilig, und nachdem er das Licht geschaffen hatte, hackte er mit dem Schnabel in den Schnee, bis eine wunderschöne Blume herauswuchs. Aus der Blüte stieg eine Frau. ›Wenn wir Nachkommen haben wollen, musst du mich zur Frau nehmen‹, sagte sie. Tulugaq erwiderte: ›Aber ich bin ein Rabe!‹ Also verwandelte er sich in einen Menschen, und sie bekamen viele Nachkommen. So sind wir entstanden.«

Alice blickte ihn zufrieden an. »Dann war der erste Mensch eine Frau! Das gefällt mir! Aber ich glaube nicht, dass Pastor Walsh die Geschichte mag. Hast du sie ihm schon einmal erzählt?«

»Nein«, erwiderte er, »aber es ist eine gute Geschichte. Manche unserer Geschichten sind besser als die, die Pastor Walsh aus der Bibel vorliest. Und selbst die Geschichte von den Leuten, die von dem Felsen stürzen, ist nicht so grausam wie das, was Jesus erleben musste, bevor sie ihn ans Kreuz schlugen. So etwas Grausames würde sich nicht einmal Tulugaq ausdenken.«

Alice musste ihm Recht geben. Sie war längst zu der Überzeugung gekommen, dass es die wahre Religion nicht gab. An jedem Glauben war etwas Wahres, und wer den Raben als Hirngespinst abergläubischer Eingeborener abtat, musste auch die Existenz von manchen Gestalten aus der Bibel in Frage stellen.

Als der Sturm nachließ, entfachte Chester Seveck ein kleines Feuer. Am Waldrand gab es einige Weiden, deren Zweige trocken genug für die Flammen waren. Sie kochten frischen Tee und erhitzten eine Dose mit Eintopf und tauten das Fressen für die Hunde auf. Er rief alle Hunde mit Namen. »Habt ihr den Sturm gut überstanden? Der Schnee gefällt euch, was? Jetzt gibt es erstmal was zu fressen, und dann müssen wir uns alle anstrengen! Die Fahrt nach Buckland wird ein hartes Stück Arbeit!«

Nach dem Essen räumten sie die Ausrüstung und die Vorräte zusammen und verstauten sie auf dem Schlitten. Sie zurrten die Abdeckplane fest, und Chester Seveck spannte die Hunde an. Sie waren ungeduldiger als sonst, bellten aufgeregt und zerrten an den Geschirren. »Gleich geht es weiter«, beruhigte der Jäger das Gespann. Er warf einen Blick auf den Holzpflock, der fest im Schnee steckte, und schnallte seine Schneeschuhe vom Schlitten. »Ich laufe voraus und trete den Schnee flach«, sagte er zu Alice. »Du steuerst den Schlitten und achtest darauf, dass die Hunde nicht zu schnell werden. Sobald wir die Bucht erreicht haben, wird es einfacher. Dort fegt der Wind den Schnee schnell weg.«

Alice griff nach dem Holzpflock und wartete. bis Chester einige Schritte gelaufen war, dann zog sie den Anker heraus. »Easy, Nanuk!«, rief sie sofort. »Nicht so schnell! Oder wollt ihr Chester über den Haufen rennen? Ja, so ist es besser! Schön langsam, Lucky! Dusty, lass den Unsinn und schau, wo du hinläufst! Nicht nach links ausbrechen, Tanik!« Sie umklammerte die Haltegriffe mit beiden Händen, bremste mehr, als dass sie antrieb und stemmte sich mit beiden Füßen in den Schnee, wenn die Hunde den Jäger überholen wollten. »Austoben könnt ihr euch später!«

Sie verließen die Lichtung und kämpften sich am Waldrand entlang. Chester stapfte voraus, die Augen auf den verschneiten Trail gerichtet, der durch waldreiches Gebiet und über einige Seen nach Buckland führte. Die Huskys folgten ihm hechelnd. Alice schob den Schlitten an, wenn es bergauf ging, und bremste auf ebenen und abschüssigen Strecken. Der Wind hatte nachgelassen, und es schneite nicht mehr. Nur kalt war es, so kalt, das der verharschte Schnee wie Glas unter den Kufen zerbrach.

Erst gegen Mittag erreichten sie einen zugefrorenen See, auf dem es kaum Schneewehen gab. Chester Seveck schnallte die Schneeschuhe ab und hängte sie an den Schlitten. »Steig auf«, sagte er zu Alice, »wir haben das Schlimmste hinter uns. Am anderen Ufer steht die Hütte, dort können wir uns aufwärmen!«

15

Auf dem See ließ Chester Seveck die Hunde laufen. Sie sollten sich austoben, bevor es wieder durch einen Wald und hohe Schneeverwehungen ging. »Go! Go!«, rief er ihnen zu. »Lauft so schnell, wie ihr könnt! Vor Buckland müssen wir über die verschneiten Hügel klettern, und das wird bestimmt nicht einfach!«

Die Huskys schienen ihn zu verstehen und setzten in weiten Sprüngen über den See. Auf dem festen Eis lag nur eine dünne Schneeschicht, lediglich am südlichen Ufer hatte der Wind hohe Verwehungen angehäuft. Die Kufen des Schlittens glitten fast lautlos über den weißen Teppich, gruben sich nur in das Eis, wenn der Jäger einem Hindernis auswich und die Hunde zu einem Umweg zwang. Alice saß auf dem Schlitten, die warme Felldecke bis zum Hals gezogen, und genoss die rasante Fahrt.

Die Blockhütte lag am nördlichen Ufer, ungefähr hundert Meter vom See entfernt zwischen den Bäumen. Schon von weitem erkannte Chester Seveck, dass Rauch aus dem Schornstein stieg. »Whoaa! Whoaa!«, bremste er die Hunde. Er blickte zur Hütte, kniff die Augen zusammen, um vom weiß schimmernden Eis nicht geblendet zu werden, und wunderte sich, dass niemand zum Ufer kam und ihm zuwinkte. Wenn jemand in der Hütte war, musste er sie gesehen haben. Chester suchte nach einem Hundeschlitten und konnte keinen entdecken, sah nicht einmal Schneeschuhe neben der Tür lehnen. Wer immer den Sturm in der Hütte abgewartet hatte, war anscheinend weitergezogen.

Alice drehte sich neugierig zu ihm um. »Was ist?«, wunderte sie sich. »Warum fährst du nicht weiter? Ist jemand in der Hütte?«

»Sieht nicht so aus«, antwortete Chester Seveck. »Ich sehe keinen Schlitten und keine Schneeschuhe. Und hinter dem Haus beginnt gleich der Wald, da kann er den Schlitten nicht abgestellt haben. Nein, da war jemand drin, aber er ist schon weiter!« Er verspürte dennoch ein ungutes Gefühl. »Ich frage mich nur, warum er nicht auf uns gewartet hat. Der Schornstein raucht, er kann noch nicht lange weg sein. Warum ist er nicht geblieben? Er konnte uns doch schon vor einer Stunde auf dem See sehen!«

»Vielleicht hatte er es eilig«, meinte Alice ohne Argwohn. »Der Sturm hat ihn aufgehalten, und er musste schnell nach Hause.«

Chester Seveck konnte nichts Verdächtiges entdecken und fuhr weiter. »Könnte sein, aber ich mache lieber einen kleinen Umweg. Hier draußen weiß man nie!« Er trieb die Hunde an und lenkte den Schlitten nach links, um nicht mehr im Blickfeld der Hütte zu sein. Er hat wohl schlechte Erfahrungen in der Wildnis gemacht, überlegte Alice, sonst wäre er nicht so nervös. Sie hielt seine Vorsicht für übertrieben, sagte aber nichts und wurde selbst ein wenig unruhig, als sie hörte, wie Chester sein Gewehr von den Schultern nahm und die Hunde anwies, langsamer zu laufen. Westlich von der Hütte hielt er an.

»Warte hier«, sagte er zu Alice, »ich gehe erstmal allein zur Hütte und sehe mich um. Ich weiß nicht, ich glaube, ich sollte etwas vorsichtig sein.«

Er pflockte den Schlitten an und verschwand zwischen den Bäumen. Alice hielt es nicht länger auf dem Schlitten aus. Sie kroch aus dem Fell und stieg ab. Beide Hände an den Haltegriffen, wartete sie auf die Entwarnung des Jägers. Einmal glaubte sie eine Bewegung zwischen den Bäumen zu sehen und setzte schon zu einem Schrei an, aber es waren nur einige Schneehühner, die ängstlich davonflatterten. Mit wachsamen Augen versuchte sie, den Wald zu durchdringen, dann blickte sie auf den See zurück und bekam Angst vor der plötzlichen Stille. Sogar die Hunde schienen den Atem anzuhalten. Chester Seveck hatte sie angesteckt, und es wurde höchste Zeit, dass er zurückkehrte.

»Du kannst kommen!«, rief er einige Minuten später. Sie lenkte den Schlitten vor das Haus und rammte den Holzpflock in den Schnee. Die Hunde winselten enttäuscht, hatten wohl gehofft, dass sie gleich weiterfuhren, und legten sich angeschirrt in den Schnee. »Keine Bange, Nanuk! Wir bleiben nicht lange«, beruhigte Alice den Leithund. Sie blickte den Jäger fragend an. »Und?«

»Es war jemand hier«, bestätigte Chester. »Er ist erst ein paar Minuten weg!« Er deutete auf die nassen Fußabdrücke auf dem Hüttenboden. »Vor einer Viertelstunde hat jemand Holz nachgelegt!« Er ging zu dem alten Kanonenofen, öffnete die Tür und zeigte ihr die kaum verbrannten Holzscheite. Auf dem Tisch stand eine Öllampe, die jemand vor wenigen Augenblicken gelöscht hatte. Im Schein des Feuers, das im Ofen flackerte, war der dünne Rauchfaden zu sehen, der vom Docht aufstieg. Chester Seveck zündete die Lampe an. »Wir haben ihn aufgeschreckt. Er hat ein schlechtes Gewissen, sonst wäre er noch hier!«

Alice folgte dem Jäger in die Hütte und blickte sich um. Außer einer alten Kommode und einem Tisch mit zwei Stühlen gab es keine Möbel. Auf dem Boden lagen einige alte Zeitungen. Der Ofen verbreitete angenehme Wärme. Sie wärmte ihre Hände über der Ofenplatte. »Ich koche heißen Tee. Und etwas Eintopf.«

Chester nickte abwesend und ging zur offenen Tür. »Ich sehe mich draußen noch etwas um. Ich bin gleich wieder zurück.« Er griff nach seinem Gewehr und verließ die Hütte. Alice folgte ihm und holte die Vorratsbeutel, beobachtete nachdenklich, wie er im Wald verschwand, einem lauernden Krieger ähnlich.

Alice kehrte in die Hütte zurück, stellte die Vorratsbeutel auf den Tisch und holte etwas Schnee für den Wassertopf. Während dasTeewasser kochte, hob sie die Zeitungen vom Boden auf. Der *Seattle Post-Intelligencer*, der *Fairbanks News-Miner*, der *Nome*

Nugget ... alles Ausgaben der letzten Woche. Der Fremde, der noch vor ein paar Minuten in der Hütte gewesen war, musste die Zeitungen mitgebracht haben. Sie blätterte im *News-Miner* und stieß auf einen Artikel über Mickey Chartrand. Ein Ladenbesitzer in Fairbanks wollte den flüchtigen Mörder gesehen haben, und ein anderer Mann behauptete sogar, er habe gesehen, wie er mit einem Trapper auf einem Hundeschlitten davongefahren sei.

Aufgeregt griff sie nach den anderen Zeitungen. Im *Post-Intelligencer* stand unter der Überschrift »Mickey Chartrand tötete aus Eifersucht«: »Inzwischen wurde auch geklärt, warum der Frankokanadier seine Freundin auf offener Straße erschoss. Er hatte herausgefunden, dass die Einundzwanzigjährige ihn mit seinem eigenen Bruder betrogen hatte. Die Zeugen, ein befreundetes Ehepaar, berichteten von einer hitzigen Auseinandersetzung nach einem gemeinsamen Essen. Als die Sprache auf seinen Bruder kam, verriet sie eine unbedachte Äußerung, und Mickey Chartrand schlug ihr zweimal wütend ins Gesicht, bevor er einen Revolver hervorzog und seine junge Freundin mit einem Kopfschuss tötete. Woher er den Revolver hatte, wussten die Zeugen nicht zu sagen. Mickey Chartrand besitzt keinen Waffenschein. Die Polizei vermutet aber, dass er an einem Raubüberfall beteiligt war, der vor einem Jahr in Toronto begangen wurde.«

Obwohl der Tee längst kochte, griff Alice nach der dritten Zeitung. Im *Nome Nugget* war eine Fotografie des Mörders abgedruckt, anscheinend eine High-School-Aufnahme, und den Artikel hatte man vom *Seattle Post-Intelligencer* übernommen. Sie ließ die Zeitung sinken und blickte nervös aus dem schmutzigen Fenster, bevor sie die Zeitung auf den Tisch legte und nachdenklich den Tee vom Ofen nahm. Sie füllte die Thermosflaschen, verschraubte sie und legte sie in die Vorratsbeutel zurück. Die Dose mit dem Eintopf rührte sie nicht an. Sie griff nach dem *News-Miner* und las den Artikel noch einmal. Plötzlich erkannte sie, dass sie in großer Gefahr schwebten. Der geheimnisvolle Fremde, der sich in der Hütte aufgehalten hatte, war der Mörder! Mickey Chartrand! Wer sonst hatte alle drei Zeitungen in der Wildnis dabei? Er hatte sie gekauft, um festzustellen, was die Polizei und die Leute dachten, und vielleicht war er sogar stolz darauf, in der Zeitung zu stehen. Es sollte Verbrecher geben, die stolz auf ihre Taten waren. Oder sah sie Gespenster?

Sie ging zur Tür, öffnete sie vorsichtig und blickte hinaus. Die Hunde lagen im Schnee und bellten vereinzelt, als sie erschien. Ansonsten war kein verdächtiges Geräusch zu hören. Lediglich das Knacken des Holzes, das im Ofen zerplatzte, drang nach draußen. Sie blickte in die Richtung, in die Chester Seveck verschwunden war, und schüttelte den Kopf. Sie bildete sich etwas ein! Sie war zu lange in der Wildnis, und der Sturm und der Traum von dem Raben hatten sie verwirrt. Warum sollte Mickey Chartrand in diese Richtung geflohen sein? Was sollte ihn ausgerechnet in eine einsam gelegene Blockhütte getrieben haben? Und vor allem, wie war er dort hingekommen? Die Zeitungen konnte auch ein anderer Mann in der Hütte gelassen haben.

Alice kehrte kopfschüttelnd in die Blockhütte zurück und wollte gerade die Tür schließen, als ein Schuss die Stille zerriss. Sie blieb wie angewurzelt stehen. Sekundenlang war sie zu keiner Regung fähig. Das Echo des Schusses verhallte unheilvoll in der Ferne und trieb mit dem Wind davon. Dann jaulten plötzlich die Hunde, und Alice stürmte nach draußen, rannte an dem Gespann vorbei in den Wald, folgte den Spuren des Jägers zwischen den Fichten hindurch. »Chester! Chester Seveck!«, rief sie verzweifelt. Sie rannte weiter, dachte gar nicht daran, dass der geheimnisvolle Schütze noch irgendwo lauern konnte, und blieb erst stehen, als ein zweiter Schuss durch die Stille krachte.

Sie ließ das Echo verklingen und lauschte angestrengt, glaubte weit in der Ferne das Bellen von Hunden zu hören. Flüchtete der Schütze mit einem Hundeschlitten? Konnte der Mörder mit einem Hundegespann umgehen? Er kam aus Toronto, einer großen Stadt in Kanada. Aber gleich hinter Toronto begann die Wildnis, und er hatte vielleicht als Fallensteller gearbeitet. »Chester!«, wurde ihr bewusst, dass es jetzt Wichtigeres zu überlegen gab. »Chester Seveck! Wo steckst du? Sag doch was, Chester!«

Sie folgte aufgeregt seinen Spuren und sah ihn auf einer Lichtung liegen. Mit einem Aufschrei rannte sie zu ihm. Sie beugte sich über ihn und rollte ihn vorsichtig auf die Seite. Er war bewusstlos. Eine Kugel hatte ihn an der Stirn gestreift, die andere war in seinen Oberschenkel gedrungen. Die Wunde blutete stark.

Jede andere Frau hätte bei einem solchen Anblick die Nerven verloren, wäre vielleicht sogar ohnmächtig geworden, doch sie war eine erfahrene Krankenschwester, die schon viel schlimmere Verletzungen gesehen hatte, und reagierte so nüchtern, wie man es in der Notaufnahme von ihr verlangt hätte.

Die Gewissheit, ihm helfen zu müssen, verdrängte sogar die Angst vor dem Mörder. Sie zog einen der Lederstricke aus seiner Tasche, die er ständig bei sich trug, und band das Bein ab. Dann holte sie den Schlitten, zog ihn auf die Ladefläche und brachte ihn zur Blockhütte zurück. Sie breitete einen Schlafsack und mehrere Decken auf dem Boden aus und legte ihn darauf. Er stöhnte unterdrückt, als sie ihn an den Armen ins Haus zog.

»Es wird alles gut«, rief sie den Hunden zu, als sie die schwarze Tasche holte. Sie rannte in die Hütte, schloss die Tür und machte sich an die Arbeit. Solange er bewusstlos war, brauchte sie keinen Äther, um ihm den Schmerz zu nehmen, wenn sie die Kugel aus der Wunde holte. Sie steckte tief im Oberschenkel, das fühlte sie mit dem bloßen Finger, und es blieb ihr keine andere Wahl, als sie rauszuholen, wenn sie vermeiden wollte, dass sich die Wunde entzündete, und er in Lebensgefahr geriet.

Der Eingriff konnte sie die Lizenz kosten, falls der Medical Director sie als medizinischen Eingriff wertete, aber dieses Risiko würde sie eingehen. Hier draußen gab es keinen Arzt und kein Telefon, und wenn sie ihn mit der Kugel nach Kotzebue brachte und dort auf einen Arzt warten musste, war er wahrscheinlich schon tot. Sie würde ihm die Kugel herausholen, hier und jetzt, und der Teufel sollte den Medical Director holen, wenn er sie dafür an den Pranger stellte. Kaputte Zähne durfte sie auch ziehen, obwohl sie nicht einmal bei einem Zahnarzt assistiert hatte.

Sie holte die Lampe vom Tisch, drehte den Docht hoch und stellte sie neben den verletzten Jäger. Entschlossen legte sie ihren Anorak ab. Sie zog seine Wollhose nach unten und reinigte die Wunde mit etwas Lysol. Er stöhnte leise, nahm im Unterbewusstsein wahr, dass jemand die Wunde berührte, und murmelte etwas, das sie nicht verstand. Mit einer schmalen Zange, die sie im Feuer des Ofens notdürftig sterilisiert hatte, näherte sie sich der Wunde. Es musste schnell gehen, wenn sie Erfolg haben wollte! Sobald sie die Zange in sein Bein geschoben hatte, würde sie kaum Zeit haben, nach der Kugel zu suchen.

Sie setzte sich auf seinen Bauch, hielt seinen Oberschenkel mit der linken Hand fest und stieß mit der Zange in die Wunde. Er bäumte sich auf und schrie, doch bevor er in seinem Schmerz um sich schlagen konnte, hatte sie die Kugel erwischt. Sie atmete erleichtert auf und ließ sie zu Boden fallen. Mit schweißnasser Stirn verarztete sie die Wunde und legte einen Verband an. »Du hast Glück gehabt, Chester Seveck!«, sagte sie leise und kletterte von seinem Bauch. »In ein paar Tagen kannst du wieder auf Eisbärenjagd gehen! Ich fahre dich nach Kotzebue zurück!«

Sie beschloss, noch zwei Stunden zu warten, bis er sich von der Operation erholt hatte, und deckte ihn sorgfältig zu. An dem Mond und den Sternen, die durch das Fenster zu sehen waren, erkannte sie, dass es bereits Abend war. Sie wischte sich den Schweiß von der Stirn und trat an die teilweise vereisten Scheiben. Mit den Fingernägeln kratzte sie einige Eisblumen von dem trüben Glas. Sie blickte auf den zugefrorenen See hinaus, sah das blasse Licht des Mondes auf dem Eis zerfließen und entdeckte die schwachen Farben eines fernen Nordlichts über dem anderen Ufer. Das vertraute Funkeln beruhigte sie, ließ die nervöse Angespanntheit von ihr abfallen, die sie während der letzten Stunde beseelt hatte. Der Mörder ist über alle Berge, machte sie sich klar, er glaubt, dass er Chester mit einem Kopfschuss erwischt hat. Dabei hatte ihn die Kugel nur am Kopf geschrammt und die Haut aufgerissen, ein Kratzer, den sie abgetupft und desinfiziert hatte. Chester Seveck bleibt am Leben, und um den Mörder wird sich die Polizei kümmern. Sobald ich in Kotzebue bin, werde ich die Behörden alarmieren. Sie werden ihn in die Enge treiben und festnehmen. Alice nahm an, dass er nicht erkannt hatte, dass sie zu zweit auf dem Schlitten gewesen waren, und glaubte, alle Zeugen beseitigt zu haben. »Du wirst für den Mord bezahlen!«, sagte sie, »egal, was deine Freundin getan hat!«

Sie sah alle paar Minuten nach dem bewusstlosen Jäger und nickte zufrieden, wenn sie feststellte, dass er regelmäßig atmete. Sobald er aus seiner Bewusstlosigkeit erwachte, würden sie aufbrechen. Sie erhitzte die Dose mit dem Eintopf, verschlang hungrig ein paar Bissen und spülte sie mit heißem Tee hinunter. Den Rest hob sie für den Jäger auf. Er hatte sicher Hunger, wenn er erwachte. Als sie die Hunde jaulen hörte, antwortete sie: »Nein, ich hab' euch nicht vergessen! Gleich bekommt ihr was zu fressen!« Sie taute das Hundefutter auf und warf den Hunden die Brocken hin. Heißhungrig fielen sie darüber her. »Ihr braucht euch keine Sorgen mehr zu machen!«, beruhigte sie das Gespann. »Chester wird wieder gesund! Er ruht sich noch ein wenig aus, dann ziehen wir weiter!« Sie beobachtete die Hunde. »Lucky! Du sollst Dusty nicht das Fressen wegschnappen, das weißt du doch! Lass ihn in Ruhe! Tanik, friss nicht so schnell!«

Sie kehrte in die Blockhütte zurück und sah, dass Chester Seveck erwacht war. »Was ... was ist passiert? Jemand hat auf mich geschossen, nicht wahr? Aber warum? Ich ... ich habe niemand ...«

»Nicht bewegen, Chester! Ich habe dich verarztet! Die eine Kugel hat dich nur gestreift, und die andere habe ich aus deinem Bein geholt!« Sie berichtete ihm von den Zeitungen und ihrem Verdacht. »Er glaubt, dass du allein warst. Er kommt nicht zurück.«

Chester Seveck blickte an seinem Bein entlang und berührte vorsichtig den Verband. »Du hast die Kugel gefunden? Wie gut, dass eine Krankenschwester bei mir ist!« Er lächelte dankbar. »Werde ... werde ich wieder gesund? Es ist doch nicht schlimm?«

Sie lächelte zurück. »Du meinst, ob du bald wieder auf Eisbärenjagd gehen kannst? Wenn sich die Wunde nicht entzündet, bist du in ein paar Tagen wieder auf dem Damm! Versprochen!«

Sie holte die Dose mit dem warmen Eintopf. »Und jetzt hast du sicher Hunger! Der Tee ist auch schon fertig, und den Hunden habe ich gerade was zu fressen gegeben. Sobald du mit dem Essen fertig bist, können wir los.« Sie stellte die Thermoskanne mit dem Tee neben ihn auf den Boden. »Wie gut, dass du mir beigebracht hast, einen Schlitten zu fahren, sonst säßen wir jetzt schön in der Tinte!« Er verstand den Ausdruck nicht und blickte irritiert zu ihr. »Sonst säßen wir in der Hütte fest! Ich bringe dich nach Kotzebue zurück!«

»Aber die Fahrt dauert zwei Tage«, gab er zu bedenken.

»Wir schaffen es in einem«, versicherte sie ihm.

Alice schaffte es tatsächlich. Schon nach einer knappen Stunde erreichten sie das vereiste Meer, und sie brauchte der Küste jetzt nur noch nach Norden zu folgen, um Kotzebue zu erreichen. Sie trieb die Hunde mit lauten Zurufen an. »Nanuk! Tanik! Lucky! Dusty! Jetzt dürft ihr mal zeigen, was ihr könnt! Lauft, lauft so schnell ihr könnt, damit Chester in ein warmes Bett kommt und gesund werden kann!« Die Hunde schienen sie zu verstehen und setzten in weiten Sprüngen über das Eis. Im blassen Schein des Mondes und der Sterne und funkelnden Glanz des Nordlichts spurteten sie nach Norden, ihrem Heimatdorf entgegen.

Alice stand sicher auf den Kufen, auch als Chester Seveck eingeschlafen war und ihr nicht mehr helfen konnte. Sie steuerte den Schlitten mit traumwandlerischer Sicherheit über das erstarrte Meer, lenkte die Hunde um alle Hindernisse herum und rief immer wieder: »Schneller, schneller!« Dennoch dauerte es länger als zwölf Stunden, bis die trüben Lichter von Kotzebue in der Ferne auftauchten, und sie erleichtert rief: »Wir haben es geschafft, Chester! Da hinten ist Kotzebue! Wir sind zu Hause!«

16

Als es am nächsten Morgen klopfte und Alice die Tür öffnete, standen die Sevecks bis auf den verletzten Chester vor dem Krankenhaus. Die junge Marie Seveck überreichte ihr ein Eisbärenfell und sagte: »Vielen Dank, dass du meinen Mann gerettet hast, Schwester Alice! Dies schickt er dir als Dank! Das Fell des ersten Eisbären, den er vor vielen Wintern erlegt hat!« Sie überreichte das wertvolle Geschenk feierlich und machte einen Knicks wie ein altmodisches Schulmädchen. Die alte Marie Seveck schenkte ihr einen selbst gebackenen Apfelkuchen mit den Worten: »Ab sofort bist du eine echte Inupiak! Du gehörst nun zu unserer Familie! Wir hoffen, dass du noch sehr lange bei uns bleibst und viele kranke Menschen gesund machst!«

Alice nahm an, dass die Sevecks eine Dankesrede von ihr erwarteten, und antwortete: »Ich bedanke mich für die schönen Geschenke. Ich weiß eure Worte sehr zu schätzen und verspreche euch, so lange wie möglich in Kotzebue zu bleiben. Ich muss euch aber auch sagen, dass ich nur meine Pflicht getan habe. Es war nicht schwer, die Kugel aus seinem Bein zu holen. Und mit dem Hundeschlitten konnte ich nur so schnell fahren, weil Chester ein so guter Lehrer war. Vielen Dank euch allen!«

Die Wunde verheilte schnell, und der Jäger konnte schon bald wieder gehen. Er humpelte eine Weile auf Krücken über die Shore Avenue, dann wagte er sich zum ersten Mal mit dem Schlitten auf das vereiste Meer und kehrte mit einer erlegten Robbe nach Kotzebue zurück. Immer wenn Alice bei den Sevecks vorbeikam, wurde sie zu Kaffee und Kuchen eingeladen, und sie bekam schon ein schlechtes Gewissen, weil die anderen Leute glauben könnten, sie würde die Familie bevorzugen.

»So denken nur die Weißen«, bekam sie von einer alten Frau zu hören, die nicht mit den Sevecks verwandt war. »Wir sind alle miteinander verwandt und freuen uns, dass du bei uns bist. Sogar Umialik freut sich!«

Der Angakoq lebte immer noch auf der anderen Seite des Flusses, zusammen mit seinen engsten Angehörigen, und kam nur ins Dorf, wenn er in Eckardt's General Store einkaufte. Viel brauchte er nicht aus dem Laden der Weißen. Seine Frau bereitete den Karibueintopf und das Robbenfleisch noch so zu, wie seine Großmutter es sie gelehrt hatte. Und er war noch nie bei Alice gewesen, um sich untersuchen zu lassen. Er hatte aber auch nichts mehr dagegen, dass sie in sein Dorf kam und seine Verwandten impfte und seine Frau und seine kleine Tochter untersuchte. Er zog nicht mehr seine schwarze Maske auf und versuchte, die Leute gegen die Weißen aufzuhetzen. Er hatte sich mit der neuen Zeit arrangiert, auch wenn sie ihm nicht zusagte.

Alice behandelte den Angakoq genauso zuvorkommend wie alle anderen Bewohner des Dorfes. Und sie ließ sich nichts anmerken, als er bei einem ihrer Besuche zu ihr kam und leise sagte: »Mein rechter Zeigefinger tut weh. Kannst du mir helfen?«

Sie ahnte, dass seine Schmerzen sehr stark sein mussten, denn es musste ihn große Überwindung kosten, sie anzusprechen. Sie bat ihn, sich auf einen Stuhl zu setzen, zog die Öllampe über den Tisch und betrachtete den verletzten Finger. Schon beim flüchtigen Berühren erkannte sie, dass er ausgerenkt war. Sie musste ihn mit einer raschen Bewegung wieder einrenken. Im Providence Hospital hatte sie das öfter gemacht. Man musste den Patienten ablenken, bis er an nichts Böses dachte, und dann zupacken. »Ich freue mich, dass du zu mir kommst, Umialik! Ich bin in Kotzebue, um allen Leuten zu helfen und ihnen …«

Sie renkte den Finger mit einer so plötzlichen Bewegung ein, dass er kaum etwas merkte, und lächelte zufrieden, als der Angakoq sie erstaunt anblickte und erleichtert zu grinsen begann. Er berührte den eingerenkten Finger, als traute er der Behandlung nicht, bewegte ihn ein einige Male und nickte begeistert. »Du bist eine große Zauberin, Schwester! Eine große Zauberin!«

Doch den Fluss überqueren und mit seiner Familie nach Kotzebue ziehen wollte er deswegen noch lange nicht. Das spürte Alice, ohne ihn jemals gefragt zu haben. Sie wollte den Schamanen nicht bedrängen. Pastor Walsh dachte ähnlich und hütete sich davor, ihn zu einer Versammlung in seine Kirche einzuladen. Man musste ihm Zeit lassen. Es war schon viel gewonnen, wenn er die Bewohner des Dorfes nicht mehr mit seinem Zauber erschreckte oder unerwartet auftauchte, wenn der Medical Director oder Alice einen Kranken behandelten. Nachdem Alice seinen Finger eingerenkt hatte, erschien er jedoch öfter im Dorf, immer unter dem Vorwand, etwas Wichtiges bei Eckardt's einzukaufen, und bemühte sich, mit den Leuten ins Gespräch zu kommen. Wie ein Einsiedler, der in der Wildnis gelebt hatte und nach vielen Jahren in die Stadt zurückkehrte, musste er sich an die ungewohnte Umgebung gewöhnen. Seiner Frau und einigen seiner Verwandten fiel diese Umstellung leichter, sie sprachen sogar schon davon, zur Weihnachtsfeier ins Dorf zu kommen.

In den beiden Wochen vor Weihnachten hatte Alice besonders viel zu tun. Die meisten Männer waren auf der Jagd, und einige kehrten mit Blessuren von ihren Ausflügen zurück. Gary Punnikuk, ein erfolgreicher Jäger, der im vergangenen Jahr besonders viele Robben erlegt hatte, verletzte sich an seiner Harpune und musste an der rechten Hand genäht werden. Der Vorfall war ihm sichtlich peinlich, und er bat die Schwester, nichts von seinem Besuch zu erzählen. Ein anderer Jäger verletzte sich bei einer Fehlzündung seines Gewehrs und wurde mit Verbrennungen an der rechten Wange zu ihr gebracht. Sie behielt ihn zwei Tage im Krankenhaus und behandelte ihn mit Heilsalbe. Eine Frau verstauchte sich einen Fuß, als sie unglücklich auf dem Eis stürzte, und wollte das Krankenhaus gar nicht mehr verlassen, weil es dort Zeitungen und den neuen Katalog von Sears & Roebuck zu lesen gab. Alice erlaubte ihr, den Katalog mit nach Hause zu nehmen, und holte ihn bei ihrem nächsten Besuch wieder ab.

Die Post kam im Winter nur alle zwei Wochen, wenn das Wetter mitspielte und der Mond und die Sterne hell genug waren, um einem Piloten zu erlauben, so weit nach Norden über den Polarkreis zu fliegen. Er war überfällig, und die Bewohner von Kotzebue fürchteten bereits, das Paket mit den Geschenken, die Pastor Walsh jedes Jahr in Seattle bestellte, würde nicht rechtzeitig eintreffen. Auch Alice war ungeduldig. Seit Oktober hatte sie weder von ihren Eltern noch von ihrer Freundin gehört, und sie brannte auf ihre Neuigkeiten. Insgeheim hoffte sie, ein Weihnachtspaket mit vielen bunten Keksen von ihrer Mutter zu bekommen. Erst in der Fremde merkte sie, wie sehr sie Weihnachten mit dem vertrauten Duft und dem Geschmack der Kekse verband.

Weil es ohne die Post nur alte Zeitungen in Kotzebue gab, war auch niemand über das Geschehen außerhalb von Kotzebue informiert. Nachdem Alice es geschafft hatte, die Polizei über das einzige Telefon des Dorfes zu erreichen, hatte man ihr einige Fragen gestellt und versprochen, sie sofort zu informieren, wenn Mickey Chartrand gefasst wurde. Zwei Tage später war die Verbindung zusammengebrochen, und niemand wusste, was aus dem gefährlichen Verbrecher geworden war, nicht einmal der Eskimo, der aus Nome gekommen war und wichtige Medikamente für das Krankenhaus gebracht hatte. Das Radio, das im Wohnzimmer des Pastors verstaubte, funktionierte so selten, dass alle Bewohner des Dorfes zusammenliefen, wenn es einen Ton von sich gab, und Pastor Walsh war mehr als einmal versucht gewesen, es auf den Müll zu werfen. »Machen Sie sich nichts draus, Alice«, sagte er, »was wir hier draußen verpassen, ist meist nicht der Rede wert! Und den lieben Gott erreicht man auch ohne Radio und Telefon! Ein stilles Gebet genügt!«

Als »göttliche Fügung« bezeichnete Pastor Walsh die Tatsache, dass das Telefon ausgerechnet in dem Augenblick funktionierte, als es am dringendsten gebraucht wurde. Es waren nur noch drei Tage bis Weihnachten, und Alice war bereits damit beschäftigt, einige Waffeln und Kekse für die fröhliche Party am Heiligabend im Versammlungsraum der Kirche zu backen, als Maria Apangaluk mit verweinten Augen im Krankenhaus erschien und sie anflehte: »Du musst meinem Mann helfen! Er ist hinter dem weißen Bären her, der letzte Woche auf dem Eis war, und hat sich verletzt! Das weiß ich genau! Er ist schon viel zu lange da draußen, ihm muss was passiert sein! Sonst wäre er doch längst zurück! Ich kenne meinen Mann. Er bleibt nie lange weg!«

Alice bat die nervöse Frau in die Küche. »Jetzt komm erst mal rein! Ich hab' heißen Tee auf dem Herd stehen, und vielleicht habe ich ja eine von den Waffeln übrig, die es zum Frühstück gab.«

»Ich hab' keinen Durst, ich hab' keinen Hunger«, winkte die Frau ab. »Ich will nur, dass du meinem Mann hilfst! Fahr mit den Jägern, die nach ihm suchen, und vergiss deine schwarze Tasche nicht! Dann kannst du ihm gleich helfen, wenn ihr ihn findet!«

»Aber woher willst du wissen, dass ihm etwas passiert ist?«, glaubte Alice nicht an einen Unfall. »John Apangaluk gehört zu den besten Jägern des Dorfes! Er hat ein gutes Gewehr dabei!«

»Ich weiß es! Ich spüre es!«

Alice hatte mehr als einmal erlebt, wie sehr sich die Eskimos auf ihre Eingebungen verließen, und gab zögernd nach. »Also einverstanden. Ich suche mit den Jägern nach ihm. Geh zu Chester, und sag ihm, dass ich in einer Viertelstunde bei ihm bin!«

»Das habe ich schon getan. Beeil dich, Schwester Alice!«

Alice verabschiedete die Frau des Jägers und zog sich eilig um. Es war früh am Morgen, und das Thermometer war noch einmal gefallen. Draußen war es bitterkalt, und auf dem Eis, wo der böige Wind sich ungehindert entfalten konnte, würde es noch kälter sein. Sie zog einen wasserfesten Anorak aus Robbenhaut über ihren Pullover, wickelte den Schal zweimal um ihren Hals und zog die Kapuze über ihre Wollmütze. Mit ihrer schwarzen Tasche lief sie zur Kirche. Sie bat den Pastor, in Nome anzurufen, falls das Telefon funktionierte, und den Medical Director zu alarmieren, und bat seine Frau, sich um das Krankenhaus zu kümmern. Dann lief sie zu den Sevecks hinunter. Chester spannte bereits die Hunde ein. Sie bellten ungeduldig und freuten sich auf die unerwartete Tour.

»Ich glaube Maria«, sagte er, nachdem er sie begrüßt hatte. »Manche sagen, sie habe das zweite Gesicht. Wenn sie sagt, dass ihr Mann verletzt ist, liegt er irgendwo da draußen auf dem Eis!« Er zurrte eine Leine fest. »Er müsste längst zurück sein!«

Alice verstaute ihre Tasche auf dem Schlitten und blickte die Shore Avenue hinab. Auch vor etlichen anderen Häusern hatte hektische Betriebsamkeit eingesetzt, und mehrere Jäger schickten sich an, ebenfalls nach John Apangaluk zu suchen. Jeder nahm die Ahnung seiner Frau ernst. Sie würden fächerförmig ausschwärmen und den Schlittenspuren folgen, die über das Eis vom Ufer wegführten. Es hatte während der letzten Tage nicht geschneit, und die Abdrücke waren deutlich zu sehen. Der Eisbär sollte sich im Süden der Bucht aufhalten, aber es war auch möglich, dass er nach Westen abgebogen war. Wer wusste schon, welchen geheimnisvollen Wegen ein Eisbär folgte?

»Wie geht es deinem Bein?«, fragte Alice besorgt. »Bist du gesund genug, um eine so anstrengende Tour zu unternehmen?«

»Sie wird nicht anstrengend«, erwiderte Chester Seveck. »Wir werden John schneller finden, als du denkst. Bist du bereit?«

Alice wickelte die Decken um ihren Körper und setzte sich auf den Schlitten. »Go! Go!«, feuerte Chester Seveck die Hunde an, und sie fuhren über die Böschung in die Bucht hinaus. Über der Bucht spannte sich ein endloser Himmel, und das Eis glänzte im trüben Schein des Mondes und der Sterne. Sie fuhren allein nach Süden, folgten den Spuren der vielen Jäger, die vor ihnen in diese Richtung aufgebrochen waren. Außer dem Scharren der Kufen und dem Atem der Hunde war kein Geräusch zu hören. Die arktische Nacht lag wie eine unsichtbare Glocke über dem vereisten Meer und schirmte sie von der Außenwelt ab. Einsamer und unheimlicher konnte es auch auf einem fremden Planeten nicht sein. Wie die dunklen Schatten riesiger Raubtiere ragten die aufgeworfenen Eisgebilde ins morgendliche Dunkel.

Während der Fahrt sprachen sie kaum. Ihre Gedanken waren mit der Vorahnung von Maria Apangaluk beschäftigt, und sie hofften beide, dass sie sich dieses Mal nicht erfüllen würde, und ihr Mann noch am Leben war. John Apangaluk und Chester Seveck waren heißblütige Rivalen, wenn es darum ging, den ersten Eisbären des langen Winters zu schießen, aber sie waren auch sehr gute Freunde, die wie Brüder fühlten. Alice drehte sich um und versuchte Chester mit einem Lächeln aufzumuntern; sie erkannte an seiner versteinerten Miene, wie besorgt er um seinen

Freund und Rivalen war. »Es wird alles gut«, sagte sie und wusste selbst am besten, wie wenig diese Floskel bedeuten konnte.

Sie fuhren drei Stunden, ohne dass etwas geschah. Das Meer umgab sie wie eine menschenleere Wüste, und nirgendwo war ein Zeichen von Leben zu entdecken. Der Wind blies leicht über die endlose Fläche, nahm den feinen Schnee wie einen feuchten Schleier mit. Dort wo vor einigen Wochen ein heftiger Sturm getobt hatte, türmten sich Eisschollen auf. Sie spähten in alle Richtungen, suchten verzweifelt nach dem vermissten Jäger, bis sich ihr Blick am Horizont verlor, und sie die Augen schließen mussten, um neue Kraft schöpfen zu können. »Er muss hier irgendwo sein«, rief Chester Seveck ungeduldig. »Verdammt!«

Er hatte noch niemals in ihrer Gegenwart geflucht, nicht einmal in dem Schneeloch, als die Abdeckplane weggeflogen war, und sie konnte sich vorstellen, wie sehr ihn die Sorge um den Freund beschäftigte. Er hatte mit den anderen Jägern ausgemacht, höchstens sechs Stunden in eine Richtung zu fahren und dann umzukehren, weil John Apangaluk sich selten weiter von Kotzebue entfernte. Die Hälfte des Weges lag bereits hinter ihnen. Wenn sie den Jäger nicht bald fanden, bestand die Gefahr, dass sie ihn überhaupt nicht aufspürten und er für immer verschollen und ein Gefangener der arktischen Nacht bleiben würde. »Lauf, Nanuk!«, rief er sich die Angst von der Seele. »Schneller, schneller! John muss hier irgendwo sein! Lauft schneller!«

Als es leicht zu schneien begann, verzweifelte Alice beinahe. Wenn der Schnee die Spuren unter sich begrub, sanken die Chancen, den Jäger aufzuspüren, auf ein Minimum. Das Meer war so riesig, dass sie einen Monat suchen konnten, ohne ihn zu finden, selbst wenn alle Jäger des Dorfes unterwegs waren. Leichter war es, nach der berühmten Stecknadel im Heuhaufen zu suchen. Sie drehte sich besorgt um. »Wir finden ihn!«, hörte sie Chester Seveck sagen. »Ich weiß, welchen Trail er nimmt.«

Die Hunde witterten den Jäger zuerst. Sie wurden unruhig und hielten plötzlich an, liefen erst weiter, als Chester Seveck mehrmals »Go! Go!« rief und in die Hände klatschte. Nach ein paar hundert Metern sahen sie, was die Hunde verstörte. Ein toter Eisbär lag auf dem Eis. Unter ihm war eine Blutlache ins Eis gesickert. Wenige Schritte von ihm entfernt lag seltsam verkrümmt der Jäger. »John!«, rief Chester entsetzt. Er hielt den Schlitten an und lief zu seinem Freund, rief verzweifelt: »Komm, Schwester!«

Alice war bereits unterwegs. Sie stellte die Tasche aufs Eis und drehte den verletzten Jäger auf die Seite. Sein Anorak war aufgeschlitzt. Darunter kam eine hässliche Wunde zum Vorschein. An den Kratzspuren erkannte sie, dass der Bär ihn mit der Pranke erwischt und einen Fetzen aus seiner Hüfte gerissen hatte. Sie konnte nicht erkennen, ob ein Organ betroffen war. Sonst war er unverletzt. Er war ohnmächtig und stöhnte laut. Der Schmerz schien ihn auch in diesem Zustand zu erreichen. Sie gab ihm etwas Morphium, dann säuberte sie die Wunde mit Lysol und legte einen Verband an. »Er muss so schnell wie möglich ins Krankenhaus!«, drängte Alice. »Wenn ein Organ verletzt ist, muss Doktor Smith ihn operieren! Er hat viel Blut verloren!«

Sie hoben den Verletzten vorsichtig auf den Schlitten und deckten ihn sorgfältig zu. Alice setzte sich hinter ihn. Chester holte das Gewehr des Jägers, blickte auf den toten Eisbären und untersuchte die Patronenkammer. »Er hat ihn mit zwei Kugeln getötet«, sagte er. »Der Bär muss ihn überrascht haben. Ich frage mich, wie das passieren konnte. Normalerweise lässt John einen Eisbären nicht so nahe an sich heran. Ein Wunder, dass er ihn noch töten konnte. Er muss im Fallen geschossen haben.«

Chester Seveck verstaute das Gewehr unter den Decken und schob den Schlitten an. »Go! Go!«, feuerte er die Hunde an. »Jetzt kommt es auf euch an! John muss so schnell wie möglich ins Krankenhaus! Lasst mich nicht im Stich, hört ihr? Lauf, Nanuk!«

Der Leithund schien ihn zu verstehen und riss die anderen Hunde mit. So schnell wie selten zuvor rannten sie über das Eis. Der treibende Schnee machte ihnen nichts aus. »Go! Go!«, rief Chester alle paar hundert Meter. »Schneller! Schneller! Lauft!«

Alice hielt mit einer Hand den Verletzten und klammerte sich mit der anderen an den Schlitten. Sie sorgte sich um den verwundeten Jäger. Wenn ein Organ verletzt war oder er zu viel Blut verloren hatte, war es zweifelhaft, ob er überleben würde. Selbst in dem schwachen Licht, das Schnee und Eis reflektierten, sah sie, wie blass er war. In der Notaufnahme des Providence Hospitals hatte sie weniger stark Verletzte gesehen, die noch vor der Behandlung gestorben waren. »Schneller, Chester! Schneller!«, rief sie besorgt. »Wir haben nicht mehr viel Zeit!«

17

Doktor C. E. Smith war bereits in Kotzebue, als Chester Seveck vor dem Krankenhaus hielt, und Alice aufgeregt von der Ladefläche stieg. Er war ein viel zu erfahrener Arzt, um große Worte zu machen, und Alice hatte lange genug in der Notaufnahme gearbeitet, um sich auf das Wesentliche zu beschränken: »Große Fleischwunde an der Hüfte. Er hat viel Blut verloren. Ein Eisbär hat ihn angefallen. Ich weiß nicht, ob innere Organe verletzt wurden. Ich habe ihm Morphium gegen die Schmerzen gegeben.«

Der Medical Director nickte dankbar, als die Frau des Pastors mit einer Trage herauskam. Sie legten den Verletzten vorsichtig darauf und rollten ihn in den Behandlungsraum. Unterwegs zog Alice ihre Winterkleider aus und ließ sie achtlos auf den Boden fallen. Sie wusch sich gründlich die Hände, zog sterile Kleidung an und legte die Instrumente bereit, die Doktor C. E. Smith verlangte.

»Fühlen Sie sich stark genug, um mir zu assistieren?«, fragte der Arzt, während er sich den Mundschutz umband. Als Alice nickte, wandte er sich an die Frau des Pastors: »Wenn Sie uns auch helfen könnten?« Er nahm ihre Zustimmung wie selbstverständlich hin und rief: »Schwester! Wo bleibt der Äther?«

Doktor C. E. Smith war ein erstklassiger Arzt, das zeigte sich auch bei dieser Operation. Er arbeitete sehr gefasst und konzentriert und ließ sich durch nichts aus der Ruhe bringen. »Gott sei Dank, nur eine Fleischwunde!«, sagte er, nachdem er die Verletzung eingehend untersucht hatte. »Er wird eine ziemlich große Narbe zurückbehalten, und ich weiß nicht, wie gut er damit noch auf den Beinen sein wird, aber ich denke, wir bringen ihn durch!« Er wandte sich an Alice. »Schwester, die Tupfer! Rasch!«

Alice assistierte nicht so souverän wie sonst, kein Wunder nach der anstrengenden Fahrt, machte aber keine gravierenden Fehler und war dem Arzt eine große Hilfe. Nachdem er die Wunde vernäht und den Faden verknotet hatte, rollte sie den Patienten ins Überwachungszimmer und blieb bei ihm, bis Doktor Smith erschien und sie von ihrer Aufgabe entband: »Legen Sie sich ins Bett, und ruhen Sie sich aus, Schwester Alice! Sie haben einen anstrengenden Tag hinter sich. Ich behalte den Patienten im Auge.« Er wartete, bis sie durch die Tür war, und rief ihr nach: »Das haben Sie gut gemacht, Schwester! Ohne Sie wäre der arme Kerl verblutet!«

Als sie am nächsten Morgen erwachte, war der Medical Director schon wieder verschwunden, und Mary Walsh meinte strahlend: »John Apangaluk hat es geschafft! Er ist über den Berg! Er wird wieder gesund, sagt der Doktor!« Sie brachte Alice einen dampfenden Kaffee. »Ich soll Ihnen einen schönen Gruß von ihm ausrichten. Sie möchten den Patienten noch ein paar Tage hier behalten und ihm ein Mittel geben, falls die Schmerzen wieder zunehmen. Doktor Smith musste leider dringend nach Nome weiterfliegen.«

»Ich dachte, er bleibt über Weihnachten hier«, erwiderte Alice verwundert. »Wieso war er überhaupt so schnell hier?« Sie deutete das Lächeln der Pastorenfrau richtig. »Sagen Sie bloß ...«

Sie nickte fröhlich. »Das Telefon hat genau im richtigen Augenblick funktioniert! Leider hat es gleich darauf wieder den Geist aufgegeben. Möchten Sie nach dem Patienten sehen? Wir haben ihm das große Zimmer gegeben. Wenn er schon über Weihnachten hier bleiben muss, soll er es wenigstens schön haben.«

Alice setzte ihre weiße Haube auf und betrat das Krankenzimmer. Neben dem Bett des kranken Jägers saßen seine Frau, seine beiden Schwestern und seine drei Kinder. Maria Apangaluk hielt seine rechte Hand und lächelte Alice zu. »Ich danke dir, Schwester Alice! Ohne dich hätte er es nicht geschafft!«

Sie bahnte sich einen Weg durch die vielen Besucher und beugte sich über den Patienten. John Apangaluk konnte schon wieder lachen. Auch er bedankte sich überschwänglich bei ihr und versprach ihr das Eisbärenfell, sobald seine Söhne den Bären vom Eis geholt hatten. »Maria macht dir die wärmsten Stiefel daraus, die du dir vorstellen kannst!« Er blickte sie hoffnungsvoll an. »Doktor Smith hat gesagt, dass ich wieder gesund werde!«

Alice schob die Decke zur Seite und betrachtete den Verband. Die Wunde blutete nicht mehr. »Es sieht gut aus! Wenn du dich weiter so gut erholst, bist du am Neujahrstag wieder zu Hause!«

»Es war ziemlich knapp, nicht wahr? Ich weiß, dass ich beinahe gestorben wäre, Schwester! Ich habe es in dem Augenblick gewusst, als der Bär mich anfiel! Ich war über einen Eisbrocken gestolpert, und der Kerl ging auf mich los, bevor ich mein Gewehr hochreißen konnte! Ich werde langsam zu alt für die Bärenjagd!«

Alice deckte ihn zu und lächelte. »Du wirst noch viele Eisbären erlegen, John Apangaluk!« Sie zog ein Fieberthermometer aus ihrer Kitteltasche und steckte es ihm unter den rechten Arm. »In zehn Minuten sehe ich nach dir. Dolly bringt dir was zu essen und zu trinken. Sag mir Bescheid, wenn du sonst was brauchst!«

Der Jäger hatte kein Fieber, und Alice ließ ihn mit seinen Verwandten allein. Auf dem Weg zur Küche begegnete sie Dolly. »Das haben Sie riesig gemacht, Schwester!«, lobte die Köchin.

»Wie geht's Captain Ellis?«, fragte Alice.

Die Köchin winkte ab. »Ach, immer dasselbe mit ihm! Er sitzt auf seinem Kahn und säuft sich die Hucke voll! Ich bring ihm jeden Abend was zu essen rüber! Ich hab mir oft überlegt, was ihm so zu schaffen macht, aber er will nicht darüber reden. Ach, da fällt mir ein: Für Sie ist ´ne ganze Menge Post mit dem Flieger gekommen! Zwei Briefe und zwei Pakete! Liegen in der Küche!«

Alice war schon unterwegs und stolperte beinahe auf der gewundenen Treppe, so begierig war sie darauf, Neuigkeiten von ihren Eltern und ihrer Freundin zu erfahren. Über zwei Monate hatte sie auf Nachrichten von ihnen gewartet! Sie vergaß sogar, sich ein Sandwich mitzunehmen, obwohl sie seit über einem Tag nichts mehr gegessen hatte. Sie verschwand in ihrem Zimmer, setzte sich aufs Bett und stellte die beiden Pakete auf den Boden. Das eine kam von ihren Eltern, das andere enthielt die Bücher, die sie vor einigen Wochen bei einem Versandhaus bestellt hatte.

Sie betrachtete die Briefe und freute sich über den Poststempel von Honolulu. Nelly hatte sie nicht vergessen. Der andere Brief war in Bethel, Alaska, abgestempelt und zeigte einen unleserlichen Absender. Sie öffnete diesen Brief zuerst und vergaß vor Überraschung beinahe zu atmen, als sie erkannte, wer ihn unterschrieben hatte. »Liebe Grüße, Mike« stand dort in steilen Lettern. Sie las flüsternd: »Werte Alice, entschuldigen Sie meine Kühnheit, Ihnen zu schreiben, aber mir ging die peinliche Szene im Speisesaal nicht aus dem Kopf. Ich wollte die Gelegenheit ergreifen, mich noch einmal zu entschuldigen, auch im Namen meiner Gattin. Sie werden es nicht glauben, aber die Kunde von Ihren tapferen Einsätzen ist bis nach Bethel gedrungen. Ich finde es ganz erstaunlich, dass Sie einen Hundeschlitten steuern können! Wir waren einige Wochen in Petersburg und sind dann weiter nach Bethel gezogen, wo ich seit einem Monat in der Notaufnahme arbeite. Aber auch hier wird unser Bleiben nicht von Dauer sein. Nächstes Jahr soll ich in den Hohen Norden versetzt werden. Das liegt wohl daran, dass ich ständig mit meinem angeblichen Wissen über die Eskimos prahle. In Bethel gefällt es mir gut. Die Stadt besteht nur aus ein paar Straßen, aber die Leute sind sehr nett, und ich habe schon einige Freunde gefunden. Meiner Gattin hat es leider weniger gut gefallen. Sie ist bei Wintereinbruch nach San Francisco zurückgekehrt, um dort bei ihren Eltern zu wohnen. Aber ich will Sie nicht meinen Problemen langweilen. Ich wollte Ihnen lediglich mitteilen, dass ich keinesfalls die Absicht hatte, Sie in aller Öffentlichkeit zu brüskieren.«

Sie las den Brief noch einmal und steckte ihn nachdenklich in den Umschlag zurück. »Mike«, flüsterte sie liebevoll. Beim Lesen des Briefes hatte sie geglaubt, in seine blauen Augen sehen und seine sanfte Stimme hören zu können. Wie kam es bloß, dass sie immer noch zitterte, wenn sie an ihn dachte? Natürlich klang sein Brief sehr förmlich und gestelzt, aber das lag wohl daran, dass er ein verheirateter Mann war und einer ledigen Frau schrieb, deretwegen es auf der *Victoria* beinahe zum Eklat gekommen wäre. Auch wenn seine Frau nach San Francisco zurückgegangen war, durfte er sich diese Kühnheit eigentlich nicht erlauben. Ob sie ihn für immer verlassen hatte? Alice hatte gleich vermutet, dass sie es nicht lange in Alaska aushalten würde, und war sicher, dass sie sich von ihrem Mann scheiden lassen würde. Natürlich erst, wenn sie einen neuen Mann gefunden hatte, einen Gentleman ihres Standes, der ihr die gesellschaftliche Stellung bieten konnte, nach der sie sich so sehnte.

Du bist ungerecht, gestand Alice sich ein. Dr. Michael White hatte keine Rücksicht auf seine Frau genommen, als er nach Alaska gegangen war, und sie anscheinend nicht einmal gefragt. Er hätte doch wissen müssen, dass sie im Hohen Norden nicht zurechtkommen würde. Sie gehörte zu den Frauen, die schöne Kleider liebten und in eleganten Modehäusern verkehrten, die mit ihren Freundinnen beim Kaffeekränzchen den neusten Klatsch austauschten und sich nichts Schöneres vorstellen konnten, als an der Seite ihres angesehenen und erfolgreichen Mannes auf einer Gesellschaft aufzutauchen und mit ihm zu den Walzerklängen eines Orchesters zu tanzen. Ob bereits vor seinem Entschluss, nach Alaska zu gehen, etwas vorgefallen war, das ihre Ehe belastet und die beiden auseinander gebracht hatte?

Sie legte den Brief zur Seite und öffnete das Paket mit den Büchern. Ihre neuen Freunde, besonders der junge Andy Seveck, würden sich über die Geschenke freuen. In dem Paket von ihren Eltern waren die erhofften Kekse und ein Brief ihrer Mutter, der mehrere Seiten umfasste und vor allem von den Schwierigkeiten erzählte, die nach dem »Schwarzen Freitag« auf sie zugekommen waren: »Du glaubst ja nicht, welchen Einbruch dieser so genannte Schwarze Freitag für uns bedeutet! Diese Wirtschaftskrise stürzt das ganze Land ins Unglück, besonders aber uns Farmer. Die Preise für Getreide, Mais und Rüben sind in den Keller gestürzt. Wir bekommen kaum noch genug Geld, um unsere Schulden zu bezahlen, geschweige denn, um durch den nächsten Winter zu kommen, und zur Zeit sieht es ganz so aus, als müssten wir die Farm aufgeben! Die Bank wird unseren Kredit nicht verlängern! Ich habe deinem Vater noch nichts davon erzählt, aber ich habe mich um eine Stellung als Bedienung beworben und hoffe sehr, dass man mich einstellen wird. Ach, ich wollte, du wärst hier und könntest uns helfen! Dein Vater ist zu stolz, um in einer Fabrik zu arbeiten, und ich bezweifle sogar, dass man ihn dort noch nehmen würde! Auch die Fabriken stellen inzwischen Arbeiter aus! Nur in Kalifornien soll die Lage noch erträglich sein. Ich habe gehört, dass viele Farmer aus dem Mittelwesten nach Westen ziehen, um dort einen Neuanfang zu wagen, aber dazu sind dein Vater und ich schon zu alt. Wir hängen an diesem Land, weißt du?« Sie beendete den Brief mit den Worten: »Ich hoffe, es geht dir gut, liebe Alice, und vergiss deine armen Eltern nicht ganz!«

Alice rieb sich ein paar Tränen aus den Augen und legte den Brief in die offene Schachtel mit den Keksen. Sie stützte den Kopf in die Hände. Warum fühlte sie sich immer schuldig, wenn sie einen Brief ihrer Eltern gelesen hatte? War es nicht normal, dass eine junge Frau ihr Elternhaus verließ, um irgendwo anders ihr Glück zu machen? Und hatte sie ihren Vater nicht mehrmals gebeten, Arbeit in einer Fabrik anzunehmen, weil sie schon damals gesehen hatte, dass die Farm nicht mehr genug abwerfen würde? Sie beschloss, einen Teil ihrer Ersparnisse in den nächsten Brief an ihre Eltern zu legen. Ihr Vater war sicher viel zu stolz, um ein solches Geschenk anzunehmen, und sie würde ihrer Mutter empfehlen, ihm vorzuschwindeln, das Geld stamme aus dem Nachlass einer entfernten Tante in Wisconsin.

Sie aß einen Keks und weinte ein paar Tränen, weil der Geschmack des Gebäcks sie an die Tage ihrer Kindheit erinnerte und sie sentimental machte. Ihre Mutter hatte die Kekse in einer bunten Dose aufbewahrt und ihr jeden Abend zwei auf den Teller gelegt. Manchmal war Alice nachts aufgestanden und in die Küche geschlichen, um sich dort Nachschub zu holen. Ihre Mutter musste von ihren heimlichen Raubzügen gewusst haben, hatte aber nie etwas gesagt. Sie beschloss, die Kekse zur Weihnachtsfeier in den Versammlungsraum mitzunehmen und die Leute damit zu überraschen.

Aber einen, den bunten mit der Schokolade, würde sie noch selber essen. Sie ließ ihn rasch in ihrem Mund verschwinden, als wäre sie zehn Jahre jünger und wieder auf einem nächtlichen Raubzug. Schmunzelnd und kauend griff sie nach dem Brief ihrer Freundin. Dem Schreiben lag eine Bildpostkarte bei, die den Waikiki Beach bei Honolulu und junge Männer in langen Badeanzügen zeigte. Zwei von ihnen hielten Surfbretter. Über den linken Jungen hatte Nelly ein Kreuz gemalt. In ihrem Brief schrieb sie: »Stell dir vor, der Junge, den ich angekreuzt habe, ist mein Jimmy! Sieht er nicht toll aus? Sie haben ihn mit einigen Freunden am Strand fotografiert und verkaufen die Postkarte in den Andenkenläden! Zur Belohnung wurden wir zum Essen im Royal Hawaiian Hotel eingeladen! Das ist der pinkfarbene Palast, den du im Hintergrund siehst! So gut habe ich noch nie gegessen! Es gab eine Platte mit edlem Fisch und Schalentieren und zum Nachtisch einen Cocktail mit Früchten!«

Die eigentliche Sensation aber stand am Anfang des Briefes: »Hatte ich dir geschrieben, dass wir uns verlobt haben? An Weihnachten werden Jimmy und ich heiraten! Wir können uns keine großen Feier leisten, und weder seine noch meine Eltern sind reich genug, um die teure Reise nach Hawaii bezahlen zu können, aber wir wollen nicht länger warten! Was brauchen wir eine große Feier? Wir werden in Pearl Harbor heiraten, ein paar Meilen von Jimmys Stützpunkt entfernt, und nach der Trauung treffen wir uns mit seinen Kameraden und einigen Schwestern aus dem Krankenhaus zu einer wilden Sause am Strand! Stoß auf uns an, wenn du dir an Weihnachten einen Eierlikör gönnst! Oder gilt die Prohibition auch in Alaska? Nun ja, bei der Marine kennen sie einige wirklich gute Tricks, wie man an den Stoff kommt! Jimmy will Champagner für die Hochzeit organisieren!«

Alice schmunzelte still in sich hinein. Ihre Freundin hatte wohl das große Los gezogen. Warum lief bei ihr immer alles so glatt und ohne Komplikationen ab? Welcher Engel hatte sie zu diesem Prachtjungen geführt, der bei der Marine nichts von einer Wirtschaftskrise spürte und auch noch unverschämt gut aussah? Sie schielte auf den Brief, den Mike ihr geschrieben hatte. Ob es eine Zukunft für sie und den jungen Arzt gab? Warum hatte er sonst geschrieben? Oder war er nur einsam, weil ihn seine Frau verlassen hatte? Sie verdrängte die Gedanken und las weiter: »Du hast dir wirklich keinen einfachen Job ausgesucht! Und er macht dir anscheinend auch noch Spaß! Ich kann mir nicht mal vorstellen, mit einem Schlitten über einen Idiotenhügel zu rutschen, geschweige denn, mit einem Hundeschlitten quer durch die Wildnis zu ziehen! Ich weiß nicht mal mehr, wie Schnee aussieht! Dafür war ich neulich segeln! Ein Freund hat uns sein Boot geliehen. Nichts Besonderes, aber groß genug, um von einer Insel zur anderen zu schippern! Wir waren in Kauai, oben im Norden. Eine wundervolle Insel! Bunte Felsen, dichter Urwald und weiße Sandstrände mit Palmen! So stelle ich mir das Paradies vor! Und in den Bergen soll es eine spektakuläre Schlucht geben, die ähnlich wie der Grand Canyon aussieht! Da wollen wir das nächste Mal hin. Ach, Alice, ich wollte, du könntest uns mal besuchen! Vielleicht nächstes Jahr irgendwann! Wenn ja, vergiss nicht, nach Mr. und Mrs. Jimmy Elwood zu fragen …«

Nach der Lektüre solcher Briefe fiel es ihr schwer, zur Tagesordnung überzugehen, aber der Verband von John Apangaluk musste gewechselt werden, und in der Ambulanz wartete ein kleines Mädchen, das sich den Magen verdorben hatte. Sie machte sich an die Arbeit und unterbrach nur einmal, als sie zu Dolly in die Küche ging und sich ein dickes Sandwich mit Karibuschinken und Käse geben ließ. Bei einem Becher heißer Schokolade mit Schlagsahne wechselte sie ein paar belanglose Worte mit der Köchin und kehrte in den ersten Stock zurück.

Der Weihnachtstag begann mit einer Andacht in der Kirche und einigen Liedern, die Mrs. Esther Gulliver mit den Kindern einstudiert hatte, dann verteilte Pastor Walsh seine Geschenke an die Bewohner. Er hatte für jeden einzelnen Bewohner eine Kleinigkeit aufgetrieben, einen Topflappen für die alte Marie Seveck, eine Flasche Coca-Cola für Gary Punnikuk, eine kolorierte Bildpostkarte für Maria Apangaluk und kleine Spielsachen für die Kinder. Alice nahm an, dass er einen Großteil seines Einkommens für diese Geschenke ausgab. »Fröhliche Weihnachten!«, rief er herzlich in die Runde. »Euch allen die besten Wünsche für ein gesegnetes Weihnachtsfest und ein gesundes neues Jahr!«, wünschte Alice den Menschen, die sie so lieb gewonnen hatte.

Sie verteilte die Bücher unter den Familien und schenkte Andy Seveck zwei besonders spannende Romane. Er freute sich riesig und umarmte sie heftig. Alice löste sich lachend von ihm und stellte die Dose mit den bunten Keksen zu den Backwaren, die Mary Walsh und einige andere Frauen hergestellt hatten. Dolly hatte heißen Kaffee, Tee und Schokolade gekocht. Alice stellte sich neben John Apangaluk, den man in einem Rollstuhl in den Versammlungsraum gebracht hatte. »Ein fröhliches Weihnachtsfest und gute Besserung wünschen wir John Apangaluk! Wisst ihr was? John hat den ersten Eisbären dieses Winters erlegt!«

Nach ihrer kleinen Ansprache zog Alice sich mit einem Becher heiße Schokolade ans Fenster zurück. Sie blickte nach draußen in das flackernde Nordlicht und hob den Becher: »Alles Gute, Nelly! Ich hoffe, ihr werdet glücklich!«

Und dann dachte sie an Dr. Michael White und ihre Eltern und weinte leise.

18

Das Flugzeug kommt! Das Flugzeug kommt!«, rief Andy Seveck. Der Junge hatte das Motorengeräusch zuerst gehört und rannte aufgeregt durch das Dorf, um die Leute zusammenzutreiben. Die Landung der Fairchild war immer noch ein aufregender Augenblick in dem eher eintönigen Alltag von Kotzebue, und jeder wollte dabei sein, wenn der Pilot neue Vorräte und Päckchen, Briefe und die Zeitungen aus Nome und Fairbanks mitbrachte.

Alice hatte dieses Mal einen ganz besonderen Grund, zur Landebahn außerhalb des Dorfes zu laufen. In einem Telefongespräch mit dem Medical Director, das nur wenige Augenblicke gedauert hatte, bevor die Leitung zusammengebrochen war, hatte sie erfahren, dass der neue Arzt und die neue Krankenschwester mit dem nächsten Flugzeug nach Kotzebue kommen würden. Weder kannte sie seinen Namen noch wusste sie, aus welcher Stadt er kam. Hoffentlich war er kein rechthaberischer Vorgesetzter, der seine Schwestern wie Leibeigene behandelte und herumscheuchte. Im Providence Hospital hatte es einmal einen solchen Arzt gegeben, bis er ein Einsehen gehabt hatte und nach Los Angeles gezogen war.

Doch Alice war lange genug in diesem Beruf, um mit fast jedem Arzt auszukommen. »Es gibt nur drei Typen«, hatte Nelly stets behauptet. »Den jungen Schönling, der sich für unwiderstehlich hält. Den mürrischen Sklaventreiber, der dich den ganzen Tag quält. Und den väterlichen Teddybär, der dir gönnerhaft übers Haupt streicht, wenn du keinen Mist gebaut hast.« Alice lachte, als sie sich an die Worte der Freundin erinnerte. »Und Mr. Right«, fügte sie hinzu.

Am Rand der notdürftig geräumten Piste blieb Alice stehen. Der Mond hing voll am Himmel, und die Sterne standen so dicht nebeneinander, dass sie beinahe zu einer einzigen Lichtquelle verschmolzen. Der Pilot drückte die Fairchild nach unten und setzte mit den Skiern auf der festen Schneedecke auf. Wenige Meter von der Flughafenbaracke entfernt drehte er die Maschine. Er kletterte aus dem Cockpit und öffnete die Tür des Passagierraums. »Ich hab' den neuen Doktor und die neue Schwester dabei! Andy, hilf mir mit der Post! Hinten liegen Kisten und Säcke!«

Schon als sie sich den beiden Passagieren näherte, die aus der Maschine kletterten, kam Alice der Mann bekannt vor. Seine schlanke Gestalt und seine etwas linkische Art, sich zu bewegen, waren ihr seltsam vertraut. »Mike!«, rief sie, als er sich umdrehte und der Mond auf sein Gesicht schien. Ihr lauter Ausruf sorgte einen winzigen Augenblick für Stille, dann plapperten die Eskimos wieder wild durcheinander und bedrängten den Piloten, die neuen Zeitungen zu verteilen. »Dr. Michael White!«, wiederholte sie leiser und trat dem neuen Arzt zögernd entgegen.

»Hab' ich Ihnen nicht gesagt, dass sie vor Überraschung kaum den Mund zubekommen wird?«, sagte Mike zu der Schwester, einer älteren Frau mit grauen Locken, die fast vollkommen unter ihrer dicken Fellmütze und den Ohrenschützern verschwanden. »Schwester Alice Sheldon«, stellte er vor, »und die treue Seele, die schon in Petersburg bei mir war, ist Schwester Rebecca Stone. Rebecca bleibt nur einen Monat bei uns, dann geht sie nach Juneau. Dort bekommt sie das doppelte Gehalt, stimmt's?«

Schwester Rebecca lachte. Ihre fröhlichen Augen verrieten eine humorvolle Frau, die auch unter starkem Druck kaum aus der Ruhe zu bringen. Sie hatte über zehn Jahre als OP-Schwester in der Unfallchirurgie gearbeitet. »Lassen Sie sich nichts vormachen«, winkte sie ab. »Dort bekomme ich gerade mal zwei Drittel, aber meine Tochter wohnt in Juneau und wünscht sich die Mama zurück. Ihr Mann hat sie verlassen und sie mit einem Baby sitzen lassen, und sie kommt ohne meine Hilfe nicht zurecht.«

»Ich bin sicher, Schwester Rebecca wird Ihnen die dramatische Geschichte in allen Einzelheiten erzählen«, sagte Mike, »aber jetzt wäre es schön, wenn wir endlich ins Warme kommen könnten!«

Alice löste sich aus ihrer Erstarrung. »Ent-Entschuldigung«, stammelte sie, »na-natürlich! Kommen Sie! Ich zeige Ihnen Ihre Zimmer. Das Gepäck bringt Chester mit dem Hundeschlitten.«

Sie liefen an den Häusern der Shore Avenue entlang und stapften durch den Schnee zum Krankenhaus empor. »Das neueste und modernste Gebäude der Stadt«, prahlte Alice mit einem ironischen Unterton in ihrer Stimme. »Ich nehme an, in Bethel war alles ein bisschen komfortabler.« Sie führte Mike und Schwester Rebecca in den Vorraum und deutete auf die Wandhaken. Nachdem sie die Winterkleidung abgelegt hatten, zeigte sie ihnen die Zimmer. »Ich hoffe, Sie fühlen sich bei uns wohl!«

Warum sie sich Mike gegenüber so förmlich und reserviert benahm, wusste sie selbst nicht. Sein Erscheinen hatte sie mehr verunsichert, als sie sich eingestehen wollte. Sie war beinahe froh, als er und Schwester Rebecca sich in ihre Zimmer zurückzogen, um die Koffer und Taschen auszupacken, die Chester Seveck mit dem Hundeschlitten brachte. Sie holte sich einen Kaffee und blieb in Gedanken versunken im Flur vor der Küche stehen.

»Na, wie ist er?«, hörte sie Dolly fragen.

»Wer?«

»Wer … der neue Doktor natürlich!«

»Ganz passabel«, antwortete Alice zögernd. »Er war auf demselben Schiff wie ich, als ich nach Alaska fuhr. Wir mussten einen Passagier mit Lungenentzündung behandeln. Ein kompetenter Mann! Mit dem kommen wir gut aus, da bin ich ziemlich sicher!«

»Du bist in den Kerl verliebt, was?«

Alice wurde rot.

»Wie kommst du denn darauf?«

»Das seh' ich dir doch an der Nasenspitze an! So sah meine Katze aus, als sie den Kanarienvogel gefressen hatte.« Sie kicherte wie ein Schulmädchen, das die beste Freundin ertappt hat. »Gibst du mir den Becher? Oder willst du ihn behalten?«

Alice blickte in den leeren Becher, lächelte verlegen und reichte ihn ihr. »Er ist verheiratet, Dolly«, sagte sie nach einigem Überlegen. »Seine Frau ist aufs Festland zurückgefahren, und ich glaube, dass sie sich von ihm trennen will. Aber auf dem Papier ist er verheiratet, und es gäbe einen ziemlichen Skandal, wenn wir …«

»Unsinn!«, unterbrach sie die Köchin. »Hier draußen zählt sowas nicht! Wusstest du, dass die Eskimos früher ihre Frauen verliehen? Wenn ein Mann die Familie besuchte, bekam er die Frau des Gastgebers für die Nacht angeboten! Hab' ich jedenfalls gehört! Nein, hier draußen schert sich niemand um euch!«

»Aber beim Civil Service«, sagte Alice. »Die sind überhaupt nicht erbaut, wenn so etwas passiert. ›Als Krankenschwester in einem unserer Territorien vertreten Sie die Interessen der Vereinigten Staaten‹, haben die gesagt. Die würden mich mit Schimpf und Schande davonjagen, wenn ich mir was zuschulden kommen lasse!«

Dolly schüttelte den Kopf. »Dein Liebesleben geht die einen feuchten Kehricht an! Also ran an den Mann! Wer weiß, ob du nochmal so einen findest! Frag mich mal. Als ich noch jung und schön war, lief mir ein Märchenprinz über den Weg, jung, blond und eine Figur wie Rudolph Valentino in seinen besten Jahren!«

»Und?«, fragte Alice neugierig.

»Und ich dummes Schaf ließ ihn laufen! Weil ich glaubte, da kommt irgendwann noch ein Besserer daher! Nee, meine Liebe, so ein Mann kommt nur einmal. Und wenn du dann nicht zuschlägst, bleibst du dein ganzes Leben allein! Sieh mich an!«

»Wer weiß«, meinte Alice scherzhaft, »vielleicht sitzt in der nächsten Maschine einer, der es auf dich abgesehen hat! Ein Scheich aus Arabien oder der Besitzer einer Fluggesellschaft …«

»Und Alaska wird ab morgen von einem König regiert!«, winkte Dolly ab. »Nee, um mich brauchst du dir keine Sorgen mehr zu machen! Ich hab meine Chance gehabt und sie versaut. Mach du nicht denselben Fehler! Ran an den Speck, sagt der Kater!«

»Wenn alles so einfach wäre«, überlegte Alice laut. Sie verabschiedete sich von der Köchin und machte sich daran, zwei Betten in einem der Krankenzimmer frisch zu beziehen. Dort hatten zwei junge Eskimos die Nacht verbracht. Sie waren bei einem ihrer wilden Spiele auf dem Eis gestützt und hatten sich einige schmerzhafte Prellungen zugezogen. Sicherheitshalber hatte sie beiden eine Nacht im Krankenhaus behalten. Sie waren gegangen, als die Maschine mit Mike und der Schwester gelandet war.

Wenn alles so einfach wäre, überlegte sie, als sie die Laken aus dem Schrank nahm. Ich weiß ja nicht mal, ob er mich mag. Und es widerstrebte ihr auch, sich einem verheirateten Mann zu nähern, selbst wenn diese Ehe nur auf dem Papier bestand. Auf der *Victoria* war sie schon zu weit gegangen! Sie hätte sich niemals an seinen Tisch setzen dürfen, nicht mit den Gedanken, die ihr damals durch den Kopf gegangen waren, und wenn sie ehrlich war, verstand sie sogar Agnes White. Auch sie hätte einigermaßen barsch reagiert, wenn sie ihren Ehemann mit einer anderen Frau im Speisesaal gesehen hätte. Manchmal passierte auch etwas zwischen zwei Menschen, wenn man einander nicht berührte und dem anderen nur in die blauen Augen blickte.

Sie strich die frisch überzogenen Betten glatt und ging in den Flur. Mike trat gerade aus seinem Zimmer. Er trug bequeme Baumwollhosen und einen Pullover und duftete nach Rasierwasser. »Haben Sie sich gut eingelebt?«, fragte er unverfänglich.

»Sehr gut«, antwortete Alice. Zum ersten Mal seit ihrem gemeinsamen Frühstück auf der *Victoria* waren sie allein, und sie war so nervös, dass sie glaubte, ihr Herz schlagen zu hören. Auch er schien verlegen zu sein, zupfte unruhig an seinem Pullover herum. »Die Menschen hier sind sehr freundlich, und die Arbeit macht großen Spaß!« Vor lauter Aufregung plapperte sie munter drauflos, erzählte von den Sevecks und von Umialik und ließ ihn gar nicht mehr zu Wort kommen. »Wenn Sie nichts dagegen haben, führe ich Sie nach dem Mittagessen durch das Dorf und stelle Sie und Schwester Rebecca den Leuten vor.«

»Eine gute Idee«, stimmte er zu. Er zog seinen Pullover zurecht und lächelte verlegen. »Ich sehe gar nicht wie ein Arzt aus, was?«

»Die Kittel liegen da drüben im Schrank. Warten Sie, ich hole Ihnen einen.« Sie lief davon, erleichtert darüber, für den Moment keine Konversation mehr machen zu müssen, und kehrte mit einem weißen Kittel zurück. »Ich hab' ihn nochmal gewaschen, bevor Sie kamen. Ich hoffe, er passt.« Sie reichte ihm den Kittel und fand, dass er in seiner Arbeitskleidung noch stattlicher aussah. Sie wollte irgendetwas sagen, aber ihr fielen keine passenden Worte ein.

»Ah, da kommt Schwester Rebecca!«, rief er. Auch er schien darüber erleichtert zu sein, nicht mehr allein mit ihr sein zu müssen. »Ich denke, wir sehen uns erstmal unsere neue Arbeitsstätte an. Geben Sie uns eine kleine Führung, Schwester Alice?«

Alice führte sie in den Behandlungsraum und die Krankenzimmer und zeigte ihnen, wo die Instrumente, das Verbandszeug und die Medikamente lagen. Beide zeigten sich von der Ordnung und Sauberkeit angetan. »Patienten haben wir im Augenblick keine, aber das kann sich schnell ändern«, erklärte Alice. »Während der Jagdsaison passiert alles Mögliche.« Sie erzählte von John Apangaluks unglücklicher Begegnung mit einem Eisbär und spielte ihre Rolle in dem Abenteuer so weit wie möglich herunter. »Es geht ihm schon viel besser! Ich glaube, er hat seitdem schon drei Robben erlegt! Er gehört zu den besten Jägern des Dorfes!«

Sie blieben neben dem Operationstisch stehen. Während Mike sich die Geräte ansah, sagte Alice: »Einmal pro Woche drehe ich meine Runde und besuche alle Familien. Der persönliche Kontakt ist mir sehr wichtig! Die Eskimos kommen nur zu uns, wenn sie uns vertrauen, und bei den meisten Bewohnern ist uns gelungen, so ein Vertrauensverhältnis herzustellen. Selbst Umialik taut langsam auf!« Sie erzählte der Schwester von dem Schamanen und seinen Leuten und erschrak, als Mike fragte: »Haben Sie nicht seine Frau operiert?«

»Woher wissen Sie das?«

»Buschtrommeln.«

Sie zögerte verlegen.

»Die Frau klagte über große Schmerzen! Sie und das Kind wären gestorben, wenn ich ihren Bauch nicht geöffnet hätte! Placenta previa. Was sollte ich denn tun? Ein Arzt war weit und breit nicht in der Nähe, und man hätte mich für den Tod der beiden verantwortlich gemacht, wenn ich nicht gehandelt hätte! Ich war in einer Zwickmühle und weiß selbst, dass ich …«

»Sie haben vollkommen richtig gehandelt, Schwester Alice!«, unterbrach Mike ihren Redeschwall. »Ich habe mit Doktor Smith über den Fall gesprochen, und er meint auch, dass Ihnen nichts anderes übrig blieb, als das Baby auf diesem Wege zu holen.« Er legte ihr lächelnd eine Hand auf die Schultern. »Sein mürrisches Fauchen hat nichts zu sagen! Er war schon immer so.«

Beim Mittagessen, das sie in der kleinen Kantine einnahmen, blieb Dolly länger als gewöhnlich an ihrem Tisch stehen. Sie zwinkerte Alice heimlich zu und reckte den Daumen nach oben. Zu Mike sagte sie: »Wussten Sie, dass unsere Alice eine Heldin ist? Sie hat den besten Jägern des Dorfes das Leben gerettet! Zuerst Chester Seveck und dann John Apangaluk. Die Frau kann besser mit einem Hundegespann umgehen als viele Eskimos!«

»Ich hab' davon gehört«, erwiderte der Arzt amüsiert. »Sagen Sie, wann gibt es eigentlich Ihren berühmten Karibu-Eintopf? Doktor Smith hat mir wahre Wunderdinge über Ihre Kochkunst erzählt!«

»Ach, wirklich?« Dolly griff sich verlegen an ihre Haare. »Heute Abend, wenn Sie wollen. Bringen Sie tüchtigen Hunger mit, ja?«

Am Nachmittag führte Alice den neuen Doktor und die Schwester durch das Dorf und stellte sie den Bewohnern vor. Das war leichter, als sie gedacht hatte, denn in jedem Haus liefen auch die Nachbarn zusammen und ersparten es Alice, in jeder Hütte einzukehren. Bei ihren Freunden, den Sevecks, wurden sie besonders herzlich aufgenommen. »Jacky war mein erster Patient«, sagte sie bei heißem Tee und Keksen. »Ich musste ihm einen Backenzahn ziehen. Alles in Ordnung mit den Zähnen, Jacky?«

»Ich esse keine Zuckerstangen mehr«, antwortete er, ohne seine Pfeife aus dem Mund zu nehmen. »Überhaupt keine Süßigkeiten! Oder meint ihr, ich will mal so aussehen wie Marie?«

Die alte Marie Seveck verpasste ihm eine Kopfnuss. »Hast du mich schon mal Zuckerstangen schlecken sehen? Noch nie …«

»Und Schokolade?«

Sie blickte Alice an.

»Hast du welche dabei?«

Alice zog einen Riegel aus ihrer Anoraktasche und reichte ihn ihr. »Aber beschwer dich nicht, wenn ich dir nächstes Mal den vorletzten Zahn ziehen muss!« Sie wandte sich an Chester, der wie immer still in einer Ecke saß. »Was macht die Jagd, Chester?«

»Die Robben sind weit draußen.«

»Womit er sagen will, dass er die ganze nächste Woche wegbleiben wird«, erklärte die junge Marie Seveck lachend. »Als ob ich mich nicht langsam daran gewöhnt hätte. Sind Sie auch verheiratet, Doktor? Was sagen die weißen Frauen, wenn ihre Männer unterwegs sind? Ein Arzt ist viel unterwegs, nicht wahr?«

Alice wäre am liebsten im Boden versunken, aber Mike war solche Fragen wohl gewöhnt. Er reagierte so locker, als hätte Marie Seveck ihn nach dem Wetter gefragt. »Meine Frau ist in San Francisco. Sie fühlt sich wohler auf dem Festland. Ihr war es zu einsam in Alaska. Sie hatte Heimweh nach der großen Stadt.«

»Dann musst du dir eine neue Frau suchen«, sagte Marie Seveck. »Eine Frau, der es hier gefällt. So wie Schwester Alice.«

»Marie Seveck!«, schimpfte Alice mit hochrotem Kopf. »So was sagt man nicht!« Sie stand auf und setzte ihre Wollmütze auf. »So, jetzt müssen wir aber weiter! Kommen Sie, Mike! Schwester …«

Erst kurz vor zwanzig Uhr waren Alice, Mike und Schwester Rebecca mit ihren Besuchen fertig. Bevor sie ins Krankenhaus zurückkehrten, gingen sie bei Pastor Walsh und seiner Frau vorbei und nahmen dankend eine Einladung zum Abendessen an. Dolly und ihr Karibueintopf mussten bis zum nächsten Abend warten. Mary Walsh überraschte sie mit einer selbst gebackenen Pastete mit Karibufleisch und Pilzen und Schokoladen-Pudding.

Auch der Pastor und seine Frau waren von dem neuen Doktor und der Schwester sehr angetan. Sie hörten interessiert zu, als er von seinem Studium in Chicago erzählte, und wie er mehr durch Zufall in der Notaufnahme eines Krankenhauses gelandet war. »Eigentlich wollte ich mich auf die Behandlung von Nervenkrankheiten spezialisieren, ein viel versprechender Zweig der modernen Medizin, aber als ich mich in dem Krankenhaus vorstellte, war gerade ein Wagen der Hochbahn entgleist, und es wurden zahlreiche Verletzte eingeliefert. Natürlich erklärte ich mich bereit zu helfen, und dann blieb ich irgendwie hängen. In San Francisco hätte ich sogar Chef der Notaufnahme werden können, aber mich zog es nach Alaska und, nun ja, so bin ich hier oben gelandet und leite jetzt ein Krankenhaus in Kotzebue.«

Der Pastor lächelte. »Und was hat Sie in diese Metropole des Hohen Nordens getrieben? Geld kann es nicht gewesen sein.«

»Ich bin ziemlich sicher, dass man Alaska zu einem Staat der USA machen wird«, erklärte Mike. »Ich möchte helfen, diesen Staat aufzubauen. Ich möchte den Menschen helfen. Und ich habe mich schon immer für Eskimos und Indianer interessiert. Fragen Sie mich nicht, warum. Ich weiß es nicht. Vielleicht liegt es an den Büchern, die ich in meiner Kindheit gelesen habe. Die Sehnsucht nach fernen Ländern und Menschen, die war immer in mir drin. Hier kommt man noch nahe an die Menschen ran.«

Der Pastor schien ähnliche Erfahrungen gemacht zu haben. »Wir sind Abenteurer, Doktor. Vielleicht sieht man uns das nicht an, aber wir sind Abenteurer. Für uns gibt es nichts Schlimmeres als eingefahrene Pfade. Ist es nicht so, Schwester Alice?«

Darüber hatte Alice noch nie nachgedacht. »Ich weiß nicht, Pastor. Meine Bekannten am Providence Hospital dachten, ich hätte den Verstand verloren. Du musst verrückt sein, sagten sie.«

»So kann man's auch sehen«, meinte der Pastor lachend.

19

Allein Alice war es zu verdanken, dass die Bewohner von Kotzebue dem neuen Arzt so schnell vertrauten. Sie spürten die geheimnisvolle Verbindung zwischen ihr und dem Doktor und waren besonders froh, wenn beide gemeinsam in ihrer Hütte erschienen. Mit Schwester Rebecca taten sie sich etwas schwerer, doch sie würde nur einen Monat bleiben und gab sich auch keine große Mühe mehr, ein besonderes Vertrauensverhältnis zu den Eskimos aufzubauen. In Gedanken war sie bereits bei ihrer Tochter, die mit ihrem Baby in Juneau saß und nicht nur finanziell auf sie angewiesen war. »Ich hab' ihr gleich geraten, die Finger von diesem Nichtsnutz zu lassen, aber sie wollte nicht auf mich hören!«, schimpfte die Schwester beim Aufräumen eines Zimmers. Wütend schlug sie mit der Hand auf ein Bett

Alice klopfte ein Kissen aus. »Bei mir war es umgekehrt. Mein Vater wollte, dass ich einen Jungen heirate, den ich nicht mochte. Ich hab ihm gesagt, wir sind nicht mehr im Mittelalter, Dad!«

»Ich merke schon, Sie wissen sich durchzusetzen«, erwiderte Schwester Rebecca. »Es war bestimmt nicht einfach, sich in diesem abgelegenen Dorf durchzusetzen. Die Leute vergessen immer, dass die Eskimos einem anderen Kulturkreis angehören.«

»Was war er für ein Typ, der Mann Ihrer Tochter?«

»Ein Versager«, behauptete sie nüchtern. Sie faltete eine Decke zusammen und legte sie auf eines der Betten. »Er zog von einem Job zum anderen. Als sie ihn kennen lernte, arbeitete er in der Konservenfabrik am Stadtrand. Zwei Monate später nahm er einen Job im Hafen an. Dann war er plötzlich bei einem Werkzeugmacher angestellt, und kurz vor der Scheidung zog er nach Sitka, um dort was ganz Großes auf die Beine zu stellen, wie er sich ausdrückte. Ich nehme an, sie warfen ihn überall raus. Aber das war noch nicht alles! Als Sarah, so heißt meine Tochter, als sie das Baby bekam, ließ er sich nicht einmal im Krankenhaus blicken und zog lieber mit seinen Freunden durch die Bars! Ich hab es Sarah nie gesagt, aber ein paar Mal sah ich ihn mit einer anderen Frau im Auto, mit einem dieser Mädchen aus dem Hafen! Nein, sie kann froh sein, dass sie ihn los ist. Wenn ihre Tochter ein bisschen größer ist, kann sie auch wieder arbeiten.«

Sie gingen ins Behandlungszimmer und machten sich an die wöchentliche Reinigung. Alice polierte die Geräte und die Instrumente, und Schwester Rebecca putzte die beiden Fenster. Der Doktor war bei einer schwangeren Frau am Ende der Shore Avenue und würde erst zum Mittagessen zurück sein.

»Sie mögen Doktor White, nicht wahr?«, fragte Schwester Rebecca nach einigen Augenblicken des

Schweigens. Und als Alice nicht darauf antwortete: »Ich kann Sie gut verstehen, Alice, und Sie brauchen sich deswegen nicht zu schämen. Er ist ein guter Mann und hat eine Frau wie Sie verdient. Seine Ehe besteht sowieso nur noch auf dem Papier. Ich sage es nur ungern, aber seine Frau war furchtbar! Sie hat mich wie eine Sklavin behandelt. Wenn es nach ihr gegangen wäre, hätte ich sie den ganzen Tag bedient! Schwester, machen Sie dies und machen Sie das! Erledigen Sie meinen Abwasch, bügeln Sie meine Wäsche, kochen Sie mir das Abendessen! Bis ich ihr irgendwann mal tüchtig die Meinung gesagt habe, dass ich nicht ihre Angestellte bin, sondern als Krankenschwester für ihren Mann arbeite. Sie hätten die Frau sehen sollen! Sie hätte mich am liebsten zum Teufel geschickt!«

Alice konnte sich ein schadenfrohes Grinsen nicht verkneifen. »Ja, ich glaube, Sie konnte sehr wütend werden.« Sie merkte gar nicht, dass sie in der Vergangenheitsform von Agnes White sprach. »Als ich mit Mike … mit Doktor White am Frühstückstisch saß, war sie kurz davor, ihm eine Ohrfeige zu geben!« Sie erzählte der Schwester von ihrer unerfreulichen Begegnung mit der Frau des Arztes und zuckte die Achseln. »Aber sie ist immer noch seine Frau. Und man kann ihr auch nicht böse sein, dass sie keine Lust hatte, in die Wildnis zu ziehen. Eine Frau wie sie braucht die feine Gesellschaft, die festlichen Partys und alles, was damit zusammenhängt. Sowas findet sie nur in der Stadt.«

»Das stimmt«, räumte Schwester Rebecca ein. »Doktor White hätte wissen müssen, dass seine Frau nicht der Typ für eine einsame Eskimosiedlung in Alaska ist. Aber daran ist ihre Ehe nicht gescheitert. Einen Tag, bevor sie nach San Francisco geflohen ist, hab' ich einen Streit der beiden mitbekommen. Mrs. White schrie so laut, dass ich gar nicht anders konnte. Sie sagte: ›Kapierst du denn nicht, Mike? Ich hab' dich geheiratet, weil ich dich für einen erfolgreichen Arzt hielt, der hoch hinaus will! Der irgendwann mal die Leitung eines Krankenhauses übernehmen würde! Ich hab' uns mit dem Bürgermeister und mit Filmstars aus Hollywood speisen sehen! Unser Foto wäre in der Klatschspalte des *San Francisco Chronicle* erschienen! Stattdessen schleppst du mich in diese gottverdammten Nester! So haben wir nicht gewettet, mein Lieber! Such dir eine andere! Ich bin mit dir fertig! Irgendwann hätte ich dich sowieso verlassen! Liebe? Dass ich nicht lache! Ich habe dich nie geliebt, du Versager! Ich dachte, du führst mich in die feine Gesellschaft ein, das ist alles! Leb wohl, mein Lieber! Mich siehst du nicht mehr wieder!‹ So was Ähnliches hat sie gesagt, und dann ist sie abgerauscht!«

In den folgenden Tagen dachte Alice oft darüber nach. Sie hatte keinen Grund, an den Worten der Schwester zu zweifeln, freute sich aber auch nicht. Immerhin hatte Mike diese Frau einmal aus Liebe geheiratet, und nach dem Gesetz und dem Willen der Kirche waren sie immer noch ein Paar. Es ging ihr gegen den Strich, sich in eine solche Beziehung zu drängen, selbst wenn sie inzwischen glaubte, dass Mike tatsächlich etwas für sie übrig hatte. Sie merkte es vor allem an Kleinigkeiten. An der Art, wie er ihren Arm ergriff, wenn sie zum Essen gingen. An seinem Lächeln, wenn sich ihre Blicke zufällig trafen. An seiner Verlegenheit, wenn sie allein waren, und sie jedes Mal glaubte, gleich würde er versuchen, sie zu küssen. Manchmal hoffte sie es sogar. Wahrscheinlich verriet sie sich auf ähnliche Weise. Zumindest Schwester Rebecca und auch Dolly hatten herausgefunden, welche Gefühle sie bewegten. »Was würdest du tun, Nelly?«

Ihre Freundin würde sich nicht so viele Gedanken machen, glaubte sie, und aufs Ganze gehen, sobald sich eine Gelegenheit dazu ergab. So wie an jenem Abend, ungefähr zwei Wochen nach seiner Ankunft, als Mike vom nervösen Ehemann einer schwangeren Frau gerufen wurde und Alice bat, ihn zu begleiten. Die Geburt verlief ohne Komplikationen, und der Ehemann war so glücklich über die Geburt seines Sohnes, dass er Mike einen Glücksbringer schenkte, eine winzige Figur aus Elfenbein, die er aus einem Walrosszahn geschnitzt hatte. »Qui anna«, sagte er.

Auf dem Heimweg erklärte Alice dem Arzt, dass die Eskimos mit diesen Worten nicht nur »Danke!« sagen wollten. Das Wort bedeutete mehr, schuf eine besondere Verbindung zu der Person, der man es geschenkt hatte. Ohne darüber nachzudenken, waren sie einen Umweg gegangen, hinter den Häusern der Shore Avenue vorbei zum Waldrand am Kobuk River.

Sie blieben auf den Schlittenspuren, die einige Jäger in den Schnee gefahren hatten, und genossen die ungewöhnlich klare Nacht. Das Nordlicht schleuderte flackernde Blitze in allen Farben über den Himmel und knisterte wie ein geheimnisvolles Feuer. Die schimmernden Farben spiegelten sich auf dem gefrorenen Schnee und zogen bunte Schleier über die schwarzen Fichten.

Mike blieb stehen und blickte ehrfürchtig zum Himmel empor. »So schön habe ich es noch nie gesehen«, sagte er. »Für die Geister muss es eine ganz besondere Nacht sein!« Er schwelgte im Anblick der Farbenpracht und blickte sie an. »Für mich auch.«

Sie wehrte sich nicht, als er ihre Schultern ergriff und sie liebevoll ansah. »Du weißt, was ich für dich empfinde, Alice! Und ich glaube zu wissen, dass ich dir auch nicht ganz gleichgültig bin.«

»Ich liebe dich, Mike!«

»Ich liebe dich auch, Alice! Du weißt, dass meine Frau und ich uns getrennt haben. Es hat nichts mit dir zu tun. Wir waren einfach nicht füreinander geschaffen. Ich glaube, ich habe nie …«

Sie legte zärtlich einen Finger auf seinen Mund und brachte ihn mit einem Lächeln zum Schweigen. »Sag jetzt nichts, Mike! Wir brauchen keine Worte. Nimm mich in die Arme und küss mich!«

Sie bot ihm ihre Lippen, und sie küssten sich, zuerst verhalten und zögerlich, dann immer stürmischer, bis sie alles um sich herum vergaßen, und die Leidenschaft, die sich während der vergangenen

Monate aufgestaut hatte, ihre Handlungen bestimmte. Sie sanken in die Knie, umklammerten sich wie zwei Ertrinkende und wurden erst durch das Krächzen eines Raben aus ihrem Traum gerissen. Schwer atmend lösten sie sich voneinander.

»Was war das?«, fragte Mike erschrocken.

»Tulugaq«, antwortete sie.

»Der Rabe?«

Sie nickte. »Er verfolgt mich schon, seitdem ich hier bin! Er spielt mir böse Streiche und behauptet, dass ich zu schwach für den Hohen Norden bin! Er wettet, dass ich spätestens im Frühjahr aufgebe und nach Hause fahre.« Sie erhob ihre Stimme. »Aber die Wette verlierst du, Tulugaq! Hörst du? Ich gehe nicht! Auch wenn du dich auf den Kopf stellst, ich bleibe in Kotzebue!«

In derselben Nacht, als Alice allein in ihrem Zimmer lag und in die Dunkelheit starrte, kehrte der Rabe zurück: »Du glaubst wohl, du hättest gewonnen?«, krächzte er höhnisch. »Nur weil du diesen Arzt liebst, bist du noch lange nicht stark genug, um die bösen Geister zu besiegen! Sie haben sich gegen dich verschworen, Schwester! Noch haben sie nicht alle Trümpfe ausgespielt!«

»Warum tust du das, Tulugaq?«, fragte sie vorwurfsvoll. »Was habe ich dir getan? Habe ich denn nicht bewiesen, dass ich stark genug bin? Warum hetzt du die bösen Kräfte auf mich?«

Aber von dem Raben kam keine Antwort, und sie wagte am nächsten Morgen nicht, mit Mike darüber zu sprechen, weil sie nicht mehr wusste, was Traum und Wirklichkeit gewesen war. Hatten sie sich wirklich geküsst? Hatte er ihr gesagt, dass er sie liebte? Und hatte Tulugaq sie mit seinem Schrei an einer Dummheit gehindert? Sie verstand den schwarzen Vogel nicht. Was mischte er sich ständig in ihr Leben ein? »Tulugaq ist unser schlechtes Gewissen«, erklärte die alte Marie Seveck, als Alice sie auf den Raben ansprach. »Er ist ein derber Witzbold, wenn er gute Laune hat, und er verkörpert alles Böse und wird immer dann gesehen, wenn die bösen Mächte ein Dorf heimsuchen.«

Alice bekam es mit der Angst zu tun. Sie war nicht abergläubisch und hielt die Existenz von Tulugaq für ein Hirngespinst, das sich aus irgendwelchen Gründen in ihrem Kopf festgesetzt hatte. Natürlich gab es Raben in dieser Gegend. Sie sahen unheimlich aus und wirkten besonders bedrohlich, wenn sie sich mit ihrem schwarzen Federkleid gegen den weißen Schnee abhoben. Aber Tulugaq geisterte nur durch die Legenden der Eskimos.

Oder war es so, wie die alte Marie Seveck sagte? Tauchte der Vogel immer dann auf, wenn einen das schlechte Gewissen plagte? Wollte er ihr sagen, dass ihr Platz an der Seite ihrer Eltern war, wenn sie Bankrott anmelden mussten? Sah er noch eine Chance, dass Mike und seine Frau zueinander fanden? »Unsinn!«, flüsterte sie. Ich habe meinen Eltern fast alle meine Ersparnisse geschickt und werde auch künftig mein Geld mit ihnen teilen! Ich liebe sie, auch wenn ich hier in Alaska bin. Ich muss mein eigenes Leben führen. Und hatte Schwester Rebecca nicht gehört, wie Agnes White sich von ihrem Mann losgesagt hatte?

Am nächsten Morgen erschien die junge Marie Seveck aufgeregt im Krankenhaus. Sie rannte direkt zu Alice und sagte: »Andy ist verschwunden! Er muss heute Nacht weggerannt sein!«

»Andy? Ist er nicht in der Schule?«

»Er war schon zwei Tage nicht dort!« Sie senkte ihre Stimme. »Ich wollte es dir eigentlich gar nicht sagen, aber ich glaube, Andy hat sich in dich verliebt! Und seitdem du ihm das Buch geschenkt hast, ist er fest davon überzeugt, dass du ihn auch liebst!« Sie schüttelte besorgt den Kopf. »Ich weiß, es klingt verrückt, aber er ist vierzehn, und du weißt vielleicht, wie Jungen in diesem Alter sind! Aber deswegen rennt man doch nicht davon!«

»Mike!«, flüsterte Alice entsetzt. »Er hat gesehen, wie wir uns geküsst haben!« Und laut fuhr sie fort: »Hat er seine Winterkleidung angezogen? Hat er den Schlitten genommen? Weißt du, in welche Richtung er gelaufen ist? Hat er denn nichts gesagt, Marie?«

»Er hat seine Winterkleidung dabei«, antwortete Marie Seveck. »Und er hat die Schneeschuhe angezogen! Chester ist seinen Spuren gefolgt. Sie führen in den Wald rein. Jetzt sucht er mit dem Schlitten nach ihm. Weit kann er nicht sein, aber ich mache mir trotzdem Sorgen! Was hat er sich bloß dabei gedacht?«

Alice vertauschte ihre Uniform mit den Wollhosen und dem Anorak und zog ihre festen Winterstiefel an. »Andy Seveck ist verschwunden!«, sagte sie, als Mike in den Vorraum kam. »Der arme Junge hat sich in mich verliebt! Er muss gesehen haben, wie wir ... wie wir uns geküsst haben, und jetzt ist er verschwunden!«

»Soll ich mitkommen?«, fragte Mike besorgt. Er griff bereits nach seiner Winterkleidung. »Schließlich ist es auch meine Schuld!«

»Nicht nötig!«, hielt sie ihn zurück. »Chester Seveck sucht mit dem Schlitten nach ihm, und einige der anderen Männer sind bestimmt auch schon unterwegs! Ich gehe nur, weil ... Ich habe Angst, dass er sich was antut, Mike! Ich weiß, es klingt verrückt ...«

»Pass auf dich auf, Alice!«

Sie verließ das Haus, hängte sich die Schneeschuhe über die Schultern und lief zum Waldrand. Die junge Marie Seveck war bereits verschwunden, wahrscheinlich war sie zu einem der Jäger auf den Schlitten gestiegen. Zum Glück schneite es nicht. Der Mond und die Sterne waren so hell, dass sie keine Lampe brauchte. Im Schatten einer mächtigen Fichte schnallte sie die Schneeschuhe an. Sie hatte bereits einen bestimmten Verdacht über den Aufenthaltsort des Jungen und lief abseits der Schlittenspuren in den dunklen Wald hinein.

Andy hatte von einem »magischen Platz« gesprochen, einem kegelförmigen Felsen, der sich ungefähr zwei Meilen östlich von Kotzebue im Wald erheben sollte. Im Sommer würde er dort zwischen den bunten Wildblumen sitzen und lesen. Es gab kaum Moskitos bei dem Felsen. Seinen Freunden hatte er nichts von seinem Versteck gesagt. Anscheinend schämte er sich dafür, mehr für seine Bücher als für ihre wilden Spiele übrig zu haben.

Sie hatte diesen Felsen nie gesehen, glaubte aber zu wissen, wo er ungefähr lag. Entschlossen stapfte sie durch den lichten Fichtenwald. Die Bäume standen so weit voneinander entfernt, dass genügend Licht auf den verschneiten Boden fiel. Der Marsch war anstrengender, als sie angenommen hatte. Auch lag der Schnee im Wald so hoch, dass sie für jeden Schritt viel Kraft aufwenden musste. Sie war das Laufen mit Schneeschuhen nicht gewohnt. »Andy!«, rief sie in den Wald hinein. »Andy! Wo bist du?«

Schneller als erwartet stieß sie auf seine Spuren. Es mussten seine Spuren sein, denn niemand sonst verließ die eingetretenen Wege. Sie folgte ihnen über einige Hügel und sah ihn in einer schüsselförmigen Mulde liegen. Wie ein Grabstein ragte der kuppelförmige Felsen neben ihm aus dem verkrusteten Schnee.

»Andy!«, erschrak sie. »Was ist mit dir?« Sie lief zu dem Jungen hinunter und sah, dass er nur halb bei Sinnen war. Er trug seine Winterkleidung, auch die Mütze und die Handschuhe, und zeigte keine Anzeichen von Erfrierungen. Im Gegenteil, als sie ihre Handschuhe auszog und an seine Stirn griff, spürte sie hohes Fieber. Sie richtete ihn auf und lehnte ihn gegen den Felsen. »Andy! Was ist denn los mit dir? Bist du schon lange krank?«

»Schwester ... Alice ...«, keuchte er. Er bekam einen heftigen Hustenanfall, und sie spürte seinen Speichel in ihrem Gesicht. »Andy!«, erschrak sie. »Du hast dir eine schwere Grippe geholt! Hab keine Angst! Ich hole Hilfe! Wir bringen dich ins Krankenhaus!«

Sie stapfte davon und erreichte schwer atmend den Trail nach Selawik. Nachdem sie ungefähr eine halbe Meile nach Westen gelaufen war, kam ihr Chester Sevick mit dem Hundeschlitten entgegen. »Chester! Ich hab ihn gefunden! Er ist sehr krank! Du musst mir helfen, ihn ins Krankenhaus zu bringen!« Sie zog ihre Schneeschuhe aus und setzte sich auf den Schlitten. Sie deutete auf ihre Spuren, die vom Trail abzweigten und in den Wald führten. Er folgte ihnen, und sie luden den Jungen auf den Schlitten. »Mach dir keine Sorgen, Chester!«, beruhigte sie ihn. »Er hat sich eine Grippe geholt. In einer Woche ist er wieder auf den Beinen!«

Als sie das Krankenhaus erreichten, erschienen Mike und Schwester Rebecca mit der Trage. Sie fuhren den Jungen in den Behandlungsraum, und Alice schickte seinen Vater nach Hause, sagte: »Kein Grund, sich verrückt zu machen, Chester! Doktor White macht ihn wieder gesund!« Doch zur selben Zeit glaubte sie das Krächzen des Raben zu hören, und eine dunkle Welle der Angst rollte über sie hinweg. Sie verabschiedete sich von dem besorgten Jäger, zog sich um und begegnete Schwester Rebecca im

Flur. Sie sah blass aus, und ihre Stimme war voller Sorge, als sie sagte: »Alice, der Junge hat keine Grippe. Es ist Diphterie! Diphterie!«

20

In dieser Nacht schlief Alice kaum. Sie hatte noch nie mit Diphterie zu tun gehabt und kannte die Krankheit nur aus Büchern. Selbst in ihrer Ausbildung war nur am Rande von dieser Krankheit die Rede gewesen, dann aber immer mit sorgenerfüllten Gesichtern und einem Tonfall, der Böses ahnen ließ. Umso größer war nun ihre Angst, mit dieser gefährlichen Krankheit in Berührung zu kommen. Es hieß, dass Diphterie hochgradig ansteckend war und oftmals tödlich verlief, weil die Erreger mit dem Blut zu lebenswichtigen Organen wie dem Herz oder der Leber transportiert wurden. »Haben wir noch genug von dem Antitoxin im Schrank?«, fragte Mike nervös. Auch er hatte kaum geschlafen und die halbe Nacht damit verbracht, in medizinischen Fachbüchern nachzuschlagen. Er hatte einige Male in Chicago mit der Krankheit zu tun gehabt und wusste, wie gefährlich sie sein konnte. Wenn sich die Epidemie hier bei den Eskimos unkontrolliert ausbreitete, war guter Rat teuer. Der Weg in die Stadt war viel zu weit, um alle Erkrankten zu transportieren. Und was man von den Telefonverbindungen des Ortes zu halten hatte, wussten sie ja nun ebenfalls zu Genüge.»Haben wir genügend Ampullen?«

Alice zog eine ungeöffnete Schachtel aus dem Schrank und gab sie ihm.

»Das dürfte reichen«, hörte sie den Arzt sagen. »Sag der Familie Bescheid, und erklär den Leuten, warum niemand zu dem Jungen darf. Wir müssen ihn unter strenge Quarantäne stellen, wenn wir eine Chance haben wollen, die Sache einzudämmen. Die Familienmitglieder sollen aber alle zur Untersuchung ins Krankenhaus kommen. Wir müssen unbedingt verhindern, dass sich die Krankheit ausbreitet und eine Epidemie entsteht!«

Er seufzte sorgenvoll. »Alle Bewohner im Dorf müssen sich untersuchen lassen! Schließlich kann jeder in den letzten Tagen mit Andy Kontakt gehabt haben. Geht von einem Haus zum anderen, und bringt jeden, der über einen rauen Hals oder einen entzündeten Rachen klagt, ins Krankenhaus! Wir müssen sie alle untersuchen und einstweilen auch isolieren, bis wir genauer wissen, wie der Stand der Dinge ist.«

Die beiden Krankenschwestern griffen nach ihren Anoraks und machten sich ohne Frühstück auf den Weg. Alice ging zu den Sevecks und erklärte ihnen, was der Arzt herausgefunden hatte. »Es ist Diphterie, das ist so gut wie sicher! Eine schwere Krankheit, aber keine Angst: Doktor White kann sie heilen! Wir haben ein Mittel, das die Krankheit besiegt. Leider ist Diphterie sehr ansteckend, deshalb dürft ihr Andy im Moment nicht besuchen. Aber ich verspreche euch, ich passe besonders gut auf den Jungen auf!«

Chester Seveck und die alte Marie Seveck klagten tatsächlich bereits über Halsschmerzen und folgten Alice zum Krankenhaus. Die anderen Mitglieder der Familie mussten ihr versprechen, das Haus einstweilen nicht zu verlassen, bis sie ihnen wieder die Erlaubnis dazu gab. »Es dauert eine Weile, bis sich die Krankheit bemerkbar macht«, erklärte sie. »Die Gefahr, dass ihr den Keim bereits in euch habt und andere Bewohner ansteckt, ist zu groß! Seid also bitte vernünftig. Ich sehe regelmäßig nach euch, dann kann ich euch auch mit dem Nötigsten versorgen.«

Im Krankenhaus hatte Mike alle verfügbaren Zimmer für die Kranken freiräumen lassen. Dolly trug einen Kittel und war als Hilfskraft eingeteilt, auch der Pastor und seine Frau hatten versprochen zu helfen und sich weiße Kittel übergezogen. So war das Krankenhaus-Team zu beeindruckender Stärke angewachsen.

Außer Chester Seveck und der alten Marie Seveck hatten sich noch zwei Männer und zwei junge Mädchen angesteckt und mussten vorerst im Krankenhaus bleiben. Bei den anderen Bewohnern hatten Alice und Schwester Rebecca keine Auffälligkeiten festgestellt. Sie hatten den halben Tag gebraucht, um alle Familien zu untersuchen, und Alice hatte eine zusätzliche Stunde bei Umialik und seinen Verwandten zugebracht. »Diphterie?«, wiederholte der Angakok gereizt. »Diphterie ist eine Krankheit des weißen Mannes! Er hat sie in unser Land gebracht! Unser Volk hat diese Krankheit nicht gekannt.«

»Das stimmt«, räumte Alice ein. Sie hatte eine solche Reaktion erwartet. »Aber er hat es nicht mit bösem Willen getan. Wenn zwei Völker sich treffen, gibt es immer einen Austausch … von guten und von schlechten Dingen. Und so ist es auch in diesem Fall. Der Weiße Mann hat deinem Volk diese Krankheit gebracht, aber er hat auch ein Mittel gegen diese Krankheit. Wir haben eine gute Medizin gegen Diphterie.«

Umialik sagte ein Wort in seiner Sprache, das sie nicht verstand. »Du hast keine Angst«, fuhr er fort. »Du sagst immer die Wahrheit, auch wenn du weißt, dass sie mir nicht gefällt. Du bist eine gute Frau, das habe ich festgestellt. Du bist anders als andere Weiße. Sag deinem Doktor, dass ich ihm vertraue und sofort komme, wenn ich die Krankheit spüre! Qui anna, Alice!«

Von dem Schamanen hätte sie diese Dankesbezeugung nicht erwartet, und entsprechend groß war ihre Überraschung. Sie schüttelte ihm die Hand und sagte: »Qui anna, Umialik! Ich weiß, dass wir gute Freunde werden können. Ich komme bald wieder und sehe nach dir. Ich verspreche dir, es wird dir und deinen Leuten nichts passieren.«

Im Krankenhaus gab es viel zu tun. Obwohl man nach der Verabreichung des Antitoxins nur noch hoffen und beten konnte, war Alice die ganze Nacht damit beschäftigt, die Patienten zu pflegen, ihnen den Schweiß vom Gesicht zu tupfen und ihnen Trost zuzusprechen, wenn die Schmerzen zu groß und der

Husten zu stark wurden. Die alte Marie Seveck hielt sich am besten. Obwohl sie schon bald über starke Schluckbeschwerden klagte, kam kein Wort des Klagens über ihre entzündeten Lippen. »Wie geht es Andy? Er wird doch nicht sterben, oder?«, fragte sie jedes Mal, wenn Alice ihr Zimmer betrat. Sie machte sich große Sorgen um den Jungen, der so anders war als andere Jungen seines Alters, so klug und verständig, und der so gern in Büchern las.

Chester Seveck fluchte in einem fort, kümmerte sich nicht darum, ob eine Frau oder ein Mann vor seinem Bett stand. Bei den anderen Jägern und den Mädchen war die Krankheit kaum ausgeprägt. Doktor White hoffte, dass ihnen das rettende Serum gerade noch rechtzeitig verabreicht worden war, aber ganz sicher sein konnte man nicht. Die Symptome konnten sich immer noch zeigen, also musste man wachsam sein.

Andy Seveck war am schlimmsten dran. Seine Mandeln und sein Gaumen waren entzündet, und beim Schlucken hatte er große Schmerzen. Seine Lymphknoten waren stark geschwollen. Er röchelte bei jedem Atemzug und Alice hörte ihn leise weinen, wenn sie in seinem Zimmer stand. Sie schaute immer wieder zu ihm herein, redete beruhigend auf ihn ein und las ihm sogar aus einem Buch vor, ohne dass sein Zustand sich verbesserte. »Es wird alles gut«, sagte sie jedes Mal, wenn sie ihm den Schweiß von der Stirn tupfte. »Hab keine Angst! Bald hast du es überstanden!«

Weil man bei Andy Seveck das Schlimmste befürchten musste, blieb Alice bis zum frühen Morgen bei ihm. Sie übernachtete auf dem harten Küchenstuhl, der neben seinem Bett stand, lehnte mit dem Rücken gegen die Wand, nickte alle paar Minuten ein und schreckte hoch, wenn Andys Röcheln zu laut wurde.

»Halte durch, Andy! Halte durch!«, flüsterte sie. »Du schaffst es, das weiß ich!« Schon zu ihrer Zeit im Providence Hospital hatte sie herausgefunden, dass auch aufmunternde Worte zur Genesung eines Patienten beitragen konnten. Auch wenn es so aussah, als könnte einen der Kranke nicht hören, drang das Gesagte auf irgendeinem Wege in sein Bewusstsein ein und trug das Seine zur Heilung bei. Es war seltsam und eigentlich nicht zu erklären, aber dennoch wahr. »Sei stark, Andy! Deine ganze Familie betet für dich! Und der Pastor und seine Frau!«

Pastor Walsh hatte keine Angst vor der ansteckenden Krankheit, jedenfalls ließ er sich nichts anmerken. Er ging furchtlos von einem Patienten zum anderen, nur mit einer einfachen Mullbinde vor dem Mund, betete für die Kranken und half, wo Not am Mann war. Seine Frau half Dolly beim Waschen und Putzen und beim Verpacken der leeren Ampullen. Doktor White verlangte peinlichste Sauberkeit, sonst ließ sich die Krankheit nicht erfolgreich bekämpfen. Danach kochte sie Kaffee für den Arzt und die Schwestern und stellte einige Sandwiches auf den Tisch im Flur, damit sie während der Arbeit ihren

Hunger stillen konnten. Auch sie sorgte sich um die Kranken, vor allem um die Kinder, die sie seit langem in ihr Herz geschlossen hatte. »Lieber Gott, lass sie nicht sterben!«, betete sie. Sie war inzwischen so sehr zu Hause hier, dass sie um die Menschen bangte, als wären es ihre eigenen Verwandten.

Während Alice sich um Andy Seveck kümmerte, sah Schwester Rebecca nach den anderen Patienten. Sie drehte ständig ihre Runden und wechselte sich mit Dolly und der Frau des Pastors ab, um wenigstens ein paar Minuten schlafen zu können. »Wie geht es dem Jungen?«, fragte sie, wenn sie auf ihrem Rundgang bei Alice vorbeikam. »Er bekommt kaum noch Luft, nicht wahr?«

»Er schafft es, da bin ich ganz sicher!«

Doch gegen fünf Uhr früh wurde Andys Röcheln plötzlich stärker. Sein Atem kam stoßweise und pfeifend, und er ruderte verzweifelt mit den Armen. Alice war sofort hellwach. Sie sah, dass der Junge verzweifelt nach Atem rang, und rief: »Mike! Schnell! Andy bekommt keine Luft mehr!« Sie bereitete alles für den rettenden Luftröhrenschnitt vor und trat rasch zur Seite, als Mike ins Zimmer stürmte.

Ein Luftröhrenschnitt gehörte zu den am häufigsten durchgeführten Eingriffen in der Notaufnahme, und entsprechend routiniert ging Mike vor. Mit einem raschen Schnitt öffnete er die Luftröhre in der Höhe des vierten Ringknorpels. Andy zog zischend die Luft ein und begann langsam wieder zu atmen. Alice wischte das Blut weg und versorgte die Wunde.

»Ganz ruhig, Andy!«, sagte sie leise. »Jetzt brauchst du keine Angst mehr zu haben! Du wirst wieder gesund, warte nur noch ein kleines Weilchen, du wirst bald wieder gesund.«

Der Rest der Nacht verlief ruhig. Andy Seveck erholte sich und konnte schon wieder lächeln, als er die Augen öffnete. Alice redete ihm auch weiterhin gut zu und stellte die Lampe so, dass sie die Wunde im Blickfeld hatte. »Schlaf jetzt, Andy! Alles wird gut werden! In ein paar Tagen bist du gesund!«

Etwas Ähnliches sagte sie auch den anderen Patienten. »Andy hat eine schwere Nacht hinter sich«, sagte sie zu der alten Marie Seveck, deren Zustand sich etwas verschlechtert hatte, die aber nichts anderes im Sinn hatte als die Gesundheit des Jungen, »aber wir sind sehr zuversichtlich, dass er wieder ganz gesund wird.« Sie verriet der alten Frau nicht, dass die Krankheitserreger auch lebenswichtige Organe befallen konnten. Selbst wenn Andy Seveck die Infektion überstand, konnte es passieren, dass sein Herz und seine Leber nicht mehr so funktionierten wie früher. Aber das würde man erst später feststellen können.

Vor dem Frühstück verließ Alice das Krankenhaus zu einem kurzen Spaziergang. Sie brauchte frische Luft, um neue Kraft für einen arbeitsreichen Tag zu schöpfen. Es war etwas wärmer als an den vergangenen Tagen, und sie zog nur den Anorak über die Uniform. In Rock und Stiefeln bot sie einen seltsamen Anblick, aber in Kotzebue gab es niemanden, der sich daran störte. Der Himmel war leicht bewölkt, und die Luft roch nach Schnee. Sie stieg den Hügel zur Shore Avenue hinunter und ging zum Ufer.

Es war noch früh am Morgen, und erst in wenigen Häusern brannte Licht. Über der breiten Straße und den aufgeworfenen Eisschollen schimmerte das trübe Licht des Mondes und der Sterne. Eisige Nebelschwaden zogen über das vereiste Meer und ließen es gespenstisch und abweisend aussehen. Am Ende der Straße jaulten einige Hunde. Aus einem der Häuser trat eine Frau und winkte ihr zu, bevor sie verschwand und die Tür schloss. Der wenige Schnee, der während der Nacht gefallen war, bildete eine dünne Decke über dem alten Schnee und dem Eis und dämpfte ihre Schritte. Obwohl sie nur wenige Schritte gegangen war, schien das Krankenhaus meilenweit entfernt.

Sie ging am Ufer entlang und ließ die Anstrengung der langen Nacht von sich abfallen. Jetzt merkte sie erst, wie müde sie eigentlich war. Auch auf dem Festland war sie nach einem besonders aufreibenden Dienst immer nach draußen gegangen, um an der frischen Luft neue Kraft zu schöpfen. Sie brauchte dringend Ruhe, hatte das Gefühl, sich eine leichte Erkältung eingefangen zu haben, und sehnte sich danach, in einem warmen, gemütlichen Bett zu liegen, entspannt die Augen zu schließen und lange, lange zu schlafen. Doch daran war in nächster Zeit nicht zu denken. Solange die Diphterie in Kotzebue tobte und die Gefahr einer Epidemie bestand, durfte sie sich kaum einmal Ruhe gönnen. Der Pastor und seine Frau und Dolly konnten ihnen nicht dauernd helfen, sie hatten andere Aufgaben. Vielleicht blieb Schwester Rebecca noch ein oder zwei Wochen länger und half ihr, die Nachwirkungen der Krankheit in den Griff zu bekommen, aber das wäre schon ein besonderer Glücksfall. Schließlich hatte die Frau andere Sorgen und wollte so bald wie möglich fort.

Auf dem zugefrorenen Meer bewegte sich ein dunkler Schatten. Sie blieb stehen und kniff die Augen zusammen. Zuerst glaubte sie an eine Sinnestäuschung, doch der Schatten blieb. Für den Polarfuchs, der sich seit einigen Tagen am Ufer herumtrieb, war er zu groß. Ein Eisbär wagte sich nur bei eisiger Kälte und in den Zeiten größter Not so nahe an eine menschliche Siedlung heran, das war also höchst unwahrscheinlich. Sie stieg zwischen einigen Eisschollen auf das Packeis hinab, um besser sehen zu können, und spähte in den trüben Nebel. Ungefähr eine Viertelmeile weiter südlich bewegte sich etwas. Sie ging einige Schritte über das Eis und blieb erneut stehen. Ein Mann und ein Hundeschlitten, das war zumindest für einen Augenblick, als sich die Nebelschwaden etwas lichteten, deutlich zu erkennen. Wer konnte das sein?

Der Mann, so glaubte sie zu sehen, befand sich neben seinem Schlitten und taumelte mühsam über das Packeis. Wie ein Verletzter, der die Orientierung verloren hatte, oder ein Betrunkener. Soweit sie wusste, war kein Jäger des Dorfes unterwegs. Sie hatten alle Bewohner gebeten, in ihren Häusern zu bleiben, solange die Epidemie das Dorf bedrohte. Und alle hatten versprochen, vernünftig zu sein. Aber wer sollte es sonst sein? Ein Jäger aus Nome, der eine wichtige Nachricht brachte, weil ein Flugzeug bei diesem Nebel nicht starten konnte? Ein Mann aus einer anderen Siedlung, ein Verletzter, der Hilfe brauchte? Sie befürchtete das Schlimmste und lief dem Schatten entgegen.

Es war ein Mann, das konnte sie jetzt deutlich erkennen. Er trug eine dicke Pelzjacke, wie sie von den meisten weißen Fallenstellern bevorzugt wurde. Über seinen Schultern hing ein Gewehr. Er torkelte mühsam über das Eis, entfernte sich immer weiter von seinem Hundeschlitten und stürzte schließlich zu Boden.

Alice erschrak. Sie lief noch schneller, stolperte über einen großen Eisklumpen, fing sich gerade noch rechtzeitig und ging neben dem halbtoten Mann in die Knie. Er war so schlimm verletzt, das ihm nicht mehr zu helfen war, das sah sie auf den ersten Blick. Sie hatte genug schlimm verletzte Unfallopfer gesehen, um einen aussichtslosen Fall sofort zu erkennen. An seinem Körper waren so viele Wunden und so viel Blut, dass er eigentlich längst tot sein musste. Anscheinend hatte ihn ein wildes Tier angefallen. Ein Eisbär oder Wölfe. Sein rechter Arm, mit dem er wohl versucht hatte, den Angriff abzuwehren, war ein einziger Blutklumpen. Dennoch stöhnte er leise, noch war er am Leben.

Sie drehte ihn vorsichtig auf die Seite und erschrak. Der Sterbende war Mickey Chartrand! Der Mörder, der seine Freundin erschossen hatte! Der blinde Passagier! Der Mann, der auf Chester geschossen und ihn beinahe getötet hatte, als sie ihn in der Hütte aufgeschreckt hatten.

Er öffnete die Augen und starrte sie an, ohne sie zu sehen, flüsterte nur »Wölfe!« und »Es tut mir Leid!« und starb. Alice legte zwei Finger an seinen blutigen Hals und fühlte keinen Puls mehr. »War es das wert?«, fragte sie den Toten.

Sie stand auf und fühlte leichten Schwindel. Irgendetwas stimmte nicht mit ihr! Sie lief zum Dorf zurück, spürte schon nach wenigen Schritten, wie ihr Atem kürzer wurde und sie zu röcheln begann wie die anderen Kranken, und dachte: Diphterie! Verdammt, ich habe mich bei Andy angesteckt, als er mir ins Gesicht gehustet hat!

Mit viel zu langsamen Schritten lief sie zum Krankenhaus zurück. Sie torkelte Schwester Rebecca entgegen und schaffte es gerade noch, ihr von dem toten Verbrecher zu erzählen, dann sank sie erschöpft auf einen Stuhl. »Doktor White!«, hörte sie die Schwester rufen. »Schwester Alice hat sich angesteckt! Kommen Sie! Schnell!« Alice war viel zu benommen, um sich zu bewegen oder etwas zu sagen. Die Stimme der Schwester schien aus weiter Ferne zu kommen und hallte wie ein schwaches Echo in ihren Gedanken nach. Sie spürte, wie kräftige Arme sie stützten, und wie man sie in ein Zimmer führte und in ein Bett legte. Wie durch einen Schleier sah sie schemenhafte Figuren, spürte einen Einstich, als ihr das Antitoxin gespritzt wurde, und vernahm eine vertraute Stimme: »Keine Angst! Du wirst gesund!«

Wie sie die nächsten Tage überstand, wusste sie später nicht zu sagen. Benommen und todmüde nach der anstrengenden Arbeit versank sie in scheinbar endlosen Schlaf. Bleierne Schwere füllte ihren ganzen Körper aus und nahm ihr die letzte Kraft. Sie war nicht einmal fähig, einen klaren Gedanken zu fassen. Dumpfe Geräusche und undeutliche Wortfetzen drangen an ihre Ohren. Sie vernahm die entschlossene Stimme von Schwester Rebecca und glaubte, eines der kleinen Mädchen im Nachbarzimmer weinen zu hören. Eine Hand berührte ihre Wange und blieb dort, schien neuen Lebenswillen und neue Kraft in ihren Körper zu leiten. »Du wirst gesund!«, hörte sie vertraute Stimmen. »Halte durch! Mach jetzt bloß nicht schlapp, meine Liebe!«

Dann verklangen die Stimmen, und sie versank in einem verwirrenden Taumel von Bildern, Stimmen und Gefühlen. Ihre Freundin, wie sie mit ihrem Verlobten auf ein Surfbrett stieg und jauchzend über die riesigen Wellen glitt, die Sonne im goldenen Haar und die Augen voller Glück und Zufriedenheit. »Ist das nicht riesig, Jimmy?«, erklang ihre Stimme. Ihre Eltern auf der Farm, ihr Vater wütend und verzweifelt, ihre Mutter mit verweinten Augen, zerschlagenes Geschirr auf dem Boden. »Womit haben wir das verdient? Womit hat Amerika das verdient?«, stöhnte ihr

Vater. Und ihre Mutter sagte: »Wir schaffen das, Walter! Wir haben es immer geschafft! Wenn du nur nicht so furchtbar stur wärst!«

Und dann der Rabe, der sich auf ihr Bett setzte und krächzte: »Hab ich's dir nicht gesagt, Schwester? Du bist zu schwach für den Hohen Norden! Du lässt dich von den bösen Geistern besiegen! Was wirst du jetzt tun? Fährst du nach Hause?« Ihre eigene Stimme, als sie den Raben mit einer wütenden Handbewegung vom Laken fegte und ihn anfauchte: »Verschwinde, du Plagegeist! Ich habe endgültig genug von dir! Hau ab! Mach, dass du wegkommst! Ich lasse mir gar nichts mehr von dir sagen! Ich werde wieder gesund, dass du's weißt, und ich werde so lange im Hohen Norden bleiben, wie's mir passt! Ich hab' dich satt!«

Sie spürte, wie eine Welle neuer Kraft durch ihren Körper strömte, und öffnete die Augen. Ihr Gaumen schmerzte, und ihre Glieder fühlten sich wie Blei an, und dennoch fühlte sie sich seltsam beschwingt. Das Serum hatte gewirkt! Die Krankheit hatte sie nicht länger im Griff! Sie blinzelte in die plötzliche Helligkeit und wartete darauf, dass sich ihre Augen an das Licht gewöhnten.

»Sie hat es geschafft!«, hörte sie Schwester Rebecca sagen. »Ich wusste es, so schnell gibst du nicht den Löffel ab!«, erklang die Stimme der Köchin. »Gott sei Dank!«, atmete Pastor Walsh auf. Über ihr sah sie nur lachende Gesichter.

Dann verschwanden sie, und Mike lächelte auf sie herab. Auch mit der gestärkten Haube und dem Mundschutz sah er wie der berühmte Prinz aus, von dem Nelly und sie manchmal geträumt hatten. In seinen blauen Augen blitzte es. »Ich liebe dich!«, sagte er sanft. »Und sobald du wieder aufstehen kannst, gebe ich dir einen Kuss, vor dem sogar Rudolph Valentino vor Neid erblasst!«